KB059128

아이즈 발렌슈타인

v.6을 자랑하는 오라리오 최강의 여검사.
후면

오모리 후지노
FUJINO OMORI

일러스트 하이무라 키요타카
KIYOTAKA HAIMURA

캐릭터 원안 야스다 스즈히토
SUZUHITO YASUDA

김완 옮김

던전에서 만남을 추구하면 안 되는 걸까 외전

소드
오라토리아 5
Sword Oratoria

© Kiyotaka Haimura

CONTENTS

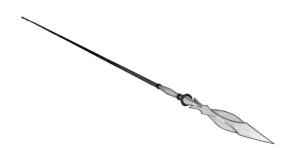

© Kiyotaka Haimura

뒤룩뒤룩 꿈틀거리는 거대한 외눈이
멍하니 선 레피야와 벨을 노려보았다.

프레이야
【프레이야 파밀리아】의 주신. 신들 중에서도
최고의 미모를 자랑한다.

헤스티아
벨 크라넬이 속한 【헤스티아 파밀리아】
의 주신.

"뭐?"

"······니 조심하래이, 땅꼬마."

로키
최대 파벌 【로키 파밀리아】의 주신.

로키는 가증스럽다는 듯 고개를 들고 시선을
헤스티아에게서 돌렸다.
그녀가 바라본 곳에는 신회에서 혼자 퇴석하
려는 프레이야가 있었다.

© Kiyotaka Haimura

던전에서 만남을 추구하면 안 되는 외전

소드 오라토리아 5

Sword Oratoria

오모리 후지노 지음 | 하이무라 키요타카 일러스트
야스다 스즈히토 캐릭터 원안 | 김완 옮김

커버 그림·본문 일러스트 | **하이무라 키요타카**

프롤로그

물과 휴식의 한순간

Гэта казка іншага сям'і.

Моманты вады і адпачынку

© Kiyotaka Haimura

기분 좋다.

온몸을 감싼 물의 감촉에 아이즈는 그렇게 생각했다.

'……휴우.'

자신의 입술에서 새어 나오는 한숨의 소리가 멀었다. 그뿐 아니라 주위에서 물방울이 튀는 소리도 귀에 막을 씌워 놓기라도 한 것처럼 나직하게 들렸다. 보골보골 부드럽게 울리는 물거품이 귓전과 피부를 미끄러지듯 쓰다듬었다.

눈을 감은 아이즈는 태어났을 때 그대로의 모습이었다.

봉긋하게 솟아오른 두 가슴, 그리고 가느다란 허리와 배. 그러한 부드러운 피부에 물방울을 미끄러뜨리며 수면에 떠 있다. 아름다운 금발은 부채꼴로 퍼져 나긋나긋한 팔다리와 함께 물속에서 조용히 흔들렸다.

여신에 필적하는 미모와도 맞물려, 공기와 물의 경계선에 몸을 맡긴 그 모습은 신비로워 숲 속의 샘에 사는 '정령'을 연상케 했다. 그림에 소양이 있는 사람이라면 분명 화폭에 담아놓고 싶다고 생각할 것이다.

항상 긴장을 머금고 팽팽해졌던 신경이 느슨해지는 감각. 팔다리 끝까지 뭉쳤던 피로가 녹아내려가는, 그런 행복한 시간.

지금은 모든 것을 잊고 이 물의 세계에 안겨 있고 싶다.

가느다란 목을 떨며 다시 한 번 숨을 토해내고, 아이즈는 그런 생각을 했다.

"……?"

문득.

감았던 눈꺼풀 너머로 퍼지던 흰 빛이 가려지고 아이즈의 얼굴이 그림자에 덮였다.

밀려드는 조그만 파도의 감촉은 이쪽으로 누군가가 다가와 얼굴을 들여다본다는 사실을 알려주었다.

아이즈가 눈을 떠보니…… 그곳에는 바로 곁에서 뺨에 홍조를 띤 엘프 소녀가 있었다.

'레피야……?'

소녀의 이름을 입술에 얹자 상대는 입을 한 손으로 가린 채 무언가를 열심히 주워섬겨댔다. 하지만 잘 들리지 않았다. 귀가 물속에 잠긴 탓이다.

주신의 말대로 한창 성장기인지, 자신과 비슷할 정도로 완연히 무르익어가는 가슴을 한 손으로 가린 엘프 소녀는 갈팡질팡했다.

일단 아이즈는 물 밑바닥에 발을 딛고 일어났다.

"──그러니까 그게 아니고요 아이즈 씨, 결코 수면에 뜬 환상적인 아이즈 씨에게 넋을 잃었던 게……! 아뇨저한테그림쪽소양이있었다면부디그모습을화폭에담아방에장식해두고싶다거나그런생각을하긴했지만……! 로키처럼 삿된 감정은 요만큼도 없었고, 그저 정신을 차리고 보니 저도 모르게 끌려와서……!!"

레피야는 얼굴을 새빨갛게 붉히며 무언가 변명 같은 말을 열심히 이어나간다. 정작 본인은 자신에게 숭배에 가까운 감정을 가진 후배 엘프의 마음을 조금도 눈치채지 못해 의아한 표정으로 고개를 갸웃할 뿐이지만.

아이즈는 문득 들려오는 즐거운 목소리에 고개를 돌려 시야를 옆으로 펼쳐보았다.

눈에 비친 것은 수많은 수목, 푸른 수정에 에워싸인 커다란 샘.

그리고 그 가운데에서 수많은 동료——【로키 파밀리아】의 여성단원들이 알몸을 드러내고 물놀이를 즐기는 모습이었다.

"으하아~! 기분 좋다~!!"

"넌 무슨 강아지도 아니고! 좀 얌전히 있어!!"

바위틈에서 흘러나오는 가느다란 폭포에 들이댔던 얼굴을 빼며 티오나가 환성을 질렀다. 붕붕 강아지처럼 고개를 흔들어 물을 터는 여동생에게 언니 티오네가 화를 낸다. 두 사람 모두 건강한 갈색 피부, 잘록한 허리와 풍만한 가슴을 감추려고도 하지 않는다.

아이즈와는 다른 탄력을 가진 몸은 아마조네스답게 어딘가 선정적이었다.

"여러분 다들 스타일이 좋아서…… 어쩐지 주눅이 드네요."

휴먼 소녀 리네가 중얼거리자, 허리에서 뻗어나온 가느다란 꼬리를 두 손으로 씻던 캣 피플 아키가 가느다란 허리를 돌리며 말했다.

"뭘? 너도 가슴 모양 좋은데."

평소에는 땋아내렸던 긴 머리카락을 뒤로 늘어뜨린 리네는 얼굴을 붉히며 가슴을 두 손으로 감추었다.

"아, 아뇨, 전 그냥 살찐 거라서……?!"

그 말에 까만 머리카락과 까만 털결을 가진 아키는 가느다란 어깨를 으쓱했다. 하지만 그녀도 충분히 모양이 좋다고 말할 만한 가슴의 소유자였다.

"거참, 새삼 이렇게 보니【로키 파밀리아】에는 하나같이 미녀들뿐이시군. 로키의 취미라고 하면 그냥 그렇겠네만."

샘 안쪽, 10M 이상이나 되는 높이의 폭포에서 혼자 폭포 수행을 하던 하프드워프 여성── 츠바키가 긴 앞머리를 틀어올리며 걸어 나왔다.

왼쪽 눈의 안대를 벗지 않은 그녀의 갈색 피부에도 물방울이 흘러내려, 매혹적인 목덜미와 깊은 가슴의 계곡으로 맺혀 떨어졌다. 평소에는 사라시를 감아 눌러놓았던 거봉의 크기는 티오네와 비견될 정도였다.

다른 파벌의 스미스인 그녀는 여러 종족으로 이루어진 미녀 미소녀들을 둘러보았다.

"남자 단원들은 견디기 힘들겠어……. 만약 엿보러 온다면 어떡하시겠나, 아리시아, 나르비?"

츠바키의 물음에 아름다운 금발의 엘프와 휴먼 소녀가 대답했다.

"응징해야지요. 하물며 왕족이신 리베리아 님의 입욕을 엿본다면── 이 세상에 태어난 것을 반드시 후회하게 만들어주겠습니다."

"아하하…… 남자들은 엿보고 싶어도 못 그럴걸요, 아마."

제1급 모험자인 아이즈와 함께 제59계층 공략에도 동행했던 Lv.4 제2급 모험자들의 눈은 샘 밖에서 활과 검으로 단단히 무장하고 보초를 선 다른 여성단원들에게 향했다. 몬스터는 물론 이 처녀들의 성역에 남자가 나타나기라도 했다간 가차 없는 공격을 퍼붓기 위한 위병이었다.

대부분의 단원들은 여자를 좋아하는 주신이 포섭해 온 만큼 【로키 파밀리아】의 남녀 비율은 불균형이 심했다. 간부들을 포함시킨다 해도 순수한 전력 차이는 여성진이 우세할 것이다. 실제로 【로키 파밀리아】에서 남자들은 인원도 많고 유능한 여성단원들에 비해 매우 입지가 약했다.

나중에 교대하게 될 보초 담당 동료들에게 두 명의 제2급 모험자가 감사를 담아 손을 흔들었다. 데미휴먼 소녀들에게서도 이내 웃음이 돌아왔다.

의복을 비롯해 모든 장비를 벗고 맨살을 드러낸 애젊은 처녀들.

아직까지 던전 안이었지만 이때만큼은 긴장을 풀었다.

"아아~ 역시 18계층은 좋아. 수정은 예쁘고, 물은 맑고."

남색 빛에 에워싸인 숲의 샘을 배영으로 마음껏 누비며 티오나가 느긋하게 말했다. 아이즈도 그 말이 옳다고 생각했다.

같은 세이프티 포인트인 제50계층이나 다른 계층에서도

몸을 씻는 것은 가능하다. 마음만 먹으면 솟아나는 샘이나 강을 이용해 목욕도 할 수 있다. 하지만 역시 이곳 제18계층은 던전의 여러 층역 중에서도 각별하다.

계층 깊은 곳에서 흘러나오는 수정의 유수. 지상의 수원보다도 깨끗하고 맑은 물은 인간도 몬스터도 목을 축이고 피로를 풀 수 있다. 미궁의 낙원, '언더 리조트'라는 이름은 허명이 아닌 것이다.

"……."

그렇다. 이곳은 제18계층.

심층영역에서의 처절한 격전을 거쳐 아이즈 일행은 지금 이 계층에 머물고 있다.

제59계층—— 미답파영역으로 향했던 '원정'을 마치고 베이스캠프인 제50계층을 출발한 지 엿새.

원래 같으면 이곳 던전의 낙원에는 머물지 않고 지상으로 귀환했어야 했다.

어쩌다 이런 곳에 머물게 되었을까.

여전히 무언가를 주워섬기며 얼굴을 새빨갛게 물들인 레피야의 목소리를 들으면서, 아이즈는 숲의 천장을 이루는 무성한 나뭇가지 너머로 눈을 돌리고 이제까지 있었던 일들을 떠올려보았다.

1장

경 과 **와**
현 재

Гэта казка іншага сям'і.

Якое прайшло і цяперашняя сітуацыя

© Kiyotaka Haimura

일주일 전, 아이즈 일행은 '원정'의 목적지였던 미답파영역 제59계층에 도착했다.

파벌의 도달계층을 갱신한 아이즈 일행을 기다리던 것은 '미지'——밀림처럼 변모된 계층 풍경, 그리고 추악한 '더럽혀진 정령'이었다.

정령의 분신 '데미 스피리트'라는 이름이 붙은, 정령과 괴물의 하이브리드.

주문까지 구사하는 강대한 적과 괴물의 군세를 간신히 격파한 아이즈 일행은 재빨리 제59계층에서 퇴각해 단원들을 남겨두었던 제50계층 베이스캠프로 돌아갔다. 그리고 잠깐 휴식을 취한 후 즉시 그곳을 떠났다.

단장인 핀의 신속한 지시에 따라 원정대는 서둘러 귀환을 시작했다. '심층' 공략에 심신이 피폐해졌던 제1급 모험자들을 전면에 내세우고, 베이스캠프를 지켰던 다른 단원들 또한 왔을 때보다도 더욱 분전해 나아갔다. 간부진에게 이 이상 부담을 줄 수 있겠냐고 힘을 쥐어짜내는 그들과 라울을 비롯한 제2급 모험자들의 공로도 있어, 아이즈 일행은 행군 도중에도 상처 입은 몸을 쉴 수 있었다. 그렇게 지상 귀환을 위한 여정은 순조롭게 이어졌다.

하지만——

장대한 지하미궁 안쪽 깊은 곳까지 발을 들여 전과를 올렸던 용감한 모험자들이 개선하도록, 던전은 호락호락 내버려두지 않았다.

하층영역을 나아갈 때였다.

지상까지 절반의 여정을 소화했을 무렵, 그 사건이 발생했다.

"……비명?"

"무슨 일이래?"

넓은 통로에서 길게 대열을 이룬 대규모 파티의 전방에 있던 아이즈와 웨어울프 베이트의 귀에, 부대 후방 쪽으로부터 여러 명의 절규가 들렸던 것이다.

"──핀, 뛰라고 명령하게!"

다음에 울려 퍼진 것은 파티의 후방경계를 맡았던 역전의 드워프 가레스의 노성이었다.

"'포이즌 베르미스'일세!!"

그 직후 시야 저 멀리에서 이리저리 도망치는 단원들, 그리고 엄청난 수의 구더기 몬스터가 나타났다.

포이즌 베르미스는 '상태이상' 중 하나인 '독'을 일으키는 종족 중에서도 최상위에 속하는 위험도를 자랑한다. 입에서 방출하거나 몸 표면에서 분비하는 극독은 상급 모험자의 '내성' 어빌리티마저도 관통한다. 순수한 전투능력은 매우 낮지만 시체에 들끓는 구더기처럼 때로 출현하는 성질은 위협적이어서 모험자들에게는 '독무덤'이라 불리며 두려움의 대상이 된다.

그리고 이때 【로키 파밀리아】에 덤벼들었던 몬스터의 숫자는 아이즈가 눈을 의심할 정도였다.

"저 숫자는── 대량발생?!"

"하필 이럴 때……! 이게 뭐야!"

몬스터의 대량발생, '이상사태'.

전투불능에 빠진 동료를 부축하며 달리는 단원들의 뒤에서 백 마리도 넘을 것 같은 끔찍한 독구더기 몬스터가 통로를 잠식하듯 천장과 벽을 따라 밀려들었다.

맹렬한 혐오감을 느낄 틈도 없이 아이즈 일행은 후열을 엄호하기 위해 뛰어나갔다.

마법【에어리얼】을 구사하는 아이즈, 그녀의 '마법'을 금속 부츠 프로스빌트에 장전한 베이트가 커다란 방패를 내민 가레스와 함께 독액을 막고, 티오나와 티오네가 보라색으로 피부가 변색된 단원들을 한꺼번에 끌고 물러났다.

리베리아의 '마법'이 발동해 통로 하나를 통째로 얼려버렸지만 여러 방향의 통로에서 새로운 포이즌 베르미스의 대군이 합류했다.

"끄, 끝이 없어요……!"

얼마 전에 체득한 '병행영창'으로 중견 위치에서 지원하던 레피야도 그 광경에는 낯이 창백해졌다.

'몬스터 파티'── 순간적인 대량발생이 아닌, 계층의 여러 범위에 걸친 지속적인 증식. 게다가 이번에 대량발생한 것은 늘 무리지어 행동하는 포이즌 베르미스였다. 숫자의 증가가 평소와는 차원이 달랐다.

심신도 물자도 바닥까지 소모한 '원정' 귀환 도중에 맞닥뜨렸다는 것도 뼈아픈 타격을 주었다. '마검'까지 긁어모아 불을 뿜었지만 압도적으로 대처가 늦어졌다.

동료를 구출한 아이즈 일행이 반격에서 도주로 행동을 전환하는 데 시간은 그리 많이 필요하지 않았다.

"핀, 라크타가 위험해! 빨리 치료해야 해!"

"단장님, '하층'의 세이프티 포인트로 가는 게 어떨까요?!"

극심한 고통에 신음하는 흄 바니(토끼 수인) 소녀와 남성단원을 부축하던 티오나와 티오네가 호소했지만, 파티의 선두에서 창을 휘두르던 핀은 이를 거부했다.

"대량발생의 규모를 알 수 없어! 하층영역 전체에 포이즌 베르미스가 증식했다면 여기 갇히게 돼!"

앞을 가로막는 대형급 몬스터를 단칼에 물리친 파룸 두령은 '하층'의 안전지대에서 농성해봤자 적들을 막는 데 급급해 제대로 된 치료를 할 수 없으리라고 판단했다.

무엇보다도 해독용 아이템의 수가 바닥을 드러내기 시작했던 것이다.

"18계층까지 간다! 움직이지 못하는 사람은 끌고 와! 전원 뛰어!!"

단장의 지시에 단원들은 정신없이 따랐다.

독에 희생당해 움직이지 못하는 단원들의 팔과 다리를 붙잡고 질질 끌어 전속력으로 도주한다. 아이즈를 비롯한 제1급 모험자들은 최후방, 중견, 전열에 흩어져 파티의 강

행군을 지원했다.

　가는 길마다 암반 천장에서 뚝뚝 떨어지는 30C짜리 커다란 구더기 몬스터. 온통 보라색을 띤 표피에서 분비되는 극독에 함께 따라왔던 【헤파이스토스 파밀리아】의 스미스들도 잇따라 비명을 질렀다.

　"이건 도저히 방법이 없겠구먼. 다른 몬스터들까지도 당하는 판국이니 원."

　천장에서 떨어지는 여러 마리의 포이즌 베르미스를 태도(太刀)로 한꺼번에 베는 츠바키의 옆에서는 극독을 뒤집어쓴 다른 몬스터들도 몸부림을 치고 있었다.

　인간도 몬스터도 하나같이 비명을 지르는 가운데, 【로키 파밀리아】는 수많은 부상자를 부축하며, 혹은 질질 끌며 하층영역을 돌파해 제18계층으로 도망쳤던 것이다.

　"마지막 순간에 성가신 일이 기다리고 있었지."

　탁 트인 숲 한곳에서 핀은 탄식했다.

　세이프티 포인트 제18계층. 제17계층으로 이어지는 연결로와도 가까운 남쪽 끄트머리의 삼림이었다.

　핀 일행의 지시 아래 【로키 파밀리아】는 이곳에서 즉석 야영지를 설치했다.

　바람이 잘 통하게 차양을 쳐놓은 천막 아래, 혹은 나무 밑이나 바깥의 풀밭에 많은 모험자와 스미스가 드러누웠다. 성별도 종족도 상관이 없었다. 하나같이 몸의 일부가 변색되어 비지땀을 흘리는 자들이었다.

곳곳에서 들려오는, 고통이 배어나는 목소리.

시야 가득 펼쳐진 참담한 광경을 보며 본영 옆에 선 핀, 리베리아, 가레스는 말을 나누었다.

"'내성' 어빌리티 G 평가 이외의 단원 중에서 독을 뒤집어쓴 사람들은 모조리 행동불능…… 츠바키를 제외하면 하이스미스들도 대부분 당했다. 정말 엄청난 극독이로군."

"뭐, 던전이란 게 원래 호락호락하지 않잖나. ……이번에는 좀 심하다 싶었네만."

미답파영역에서의 사투를 거친 탓인지 리베리아와 가레스도 어조가 무거웠다.

포이즌 베르미스의 급습, 그에 따른 피해.

서포터를 포함한 하위 단원 대부분이 '독'에 당해버렸다.

그 수는 원정대의 3분의 1 이상이었으며, 사실상 부대는 행동정지 상태였다. 결국 대규모 휴식을 취하지 않을 수 없었다.

"리베리아, 치료 쪽은 어때?"

핀의 확인에 리베리아는 마인드가 바닥나려 하는 자신의 몸을 내려다보며 대답했다.

"증상이 무거운 사람을 우선적으로 치료하고 있다만…… 별로 기대는 하지 마라. 희귀한 해독계 치료마법을 다룰 수 있는 마도사와 힐러는 나를 포함해도 별로 없으니."

어빌리티 '명상' 덕에 천천히, 조금씩 마인드가 회복되는 것을 느끼면서 그녀는 유감스러운 듯 눈을 감았다.

"하물며 이번에는 포이즌 베르미스의 독인 만큼 해독마법으로도 완치는 어렵지."

'포이즌 베르미스'의 독이 성가신 점은 전용 해독제──같은 몬스터의 드롭 아이템을 원료로 만든 특효약이 아니면 완치되지 않는다는 특이성에 있다.

아무리 높은 '마력'을 보유해도 보통 해독마법으로는 리베리아의 말마따나 독성을 완화시키는 정도의 효과밖에 거둘 수 없었다. 적어도 그 몬스터의 극독을 불식시켰다는 이야기는 핀도【디안 케흐트 파밀리아】에 속한【데아 세인트】, 아미드 테아사날레의 고위치료마법 말고는 들어본 적이 없었다.

"모든 자들을 회복시키려면 어떻게든 전용 특효약이 필요해."

"으음── 역시 베이트를 기다릴 수밖에 없으려나."

이곳 세이프티 포인트에 도착한 지 이미 하루가 지났다.

어젯밤── 계층의 '밤' 시간대에 도착했던 핀 일행은 부상자를 간호하기 위해 서둘러 야영지를 설치하는 한편, 베이트에게 지상으로 올라가도록 지시했다. 오라리오에서 판매하는 특효약을 입수하기 위해서다.

지상과 제18계층의 왕복작업이 되는 이 임무에 베이트가 뽑힌 이유는 어디까지나 그가 파벌 내에서 최고의 준족을 자랑하기 때문이었다. '스킬'의 은총도 있어, 비유가 아니라 베이트는 정말로 레벨이 더 높은 동료들보다도 훨씬 발이 빠르다. 물론 마법을 사용한 아이즈보다는 느리지만, 이렇게 모두가 피폐해졌을 때 장거리 주행을 포함해 안정적인 속도와 지속력이 요구되는 상황에서는 그가 적임자였다.

"귀찮은 일을 떠넘기고 앉았어."

그렇게 투덜거리면서도 웨어울프 청년은 어젯밤에 출발했다.

이미 지상에는 돌아갔을 테고, 지금쯤 희귀하면서도 값비싼 특효약을 인원수만큼 긁어모으는 중일 터. 핀의 계산으로는 이틀 후 밤에는 돌아올 것이다.

독을 뒤집어쓴 자들에게는 괴로운 시간이 되겠지만, 리베리아 일행이 해독 작업을 반복하면 악화되는 일은 없으리라.

"츠바키가 만들어준 뒤랑달에, '마검'이 서른 자루 이상, 여기에 특효약 사재기까지…… 게다가 드롭 아이템은 【헤파이스토스 파밀리아】에 양도해야 하고. 이거 【파밀리아】의 살림이 한동안 쪼들리겠구먼."

"부탁이니 지금은 생각나게 하지 말아줘, 가레스."

머리가 아프다며 핀은 쓴웃음을 지었다.

예상치 못한 지출이다. 원정 동맹을 맺어준 【헤파이스토스 파밀리아】에는 보수로 '심층'의 드롭 아이템 대부분을 양도하기로 약속이 되었다. 목숨을 걸고 입수한 '포룡의 이빨'과 '포룡의 붉은 비늘' 등 제52계층 이하의 드롭 아이템도 여기에 속한다.

염원하던 도달계층 갱신을 이루어 전과를 올리기는 했지만 수집한 '마석'만 가지고는 이번의 막대한 원정비용을 모두 회수하기는 상당히 힘들다. 아이즈가 제24계층 팬트리 퀘스트의 보수를 양도하지 않았다면 지금쯤 어떻게 됐을지는 상상하기 어렵지 않았다.

"언제가 될지는 모르겠지만 다음번 '원정'을 할 때는 자금을 먼저 모아야겠어."

핀이 중얼거렸다.

"……59계층에서 본 걸 로키에게 한시라도 빨리 전하고 싶지만, 이래서는 어쩔 도리가 없지. 편지도 전했으니까 나머지는 베이트에게 맡기자."

천천히 고개를 든 핀은 숲의 나뭇잎 틈새에서 비쳐드는 빛살에 눈을 가늘게 뜨고 그렇게 말하더니,

"이 이상 고민해봤자 도리가 없겠네. 기왕이면 긍정적으로 생각하자고. 18계층에 머물 구실이 생겼으니까."

갑자기 가벼운 어조로 주위를 둘러보며 너스레를 떨었다.

자신도 모르게 쓴웃음을 짓던 리베리아와 가레스가 함께 시선을 돌리니, 현재 야영지에서 순찰이나 간병을 하는 것은 라울 일행을 비롯한 남성단원들뿐이었다. 아이즈를 비롯한 여성진은 숲 속에서 목욕을 하는 중이다. 쌓이고

쌓였던 피로와 스트레스를 우려한 핀이 지시한 것이었다. 그녀들이 돌아온 후에는 교대로 남성 단원들을 보낼 예정이었다.

"아이즈네랑 같이 다녀오지 그랬나, 리베리아? 한동안 이곳은 우리에게 맡겼어도 됐을 텐데."

그런 가레스의 물음에,

"내가 목욕을 하면 엘프 단원들이 민감해지거든. 도저히 긴장을 풀지 못할걸."

왕족인 하이엘프가 그런 곳에 가면 왕비를 뒷바라지하는 여관들처럼 엄중한 경비체제를 갖춘 채 목욕을 하게 될 거라며, 리베리아는 자신은 마지막에 하겠다고 웃음을 지었다.

"방심해선 안 되겠지만 '원정'의 고비는 넘겼으니까. 우리도 좀 쉬자."

조그만 두령의 지시에, 실제로 지극히 지쳤던 리베리아와 가레스도 공연히 참견하지 않고 고개를 끄덕였다.

"교대~ 교대합시다~. 남자들도 쉽시다~."

"그럼 우리도 씻으러 갈까……."

"늘 그랬지만 티오네 씨가 목욕하는 거 이번에도 엿보지 못했네……."

"멍청하긴. 신성욕탕을 엿봤다는 대신님의 가호라도 없으면 그런 짓을 어떻게 하냐."

"네. 목숨이 아깝죠."

"이상한 소리 하지 말고 빨리 가지 말임다~. ……그런 소리가 아키 귀에 들어갔다간 제가 혼나지 말임다?"

목욕에서 돌아온 아이즈 일행은 라울의 통솔 아래 우르르 이동하는 남자 단원들과 교대했다.

야영지 곳곳에서는 여전히 신음소리가 들렸다. 어젯밤에 비하면 안색이 좋아진 사람도 많지만 역시 만족스럽게 움직일 정도는 아니었다. 서포터 겸 힐러인 리네 같은 사람이 드러누운 단원이나 스미스들을 지극정성으로 보살피는 모습을 살피며 아이즈와 레피야는 캠프 경비에 힘을 쏟았다.

"역시 리빌라 마을은 안 돼~. 바가지야~."

"사람이 곤란할 때는 속이 뒤집힐 정도로 뜯어먹으려고 들잖아, 그 자식들은."

아이즈와 레피야보다 좀 늦게, 계층 서쪽의 '리빌라 마을'에 물건을 사러 나갔던 티오나와 티오네가 야영지로 돌아왔다.

"티오나 씨, 티오네씨, 어서 오세요."

제18계층에 도착한 당초, 마을에서 판매하는 포이즌 베르미스의 특효약만 서둘러 사들여, 레벨이 낮아 위험한 상태였던 사람들은 목숨을 건졌다. 그러나 그 대가는 비싸게

치러야 했다.

상급 모험자들이 경영하는 '리빌라 마을'은 지상과 비교도 안 될 만큼 물가가 비싸다. 오늘도 티오나와 티오네가 최소한도의 식량을 구입할 수 없을까 교섭에 나서봤지만 말 그대로 바가지를 썼다는 것이다. 원래 이 던전 여관마을을 이용하지 않고 야영지를 세운 것도 무시무시한 가격을 청구당하기 때문이다.

수정으로 장식된 아름다운 외견과는 달리 무법자들이 경영하는 마을은 오늘도 변함없이 거칠고 오만했다.

티오나는 배꼽을 다 드러낸 배를 문지르며 투덜거렸다.

"가는 도중에 사냥한 몬스터의 '마석'과 물물교환해서 빵 같은 건 조금 얻었지만…… 원정용 물자는 거의 남질 않은 것 같고~."

"베이트가 돌아올 때까지는 아직 시간이 걸릴 테니까…… 역시 이 계층에서 조달할 수밖에 없겠어."

그 말에 레피야가 반응을 보였다.

"아, 숲 속의 과일 같은 거요?"

"응."

지출은 피하고 싶지만 공복을 참을 수는 없다고 티오네는 어깨를 으쓱했다.

모험자들 본래의 모습답게 자급자족을 하는 것이다.

"아키와 다른 사람들한테도 말해서 몇 팀을 편성하자. 물도 떠오고, 나머지는 숲 속에서 식량을 모으는 거야."

"알았어."

"네."

"그래~."

티오네의 지시에 아이즈, 레피야, 티오나가 순서대로 고개를 끄덕였다.

이곳 제18계층의 숲에는 샘 말고도 맑은 냇물이 흐르며, 그 외에도 과일나무가 다수 존재한다. 이것은 몬스터만이 아니라 사람이 먹어도 아무 문제가 없다.

팀은 2인 1조 내지는 3인 1조로 편성하고, Lv.3 이상인 사람을 반드시 하나 이상 포함시킬 것. 티오네는 여성단원을 모아놓고 그렇게 지시했다.

몬스터가 태어나지 않는 세이프티 포인트라고는 하지만 다른 계층에서 진출하는 개체도 많다. 이곳 대삼림과 계층 북쪽의 습지대를 근거지로 삼는 몬스터도 있을 정도였다.

결코 방심해선 안 된다고 그녀는 엄명을 내렸다.

아이즈와 레피야는 식량조달을 맡았다.

"그럼 갈까?"

"네. 잘 부탁드려요, 아이즈 씨!"

각 팀이 야영지에서 사방으로 흩어지는 가운데, 엘프 소녀는 밝은 목소리로 숲 속을 향해 발을 옮겼다.

머리 위에 드리워진 나뭇가지가 줄어들자 그 틈새로 계층 천장의 수정이 뿜어내는 빛이 스며들어 마치 햇살처럼 주위를 비추었다. 수목의 뿌리께에는 청수정 기둥이 빛났다.

파우치를 가져온 레피야가 식량을 모을 동안 아이즈는 호위를 맡기로 역할을 분담했다.

덤벼드는 곰 몬스터 '버그베어'를 뒤랑달 무기《데스퍼러트》의 일격으로 물리쳤다. 장시간의 원정을 거치고도 은빛 검에는 흠집 하나 존재하지 않았다. 스미스인 츠바키가 착실히 정비해준 덕에 변함없이 예리하다.

아이즈가 몬스터를 재로 만드는 한편, 레피야는 발돋움을 해가며 나뭇가지에 열린 과일을 땄다. 몽실몽실한 솜꽃에 꿀이 맺힌 것 같은 미궁산 과일 허니클라우드였다. 껍질에서 뚝뚝 떨어지는 과즙이 달콤한 향을 풍겨 입안에 침이 고였지만 설레설레 고개를 저으며 열심히 파우치에 채워넣었다.

수복되는 미궁의 벽과 마찬가지로 던전의 조성 중 하나인 이 계층의 과일나무도 일정 시간이 지나면 새 열매를 맺는다. 허니클라우드 외에도 표주박 형태를 띤 '고드베리' 같은 수많은 과일을 모은 레피야는 이 장소를 잘 기억해두자고, 마치 조그만 과수원처럼 과일을 맺은 나무들을 둘러보았다.

주위를 경계하면서 무료해진 아이즈도 레피야와 함께 자신이 가져온 파우치에 과일을 모았다.

두 사람의 파우치가 묵직해지고 일단 야영지로 돌아가려 했을 때, 아이즈는 발밑의 풀밭에 돋아난 청백색 광채

© Kiyotaka Haimura

를 발견했다. 주위에 뻗은 조그만 수정 덩어리 속에 숨어 있던 것은 사탕과자와 비슷하게 생긴 눈물방울 형태의 과일이었다.

"아…… 크리스탈 드롭."

"와, 진귀한 거네요! 대단해요, 아이즈 씨!"

제18계층에서도 어지간해서는 채집할 수 없는, 말하자면 레어 아이템이 아닌 레어 프루츠, 크리스탈 드롭이었다.

"이거 지상에서 사려면 엄청 비싼 거잖아요! '귀족들만의 과자'라고 할 정도고…… 전 딱 한 번 먹어봤는데, 시원하고 달콤한데도 기품 있는 맛이라 그렇게 불리는 것도 이해가 가요!"

흥분한 레피야의 말대로, 딱딱한 수정 알사탕 같은 크리스탈 드롭은 맛만이 아니라 희소성도 높다. 보석 같은 아름다움 때문에 상류계급의 고급 과자로 매우 인기가 많으며, 지상에서는 크리스탈 드롭 한 병이 1만 발리스가 넘는 가격에 거래될 정도였다.

이번에 입수한 것은 단 두 개. 아이즈의 손바닥 위에 얹힌 크리스탈 드롭에 레피야는 눈을 빛냈다.

단것이라면 사족을 못 쓰는 후배의 모습을 흐뭇하게 보던 아이즈는, 무언가를 떠올린 것처럼 조용한 미소를 지었다.

그리고 크리스탈 드롭을 엘프 소녀에게 건넸다.

"어, 아이즈 씨……?"

"레피야 줄게."

"하, 하지만 이걸 발견한 건 아이즈 씨고, 엄청 귀중한 거고?!"

왼손에 지팡이, 오른손에 크리스탈 드롭을 든 채 당황하는 레피야에게 아이즈는 다시 미소를 지어주었다.

"답례니까."

"답례……?"

"응."

아이즈는 고개를 끄덕이고 말을 이었다.

"59계층에서 날 구해준…… 답례."

아이즈의 말에 레피야는 군청색 눈을 크게 떴다.

제59계층에서 벌어졌던 '데미 스피리트'와의 결전. 티오나와 동료들의 도움으로 몬스터의 품까지 뛰어들었던 아이즈는 적의 함정에 빠져 하마터면 격추당할 뻔했다.

그런 아이즈를 구해준 것이 레피야의 '마법'이었다.

빈사의 몸으로도 노래를 멈추지 않았던 그녀의 지원사격이 적의 포격으로부터 아이즈를 지켜주었던 것이다.

"그 후로 바빠져서 제대로 말을 못 했지만…… 고마워, 레피야. 날 구해줘서."

아주 살짝 멋쩍음을 뺨에 맺으며 아이즈는 웃음과 함께 말했다.

발을 멈추고 서로 마주 선 금발금안 소녀의 진심 어린 감사에, 레피야는 감격한 나머지 눈물을 글썽거렸다.

그러는가 싶더니 이를 얼버무리려는 듯 눈가를 팔로

문지르고, 얼굴을 붉히면서도 갈팡질팡 말을 주워섬겨 댔다.

"아, 아뇨! 그렇게 따지면 저야말로 아이즈 씨랑 다른 분들께 계속 보호만 받았고…… 이제야 겨우 은혜를 갚았달까……!"

"아냐…… 그러면 되는 거야. 전에도 말했는걸?"

아이즈 일행은 몇 번이고 레피야를 지킨다.

그리고 마도사인 레피야는 그녀들이 위험해졌을 때 구해준다.

전에 아이즈가 풀이 죽었던 레피야에게 해주었던 말이었다. 당시의 기억을 되살린 레피야는 움직임을 멈추고, 조그맣게, 그러나 겨우 자랑스러운 미소를 띨 수 있었다.

멋쩍어하면서 손바닥 위에 얹힌 크리스탈 드롭을 가만히 바라보았다.

"고맙습니다. 잘 받을게요."

그 청백색 광채를, 아이즈를 구해준 훈장으로 삼으려는 듯 웃으면서 가슴의 주머니—— 배틀클로스의 안주머니에 소중히 담아놓았다.

"티오나도, 티오네도 다들 대단하다고 그랬어. 레피야가 없었으면 정말 위험했다고."

"그, 그건 전부 피르비스 씨 덕에……! 아뇨 리베리아 님이나 아이즈 씨의 지도 덕이기도 하지만요 물론! 저는, 어, 그러니까!"

"핀도 좋아했어. 우리가…… 레피야가 성장해줘서 기쁘다고."

"다, 단장님이요?! 아뇨, 그게, 어…… 우우~~~~~~~~!"

그 후로도 아이즈의 정신공격, 아니, 칭찬은 이어졌다.

설마 동경하는 소녀가 이렇게나 칭찬을 퍼부어댈 줄은 몰랐는지라 레피야의 얼굴은 마침내 새빨갛게 물들었다. 뾰족한 귀 끝까지 붉어져, 견디지 못하고 고개를 숙이면서 자신의 지팡이를 두 손으로 꼭 쥐었다.

그런 레피야의 모습을 흐뭇하게 바라보며, 아이즈는 정말 대단했다고 에누리 없이 생각했다.

지난번 '원정'과 이번 '원정' 사이에 소녀는 몰라볼 정도로 성장했다. 온갖 전투 속에서 노래를 자아낼 때마다 레피야가 변한 것 같다는 생각이 들었다.

무엇이 그녀를 그렇게 만들었는지, 혹은 그 커다란 요인이 무엇인지 아이즈가 그런 생각을 하고 있으려니.

눈앞에 있던 레피야가 천천히 고개를 들었다.

"저기…… 아이즈 씨."

"?"

"59계층에서, 단장님이 말씀하셨던…… 벨 크라넬 이야기요."

더 이상 갈팡질팡하지 않고, 그저 진지한 표정을 지은 레피야의 말에 아이즈는 눈을 크게 떴다.

제59계층의 결전에서 【브레이버】가 터뜨렸던 고무의 말.

절망적인 전황에서도 온갖 것들을 뒤집고 결정적인 승산을 가져다주었던 용기의 마법.

그 속에는 벨 크라넬이라는 소년의 이름도 있었다.

"59계층으로 가던 도중…… 그 휴먼 모험자가 뭘 했나요?"

'원정' 준비 기간 중에 '병행영창' 훈련을 하면서, 레피야는 자신과 마찬가지로 아이즈의 지도를 받는 소년의 정체에 대해 물어보았고, 아이즈도 이름을 가르쳐준 적이 있다.

한편으로는 원정 첫날, 제9계층에서 벌어졌던 맹우와 소년의 격투에 대해 그녀는 모른다.

'미노타우로스'가 '상층'에 출현했고, 핀 일행이 잠시 선봉대에서 떨어져 이를 살피러 갔다. 다른 단원들과 마찬가지로 레피야도 라울에게 그런 이야기를 들은 것이 전부였다. 아이즈 일행은 사태의 전말을── 자신들이 보았던 광경을 이야기하려 들지 않았으니까.

그때 핀의 격려가 모든 것을 바꾸었다.

그 소년의 이름이 아이즈의, 베이트와 제1급 모험자들의 투지에 완전히 불을 붙였다.

당시 전장에서 레피야는 확실히 직감했던 것이다.

군청색 시선에 꿰뚫려 가만히 서 있던 아이즈는, 잠시 후 무언가에 이끌리듯 나뭇가지 사이로 스며드는 빛을 우러러보았다.

"응…… 그 아이도, '모험'을 했어."

숲의 나뭇가지 너머, 천장에 형성된 국화와도 같은 수정의 무리, 그리고 그보다도 더 너머에 펼쳐진 상층으로 시선을 돌리듯 바라본다.

"그 아이도…… 레피야랑 비슷할 정도로 대단했어."

입술에서 그런 말이, 아이즈의 본심이 자연스레 새어 나왔다.

그 말을 들은 레피야는 두 손으로 든 지팡이를 꼬옥 쥐었다.

'그래…… 그 아이도 변했지.'

소녀의 그런 모습을 알아차리지 못한 채 아이즈는 생각에 잠겼다.

레피야와 비교하면── 레피야가 이룬 공적 앞에서 소년의 '모험'은 분명 한참 뒤떨어질 것이다.

하지만 그 '모험'은 아이즈를 비롯한 모험자들에게는 원점 그 자체였다.

약한 자가 절대강자를 자신의 힘으로 타도하는 것.

가장 단순하고 가장 어려운 '위업' 중 하나.

한계를 넘어, 자신의 힘을 걸었기에, 아이즈 일행도 그렇게까지 넋을 놓고 바라보았던 것이다.

처음으로 이룰 수 있었던 '위업'은 그 사람의 인생을 크게 좌우한다.

첫 '모험'은 커다란 의미를 가진다.

분명 소년은 앞으로도 변할 것이다. 아이즈에게는 예감이 있었다.

대성할지, 그저 목숨 아까운 줄 모르고 나대는 사람이 될지, 혹은 또 다른 무언가가 될지.

'영웅'으로 가는 자격을 손에 넣어, 아득히 험준한 정상을 기어오르기 시작할지.

──그 아이는 지금 뭘 하고 있을까?

"……."

천장에 흐드러지게 핀 순백색 수정에 아이즈는 눈을 가늘게 떴다.

엘프 소녀도 그 시선을 따라가는 가운데, 흰 광채를 한동안 바라보고만 있었다.

🔥

제18계층에는 '밤'이 찾아온다.

계층 천장을 가득 메운 수정의 무리는 중심에 태양을 연상케 하는 흰색, 그 주위에 하늘을 방불케 하는 푸른색 크리스탈이 돋아나 빛을 내 마치 지상의 하늘 같은 경관을 자아낸다.

그리고 시간이 경과하면 빛은 꺼져가고, 계층은 어둠에 잠기는 것이다.

아이즈 일행이 자급자족을 시작했던 그날 밤, 【로키 파밀리아】는 보초를 남겨놓고 휴대용 마석등을 에워싼 채 모두 식사를 시작했다.

그 자리에 제공된 것은 아이즈 일행이 모아 온 과일과 소량의 빵, 그리고 츠바키가 '거목미궁'에서 가져온 거대 버섯 통구이었다. 그녀는 손님이라는 입장을 악용해 낮 동안 마음대로 쏘다니고——동료 스미스의 간호도 다 떠넘긴 채——심지어 몬스터까지 잡아 전리품으로 리빌라에서 술과 물물교환해 온 것이었다. 동맹 파벌이라고는 해도 지나친 행위였지만 '원정'도 이미 끝나가는 마당이니 핀을 비롯한 간부진은 쓴웃음을 지으며 넘어가주었다.

　물론 규율을 지키기 위해 자기 파벌 단원들에게는 결코 허용하지 않았지만.

　"츠, 츠바키 씨, 이 버섯 먹을 수 있는 것임까……?! 식용으로 확인되지 않은 품종 같은데……!"

　"'내성' 어빌리티 있으면 괜찮아!"

　"역시 독버섯 아님까?!"

　살짝 취해선 모닥불을 피우고 독살스러운 보라색 거대 버섯을 굽는 츠바키에게 라울이 식은땀을 흘리고, 레피야는 비명을 질렀다.

　"그런 소리 말라고. 제법 진미여서 괜찮다니깐? 자자, 사우전드. 너도 먹어봐!"

　"싫어요, 싫어요오?!"

　"아, 그럼 난 먹을래~!"

　츠바키가 내미는 버섯을 엘프 소녀는 온 힘을 다해 거부하고, 티오나가 스스럼없이 손을 드는 광경에 단원들이 왁자하게 웃었다. 아이즈도 웃음을 흘렸을 정도였다.

왁자지껄한 저녁식사가 끝나면 이내 취침 시간이다.

보초는 교대로 맡지만 아이즈를 비롯한 간부들은 당연하다는 듯 면제되어, 배정받은 천막에 들어가 티오나와 티오네, 레피야, 그 외의 다른 여성단원들과 함께 눈을 감았다. 부상자를 눕힐 천막에 여유가 없기 때문에 이렇게 된 것이었다.

제2급 모험자인 엘프 소녀가 한번 불침번을 서러 나간 것을 지각하면서 아이즈는 체력회복에 힘썼다.

그리고 '아침'.

"……."

계층 천장에 빛이 돌아오고, 이른 아침의 숲을 연상케하는 광채가 야영지에 퍼지는 가운데 아이즈는 천막에서 나왔다.

눈이 맑았다.

던전에 있을 때는 늘 이렇다.

이 지하미궁에서는 아무리 지쳐도 진정한 의미에서 숙면을 취할 수가 없다.

'지상과 시차가 커…….'

제18계층의 수정은 시간대에 따라 빛의 양이 변한다. 이에 따라 지상과의 시차도 발생하고, 크게 엇나가는 경우도 많다.

머리맡에 있던 레피야의 회중시계로 확인한 시각은 날

짜가 바뀌고 몇 시간이 지난 정도. 지금 지상은 심야이며 분명 푸른 달밤이 펼쳐졌을 것이다.

수정의 무리로 이루어진 지하의 가짜 하늘을 올려다보며 아이즈는 약 2주 동안 받지 못한 햇살과 조용한 달빛을 그리워했다.

허리에 애검 《데스퍼러트》를 차고, 단원들에게 양해를 구한 다음 야영지를 나선 아이즈는 훌쩍 산책을 갔다. 기왕 깼으니 내키는 대로 걷고 싶은 기분이었다. 혹은 던전에 내려온 후로 계속 미뤄두었던 검 휘두르기 연습을 해도 좋을 것이다.

풀밭을 밟는 부츠에서 소리를 내며 그런 생각을 하던——직후.

『————————오오오오오.』

"!"

지진과도 같은 거인의 포효가 울려 퍼졌다.

그리고, 쿠우우우웅. 강렬한 진동이 이어졌다.

제1급 모험자인 아이즈는 무슨 일이 일어났는지를 금세 깨달았다. 이곳 제18계층의 바로 위, 연결로와도 이어진 제17계층 심장부의 거대한 룸에서 계층 터주 '골라이어스'가 설치고 있음을.

아이즈는 달려 나갔다.

어젯밤까지 비슷한 현상은 발생하지 않았으니 아마 이제 막 태어난 '몬스터렉스'가 룸에 침입한 모험자들을 습격했을 것이다. 이곳 세이프티 포인트까지 미친 강한 진동과 충격은 거인의 철퇴가 연결로까지 날아왔기 때문일까?

【로키 파밀리아】가 세운 야영지는 계층 남쪽 끝, 제17계층으로 통하는 동굴에서 가깝다.

모험자들이 걱정된 아이즈는 누구보다도 빠르게 동굴 앞으로 서둘러 달려갔다.

나무들 사이를 질주해, 수정 덩어리를 뛰어넘어 어스름한 숲의 입구에서 뛰어나갔다.

그리고.

'——어?'

풀의 융단 위에 엎드려 쓰러진 모험자들을 보았다.

동굴 앞의 탁 트인 푸른 풀밭.

휴먼 남성 두 사람에 파룸 소녀. 3인 파티.

모두 온몸이 너덜너덜했다. 파룸 소녀의 얼굴은 찰과상과 흙투성이였으며 완전히 정신을 잃었다. 마찬가지로 의식을 잃은 붉은머리 청년은 뼈가 부러졌는지 왼쪽 다리의 상태가 심각했다. 마치 결사행을 되풀이해 이 계층까지 도망친 것 같았다.

그러나 그런 가운데에서도 아이즈의 눈은 남은 한 모험자에게 못박혔다.

흙먼지에 찌든 흰 머리.

여기저기 망가진 라이트아머에, 일부가 찢겨나간 이너웨어 타입의 살라만더 울.

엎드린 채 쓰러져 꼼짝도 하지 않는다.

이마에서 심하게 피가 흘러, 옆으로 향한 얼굴을 붉게 물들인다.

──설마.

아연실색하면서 가만히 서 있었던 아이즈는 숲 입구에서 무의식적으로 걸음을 옮겼다.

마치 무언가에 끌려 들어가듯 백발 모험자── 소년을 향해 똑바로 나아갔다.

귓가에 들리는 소리가 멀어져가고 머리가 잘 돌아가질 않았다. 경악과 충격에 머릿속이 새하얗게 물들었다.

바삭, 바삭. 조용히 풀을 밟으며 아이즈는 소년에게 다가갔다.

눈앞에서 발을 멈추고, 가녀린 몸을 자신의 그림자로 덮으며 내려다본다.

틀림없어── 숨을 죽이고 그렇게 확신한, 다음 순간.

소년의 손이 움직였다.

"!!"

덥썩.

경악한 아이즈의 왼발을 쥐었다.

떨리는 손가락이 부츠에 파고들었다. 피투성이 얼굴로, 당혹감에 빠진 아이즈를 올려다본다.

혼신의 힘을 쥐어짜내듯 입술을 움직였다.

"동료들을, 구해주세요⋯⋯!"

쥐어짜낸 것은 애원이었다.

자신이 누구인지 알아보지 못하는지, 루벨라이트색 눈동자를 몽롱하게 뜬 채 두 동료만은 구해달라고, 그 말만을 했다.

그리고 이번에야말로 힘이 다한 듯, 부츠를 쥔 손이 툭 떨어지더니 소년은 의식을 잃어버렸다.

굳어버렸던 아이즈는 무릎을 꿇고 피에 젖은 소년의 앞머리와 이마를 손가락으로 훑었다.

"벨……?"

아이즈의 입술에서 떨어진 목소리에, 굳게 닫힌 소년의 눈꺼풀은 움직이지 않았다.

소년이 맹우와 벌였던 '모험'으로부터 겨우 2주.

대자연과 수정이 숨을 쉬는 미궁의 낙원── 던전의 중층 영역에서.

아이즈는 예상할 수도 없었던 재회를 이루었다.

막간

희극의 이면

아이즈 일행이 세이프티 포인트에 도착한 날로부터 시간은 크게 거슬러 올라간다.

【로키 파밀리아】가 원정에 나선 나흘째 날에 그 회합이 열렸다.

"히얏하ー! 신회다ー!!"

거대한 미궁도시 오라리오 중앙에 우뚝 솟은 백색 거탑, '바벨'.

그곳의 30층 대형 홀에 수많은 신들이 모여들었다.

석 달에 한 번 개최되는 신들의 회합, '신회'였다.

거의 유명무실하다고는 하나 길드에서도 인정한 신들의 자문기관. 이곳에서 토의된 내용은 신들의 적당주의를 상징하듯 불성실하면서도 장난스러운 내용이 대부분이지만, 모험자에게 평생 따라다니는 칭호를 내려주는 '명명식'이나 도시에서 열리는 '이벤트'를 발안하고 심사하는 곳이기도 하다. 따라서 임시 소집이 이루어지는 경우도 있다.

참가 조건은 상급 모험자에 필적하는 【파밀리아】의 구성원을 한 명 이상 보유했을 것. 다시 말해 Lv.2 단원의 유무였다. 【랭크 업】ーー '그릇'을 승화시킨 권속의 존재는 파벌을 경쟁시키는 신들에게는 어떤 의미에서 하계에서의 지위와도 직결되는 것이었다.

신에 한 걸음 다가섰다고까지 일컬어지는 랭크 상승은 레벨을 올린 만큼, 혹은 【랭크 업】한 단원의 수를 늘린 만큼 다른 신들이 인정해주는 주신의 공적이 되는 것이다.

"아, 프레이야 님도 오셨다?!"

"으왓싸아아아아아아아아아아아아아아아아아!!"

"이슈타르 님도 계셔~!"

"눈복 터졌네 눈복……."

홀은 한 플로어를 통째로 이용한 거대한 구조였으므로 수많은 장대한 기둥이 아득히 머리 위의 천장을 떠받치고 있다. 주위는 지상 30층의 창공에 에워싸여 상공에 뜬 신전과도 같은 양상을 보인다. 유일한 출입구인 커다란 문에서 모습을 나타낸 신들은 홀 중앙에 놓인 거대한 원탁에 속속 모여들었다.

굳은 표정을 지은 각진 머리의 신, "내가 가네샤다!"라고 요란하게 자기주장을 되풀이하는 코끼리 가면 신, 은발과 보라색 머리를 가진 두 '미의 신'과 이를 감상하는 남신들. 그리고 그런 남신들에게 싸늘한 눈빛을 보내는 여신 다수. 남녀노소 온갖 신들이 원탁에 착석했다.

많은 신들이 능글능글 웃음을 지으며 옆에 앉은 자들끼리 한동안 잡담을 나누는 가운데,

타이밍을 가늠해 어떤 신이 일어났다.

"다들 모였나? 그라믄 시작한데이—."

주황색 머리카락을 출렁이는 신, 로키는 가느다란 실눈을 웃음의 형태로 구부렸다.

한번 조용해진 홀에서 선언한다.

"몇천 번째인지 모르겠지만도 암튼 신회를 거행하겠습니더. 이번 사회와 진행은 지 로키! 잘 부탁합니데이!"

『예이~!!』

다음 순간 원탁은 분위기 잘 타는 신들의 갈채에 휩싸였다.

그들 그녀들의 박수를 받은 로키는 한 손을 들어 대답했다.

로키는 오늘 신회의 사회와 진행을 맡게 되었다. 그 이유는 그녀가 사전에 자청했기 때문이다.

『【파밀리아】 얼라들이 죄다 '원정' 나가 심심하데이~. 내한테 사회 시켜도.』

신회에서 제멋대로 발언해대는 신들을 통제하려면 어느 정도 지위가 있는 신물이어야 한다. 도시 최대 파벌의 일각을 차지한 그녀의 요청에 다른 신들은 아무도 반대하지 않고 "그러세요그러세요" 하며 따랐다.

자기 자리에서 일어난 로키를 원탁의 신들이 바라본다. 당연히 낯익은 얼굴이 많다. 천계 때부터 이래저래 질긴 인연이었던 미의 신 프레이야를 비롯해 '원정'으로 동맹을 맺었던 홍발홍안의 여신 헤파이스토스도 있다. 안대로 오른쪽 눈을 가린 그녀는 인사의 의미로 웃음을 지었다.

그런 가운데, 로키는 대장장이 신의 옆에 있는 어린 여신에게 흘끔 시선을 보냈다.

'진짜 땅꼬마도 왔네…… 카아~ 시건방지구로.'

어린이와 소녀의 경계를 오가는 조그만 용모에, 종 모양 장식으로 묶어 좌우에 늘어뜨린 흑발. 무엇보다도 압도적인 것은 극심한 존재감을 풍기는 가슴의 두 언덕.

　눈에 거슬리는 큰 가슴을 들이대는 가증스러운 로리신에게 로키는 침을 뱉고 싶어졌다. 주로 가슴적인 의미에서 눈엣가시로 삼는 '시건방진 감자돌이 왕찌찌 땅꼬마'였다.

　상대도 상대대로 로키가 사회를 맡아 불만인지 째릿 노려본다.

　평소 같으면 얼굴을 마주 본 순간 목소리를 높이며 드잡이질을 할 사이지만,

　'마, 지금은 저런 땅꼬마 뭐면 어떻노. 내 할일이나 할란다.'

　로키는 냉큼 무시했다.

　흘끔 노려보기만 했을 뿐 대들지는 않는 로키에게 상대도 의아한 표정을 짓는 것 같았지만 상관 않고 사회자로서 일을 시작했다.

　"좋다, 팍팍 진행해보재이. 우선 정보교환부터. 재미있는 뉴스 보고할 사람 있나~?"

　"저요저요—! 소마가 길드에 경고 먹어서 유일한 취미를 몰수당했다고 합니다!"

　『뭐야아———————————?!』
로키의 말을 시작으로 홀은 눈 깜짝할 사이에 소란스러워졌다.

신회의 목적 중 하나는 정보교환이다. 대부분은 지루함을 달래기 위한 유쾌하고 쓸모없으며 시시한 이야기지만, 던전이나 오라리오에 관한 새로운 정보가 있다면 의제로 검증하고 공유하기도 한다.

　오라리오 내에서도 주요한 파벌의 주신들이 모인 신회는 주목도가 높은 정보를 전달하는 역할을 가진 것이다.

　신들은 자유분방했다.

　손을 들고는 내키는 대로 제멋대로 입을 모아 의견을 늘어놓으면서 회의의 혼돈에 박차를 가했다. 깔깔거리는 웃음소리를 섞어가며, 원탁 위에서 오가는 화제는 몇 번씩 바뀌었다.

　하계의 아이들은 신회가 '엄숙한 분위기로 이루어지는 신들의 회의'일 거라 착각하지만, 이 지극히 무질서한 광경을 보면 '아아, 평소랑 똑같구나' 하고 체념할 것이다.

　"야들아, 쫌 다물으라!!"

　수습이 불가능하다 여겨지는 의견의 응수는 사회자 로키의 일갈에 뚝 그쳤다.

　"보자. 정리하믄 인자 신경 쓰야 하는 기 라키아 왕국 쪽이제? 일단 길드에 보고해두꾸마. 마 우라노스 영감이니 독자적으로 정보는 캐치했겠지만도. 여 있는 신들도 【파밀리아】가 소집될지 모르니까, 잘 부탁한데이."

　『알았어.』

　진행자의 권한을 발휘해 화제에 오른 정보를 간결하게

간추린다.

정리된 로키의 보고에 다른 신들도 고분고분 고개를 끄덕인다.

이윽고 소재가 떨어진 신들의 말수가 줄어들고 대화의 기세가 약해졌을 때.

"맞다. 내도 하나 말해도 되나?"

로키는 웃음을 지으며 천천히 말을 꺼냈다.

원탁의 신들을 둘러보는 움직임 속에서, 아무도 눈치를 채지 못하도록 두 남신에게 눈짓했다. 각각 떨어진 위치에 앉은 금발 남신 디오니소스와 여리여리한 남신 헤르메스가 눈을 깜빡이거나 웃음을 지어 대답했다.

"요즘 징그럽운 **신종 몬스터**가 나온데이. 필리아 축제나 세이프티 포인트 같은 데 말이다."

움찔.

일부 신들이 반응을 보였다.

아름다운 은발의 미신은 로키를 곁눈질하고, 무지한 어린 여신은 고개를 갸웃할 뿐.

무언가 짚이는 구석이 있는지——권속이 피해를 입었는지——던전 탐색계 파벌이나 리빌라에 모험자를 배출한 주신들의 대부분도 고운 얼굴에 긴장을 띠었다.

"그림물감 풀어싼 기 마냥 극채색의 괴물들인데. 힘은 제2급 모험자 수준이고…… 을마나 신출귀몰한지 던전이든 **도시든** 맘대로 들락거린다 안 하나."

로키는 신들의 의중을 떠보려 했다.

아니, '동요'를 유발한 것이다.

로키가 일부러 사회를 맡았던 것은 신회의 고삐를 쥔 채 이 자리에 모인 멤버들의 반응을 살피기 위해서였다. 몬스터 필리아, 제18계층, 제24계층 팬트리에서 일어난 일련의 사건에 관한 단서를 얻기 위해.

식인꽃, '보옥 태아', 괴인, 그리고 이블스의 잔당.

지난번 '원정' 때 아이즈 일행이 처음으로 접촉한 극채색 몬스터에게서 시작된 이 소동은 미궁도시가 뒤집어지고도 남을 만한 대사건으로 발전하고 있다. 이 사태에 직면한 로키는 며칠 전 고급 주점의 밀회에서 어쩌다 보니 결탁하게 된 디오니소스, 그리고 헤르메스와 연계해 한번 공세를 가해보기로 했다.

다시 말해, 용의자를 색출하는 것이다.

『나에게 이 도시의 신들은 전부 용의자, 아이들의 원수다.』

권속을 살해당한 디오니소스의 말이었다.

신들 중에는 수상한 놈들이 많다는 그의 말을 로키도 부정하지 않았다. 지금 원탁을 둘러보는 그녀의 시야에 들어온 신들은 모두가 예외 없이 의심스러웠다.

판명되기 시작하는 흑막, '에뉘오'라 불리는 존재.

던전에 도사린 지하세력과 이블스의 잔당으로 이루어진 지상세력. 어쨌든 후자에게는 반드시 잔당에게 '은혜'를 주는 신이—— '사신(邪神)'이 있다.

통솔자 내지는 가담자를 조사하기 위해 로키와 두 남신은 이번 신회를 이용한 것이다.

도시 유력 파벌의 신들이 모인 이 향연을.

"옛날에 사고 치고 다니던 문디자식들의 잔당이 몰래 움직인다는…… 그런 소리도 들었데이. 다들 조심하그라~."

주황색 눈을 가늘게 뜨고 희미한 웃음을 지은 채 로키는 이블스의 존재를 시사했다.

디오니소스와 헤르메스는 그녀의 말에 묘한 기색을 보이는 자는 없는지 원탁 구석에서 눈을 빛냈다.

하계 신참, 혹은 도시에 온 지 아직 2~3년밖에 안 된 신들이 의아한 표정을 짓는 가운데, 주위에서는 여신들이 입에 손을 대며 짐짓 어머어머 감탄사를 흘리고, 남신들은 무섭다고 너스레를 떨며 능글능글 웃었다.

신들이 서로 속내를 캐려 한다.

그리고 그때.

"나도 한마디해도 되겠나!!"

갈색의 다부진 팔이 척 올라왔다.

거수와 함께 원탁에서 일어난 것은 코끼리 가면을 뒤집어쓴 남신, 가네샤였다.

"우선 미리 말해두겠다── 내가 가네샤다!!"

"그래그래. 그럼 앉아."

"미안, 진심으로 실수했다! ──우선 미리 사과하겠다. 지난 몬스터 필리아에서는 폐를 끼쳤다! 그러나 【군중의

왕)이라는 이름에 맹세코 말하건대 보고에 있었던 식인꽃 몬스터는 우리 【파밀리아】가 잡아 온 것이 아니었다! 믿어 주었으면 한다!!"

로키의 무시에 재빨리 발언을 정정하면서 가네샤는 의자 위에서 일일이 포즈를 잡아가며 말을 이었다.

【가네샤 파밀리아】는 길드와 제휴하면서 몬스터 필리아를 주최하는 입장이다. 주신인 그는 지난 축제에서 몬스터의 탈주를 허용하고 말았던 것, 소동의 진압에 협력한 다른 신들이나 그들의 권속에게 폐를 끼쳤던 것을 이 자리에서 진지하게 사과했다.

로키가 몰래 시선을 보내자—— 정작 이 소동에서 절반의 원인이었던 은발 미신은 시치미를 뚝 뗀 채 그녀의 팬인 남신 중 하나가 내준 홍차를 마시고 있었다.

가네샤는, 나머지 절반의 원인인 식인꽃 몬스터에 대해 정체를 전혀 모르겠다고 단언했다.

"거듭 말하자면, 같은 몬스터가 폭주했다는 18계층의 사건에서 우리 단원이 살해당했다! 몬스터 필리아와의 관계성은 알 수 없으나, 나는 자식의 원한을 풀고 싶다!! 무언가 정보를 안다면 부디 협조해다오!!"

쾅, 원탁을 두드리며 가네샤는 호소했다.

제18계층의 사건—— 극비 의뢰를 받고 '보옥 태아'를 회수한 【가네샤 파밀리아】의 단원, 제2급 모험자 하샤나 도를리아가 붉은머리 여자 레비스에게 살해당했던 사건을 말한다.

권속의 죽음을 애도하듯 코끼리 가면에서 두 줄기 눈물이 뺨을 타고 흘러내렸다.

평소에는 기괴한 언동을 보이는 남신이 흘리는 눈물에 주위 신들도 이번만큼은 입을 다물었다. 하지만.

"크윽, 하샤나! 어떻게, 어떻게 너는―― 복상사라니!! 섹시한 미인의 유혹에 당하다니, 이 무슨 부러운, 이 아니라 괘씸한 놈!! 어째서 나와 바꿔주지 않았더냐!!"

"문디야. 하샤나는 복상사 아이다."

"어?"

뜨거운 눈물을 흘리며 진심으로 부러워하던 가네샤에게 로키가 태클을 걸었다.

어떻게 꼬여서 전해졌는지는 모르겠지만 주신의 머릿속에서는 자신의 아이가 탱글탱글한 미인에게 안겨 승천한 것으로 변질된 모양이었다.

얼빠진 코끼리 가면을 보이는 남신에게 꽂히는 로키의 싸늘한 눈빛. 역시 여느 때와 같은 가네샤 덕에 조금 진지해졌던 무드는 어이없이 깨져버렸다.

"하아, 나 원……."

멍청이 때문에 분위기 이상해졌다고 로키는 한숨을 쉬었다.

쓴웃음을 짓는 디오니소스와 헤르메스를 곁눈질하며, 이 이상은 캐봤자 소용없을 테니 신회 본래의 논의로 돌아가야겠다고 생각했다.

"이젠 할 말 없지~? 괜찮나~?"

그리고 로키는 회합의 사회 역할을 다했다.

담담히 모임을 진행하고, 이젠 대체로 화제가 다 나왔음을 확인했다.

입을 다문 원탁의 멤버들을 둘러보던 그녀는……

"그라모 예정대로."

그렇게 말을 꺼내며, 광대처럼 입가를 틀어올렸다.

"담으로 넘어가까. 명명식이다."

긴장이 내달렸다.

로키의 그 발언을 시작으로, 그때까지 입을 다물고 있던 몇몇 신이 단숨에 낯빛을 바꾸었다. 헤스티아도 그중 하나였다.

한편,

씨이익.

신회의 단골인 일부 신들이 여봐란 듯이 지저분한 웃음을 지었다.

비극이 시작되는 것이다.

"자료는 다 받았겠지? 그럼 시작한다? 어디, 1번 타자는…… 세트네 파밀리아의 세티라는 모험자부터."

"부, 부탁이니 제발 살살……!"

"""""""""""거절한다."""""""""""

"노<u>ㅇㅇㅇㅇㅇㅇㅇㅇㅇㅇㅇㅇㅇㅇㅇㅇ</u>!"

모험자의 칭호를 증정하는—— '명명식'이었다.

【검희】와 【대절단 아마존】 등, 【랭크 업】한 상급 모험자의 공식 칭호는 예외 없이 이곳 신회의 '명명식'에서 결정된다.

하계 사람들의 위업을 칭송하며 신들이 주는 별명. 선택받은 자들에게만 주어지는 강함과 명성의 상징이자, 초월 존재 데우스데아에게 인정을 받았다는 증거.

아직 인류는 도달할 수 없는 신들의 고상한 센스로 넘쳐나는 온갖 이름들은 하계 주민들에게는 존경과 선망의 표적이었다.

"그러면 모험자 에리카 로자리아. 칭호는 【비오란테】."

"싫어어어어어어어어어어어어어어어어어어어!!"

——그러나 시대를 따라잡지 못하는 아이들 사이에서만 그렇다는 것일뿐, 신들 사이에서는 온 힘을 다해 회피해야 할 사태였다.

'명명식'에서 태어난 별명의 대부분이 신들 자신은 절로 손발이 오그라드는, 소위 '흑역사의 이름'이었다. 소중하게 길러낸 아이들에게 웃음거리……가 아니라 온몸이 배배 꼬이는 오명을 강제로 증정하는 것이다. 이 이상의 고문이 있겠는가.

심술궂고 사악한 특정 신들은 오로지 칭호를 받아 자랑스러워하는 아이들과 괴로워하는 주신들, 이 두 가지 광경을 바라보며 포복절도하고 싶어 흑역사의 이름을 안겨주

곤 했다.

사회를 맡은 로키가 의견을 취합해 좁히고, 다수결을 거쳐 최종결정된 별명——이라는 이름의 사형선고——을 읊으면 남신 여신을 불문하고 절규를 터뜨렸다.

"'명명식' 시작됐으니 신회는 이제 마 강 잼나게 끝나겠네.'

이번 신회에서도 또 지위 낮은 약소 파벌의 주신들이 표적이 되어, 여느 때처럼 신참 괴롭히기가 벌어지는 가운데 로키는 내심 중얼거렸다.

본심으로 말하자면, 기왕 하는 김에 좀 더 깊게 파고들어 주위의 반응을 관찰하고 싶었지만 많은 것을 바랄 수는 없었다.

이와 함께 생각을 굴리면서 회합을 진행했다.

"야마토 미코토는 별명 아이디어 더 없나~? 없으면 마감한데이~?"

"아직 멀었어! 나의 카르마가 불을 뿜는다! 【절대소녀묵시록】이라 쓰고 【엔젤릭 코드】!!"

"【극동신풍(極東神風)】이라 쓰고 【잔느 오브 야마토】!"

"【성인(聖忍)】이라 쓰고 【세인트테일】!"

"멍청이들아, 【블러드 앤 스웨트】가 짱이지!!"

"그만, 그마아아아아아아아아아아아아아아아아아안!!"

원탁회의는 전에 보지 못했을 정도로 달아올라, 자식을 인질로 잡힌 주신의 비명이 잇따라 울려 퍼졌다. 머리를 각지게 깎은 남신이 머리를 끌어안으며 오열하는 광경에서 눈을 돌려 로키는 다른 곳을 보았다.

그녀의 시선을 알아차린 남신, 디오니소스는 어깨를 으쓱했다. 보아하니 별다른 성과는 없었던 듯하다고 탄식하는 협력자.

그리고 그때 다른 신들이 디오니소스에게 말을 걸었다.

"새침한 디오니소스 군, 아까부터 입을 다물고만 있는데 뭐 좀 없나?"

"오랜만에 참석했으니까 뭔가 의견을 좀 내보는 게 어때?"

"지금은 소문난 루키 미코토의 별명을 결정하는 중요한 국면이란 말이야!"

"음? 그런가……."

한 마디도 발언하지 않았던 그는 주위의 채근을 받아 원탁 위에 있는 자료, 길드에서 작성한 칭호 증정 후보의 프로필을 보았다. 양피지에는 지금 의제에 오른 극동 출신의 모험자, 아름다운 흑발 소녀의 얼굴 그림이 그려져 있었다.

손에 들린 자료를 쓱 훑어보고 디오니소스는 씨익 웃었다.

"【절絶†영影】은 어때?"

"디오니소스 너 이 인마아아아아아아아아아아아아아아아아아아아아아아아?!"

오늘도 신회는 대성황이었다.

"그럼 미코토의 칭호는…… 【절†영】으로 결정."

『이의 없음.』

"으아아, 으아아아아아아아아아아아아아아아아아아아아아아아아아아아아아아아!!"

다수결로 설마했던 디오니소스의 안이 채택되어, 그 자리에 주저앉은 무신(武神)의 통곡이 솟아났다.

메아리치는 신들의 홍소. 희생자가 늘어나도 계속해서 이어지는 비극에, 자신도 이제는 좀 즐겨야겠다고 로키는 의식을 전환했다.

중소【파밀리아】의 아비규환 지옥도를 한동안 감상한 후에는 도시 상위 파벌에 속한 단원의 이름이 열거되었다. 아무리 그래도 힘이 있는 대형 파벌에게 싸움을 거는 짓은 피하고 싶은지 끔찍한 별명은 눈에 띄게 줄어드는 가운데 제2급 이상의 모험자가 열거되었다.【헤파이스토스 파밀리아】,【가네샤 파밀리아】,【이슈타르 파밀리아】가 그랬다.

모 미신들 사이에서 한바탕 말다툼이 있기는 했지만 회의는 순조롭게 진행되었다.

"야그 계속하자. 이번 모험자는…… 우후후, 오늘의 하이라이트, 우리 아이즈다!"

"【검희】떴다―!!"

"검희는 여전히 예쁘구만."

"근데 벌써 Lv.6이냐……."

그리고 자기 권속의 차례가 온 순간 로키는 여봐란 듯이 기고만장했다.

【브레이버】를 비롯한 【로키 파밀리아】의 3대 두령, '정천' 의 극치인 【맹자】와 함께 오라리오 내에서도 손꼽히는 지 명도를 자랑하는 금발금안의 여검사.

10년도 안 되는 이 짧은 기간 사이에 크게 약진한 소녀 의 등장에 신들 또한 소란스러워졌다.

【검희】아이즈 발렌슈타인이 마침내 Lv.6의 대열에 들어 섰다는 것이다.

"또~ 정신 나간 짓을 저질렀구만, 얘는."

정밀한 인형 같은 소녀의 몽타주와 그 밑에 열거된 공적 내용――【랭크 업】에 기인한 특필할 만한 경력으로 기록 된 자료의 최종항목을 내려다보며, 한 신이 유쾌하기 그지 없다는 듯 입술을 틀어올렸다.

심층 제37계층의 '몬스터렉스', 우다이오스 토벌이었다.

계층 터주 **단독격파**라는 위업에 신회는 크게 들끓었다.

"계층 터주를 혼자 잡다니…… 끝내주네. 오탈보다 더 끝내주네!"

"아냐, 오탈은 혼자 '원정' 가서 계층 터주 발로르를 반쯤 죽여놓고 왔잖아. 오탈이 더 끝내주지."

"우다이오스가 당한 모양이군……."

"큭큭큭, 놈은 사천왕 중에서도 최약……."

"우리의 아이돌 따위에게 패배하다니, 보스의 수치다……."

"야, 나의 우다이오스를 우습게 보지 마!!"

"우다이오스는 사천왕 최강이지!! 그만 좀 해!"

남신도 여신도 입을 모아 칭송했다.

소녀의 몽타주를 내려다보는 어린 여신도 그 어마어마한 위업에는 자신도 모르게 신음하고 있었다.

"그보다도 별명, 별명!"

"으음~."

"아이즈는 딱히 억지로 바꿀 필요는 없지 않을까?"

"그러게."

"바꾼다면 【검성(劍聖)】 정도?"

"에이~."

"아이즈의 이미지하곤 좀 다르잖아, 그건."

"뭐, 최종후보는 역시 【우리 마누라】겠지만."

""""""""그치!""""""""

흥분이 식지 않는 가운데 신들이 【검희】를 대신할 새로운 칭호를 증정하려 했지만,

"직이삔다."

로키가 한번 노려보자 일축되었다.

""""""""잘못했습니다!!""""""""

얼어붙을 듯한 시선에 장난기 득실거리던 신들은 모조리 원탁에 이마를 조아렸다.

귀여운 권속에게 수치의 별명을 주려는 자가 있다면 로키는 원흉을 없애버리려 들 것이다. 어디까지나 사랑 때문에.

도시 최대 파벌을 이끄는 주신의 역린을 건드린 신들은 천계 강제송환을 두려워한 나머지 온 힘을 다해 머리를 숙

였다.

"머꼬, 쌈을 걸라캐도 상대를 골라서 걸어야지. 마, 됐고. 계속하자. ……음, 다음은 마지막."

펄럭 아이즈의 자료를 넘기자 마지막 페이지가 된 양피지가 보였다.

로키의 눈에 비친 것은 몽타주 속에서도 긴장된 표정을 지은 휴먼 소년이었다.

'진짜로【랭크 업】했네, 땅꼬마네 얼라가…….'

【헤스티아 파밀리아】소속, 이라는 한 문장을 보고 로키는 자신도 모르게 낯을 찡그렸다.

신회에 주신이 참가한 이상 당연하다면 당연하겠지만, 역시 싫어하는 파벌이 두각을 드러내는 것은 마음에 들지 않았다.

무엇보다도,

'게다가…… 뭐고, **한 달 반**이란 기.'

짧게 정리된 관련정보 속에서 춤을 추는,【랭크 업】에 걸린 소요 기간 항목.

담백하게 기재된 그 숫자에 로키는 조금 전까지 신음하던 어린 여신과 똑같이 속으로 신음하고 싶은 심정이었다.

하지만 그것은 비교하자면 반감이나 의혹도 다수 포함된 것이었다.

'아이즈의 기록을 제치다니…… 거짓말 아이가, 이거. 암만 그래도 한 달이 뭐고.'

8년 전이었다.

당시 **여덟 살이었던 소녀**가 분수도 모르는 기이한 속도로 Lv.2에 올랐던 것이.

소요 기간은 1년. 과거의【랭크 업】최단기록과 비슷했던 그 위업은 누구도 깨뜨리지 못하는 세계적인 기록이었다.

그렇다, 오늘 이날까지는.

'속임수는 없었다 캐도, 하필이면 땅꼬마네 얼라가……. 카아~ 화나네~!!'

【랭크 업】소요 기간을 속이거나.

혹은 길드에 하급 모험자로 등록하기 전부터【엑세리아】를 쌓고 있었거나.

신출내기란 것이 허위 자진신고였거나.

마음만 먹으면 속임수를 쓸 방법은 얼마든지 있다.

그러나 저 어린 여신—— 헤스티아가 그런 못난 짓을 할 신물이 아니라는 정도는 견원지간이라 해도 잘 안다.

다시 말해 이 소년은 정말로 '위업'을 달성한 것이다.

양피지의 짧은 경력에 기재된 대로 '미노타우로스'라는 벽을 타도하면서.

"……레코드 홀더."

원탁 한구석에서 흘러나온, 눈을 가늘게 뜬 여리여리한 남신의 말이 로키의 귀에도 들렸다.

'명명식' 마지막을 장식한 가엾은 작은 토끼에게 다른 신들이 어떤 칭호를 줄까 입맛을 다시는 한편, 입을 부루퉁

내밀고 말았다.

'근데 이 '성장'은…… 한번 캐봐야 하지 않나?'

주위에서 소란까지는 이르지는 않을 정도의 속삭임이 수없이 오가는 가운데, 로키는 어떤 판단을 내렸다.

무난한 별명을 쟁취하려는지 공연히 의자 위에서 힘을 쓰는 어린 여신을 노려보며 혼자 조용히 일어났다.

"……로키?"

"칭호 정하기 전에, 쫌 물어보자, 땅꼬마야."

주위의 반응은 일절 무시하고 전에 없던 가시를 드러내며 그녀는 그 가느다란 눈을 슬쩍 떴다.

"한 달 반 만에 우리의 '은혜'를 승화시켰다는 게 어찌 댄 기고?"

소년의 자료 위로 손바닥을 내리치며 일부러 위압적으로 목소리를 높인다.

"우리 아이즈도 첨 【랭크 업】까지 1년, 1년 걸렸다. 근디 이 머스마가 한 달이라꼬? 무신 멍청한 소리를 하고 앉았노."

"……."

"우리의 '은혜'는 **이딴 기** 아이다. 한 달 쪼매 해서 아들이 전부 그릇을 바꿔삐면 돌봐줄 필요도 없다. 그래 안 대니까 야고 자고 고생하는 거 아이가."

"…………."

"땅꼬마야. 설명해바라."

"……………."

가차 없이 으름장을 놓는 로키에게 헤스티아는 삐질삐질 온 얼굴에서 땀을 흘렸다. 속으로도 크게 갈팡질팡하는지, 조각상처럼 경직되어버렸다.

로키는 의심했던 것이다.

소년의 급격하다고 하지 않을 수 없는 '성장'에는 무언가 심상치 않은 요인이 감춰진 것이 아니냐고.

예를 들면── 괴인 레비스 일당, '강화종'과 같은.

소년의 성장에 관한 비밀은 자신들이 지금 적대하는 세력, 올리버스 액트가 말했던 '그녀'에 의한 것이 아니냐고.

그 이상한 성장력을 눈여겨보고 로키는 헤스티아의 의중을 떠보려 했다.

'진짜로 함 떠보는 게 다지만.'

그렇다고는 해도 그 의심 또한 거의 없는 거나 마찬가지였다.

둔하디 둔하고 얼빠진 이 여신과, 그런 그녀가 선택한 권속이 이블스와 연결되었다니, 하늘이 뒤집어져도 있을 수 없는 일이다. 너무나 우스꽝스러운 가정이라 진지하게 캐물으려는 로키 자신도 질릴 지경이었다.

요컨대 '강화종'이 아니냐는 의심은 나중에 갖다 붙인 이유일 뿐, 속내는 시비를 걸려는 것이었다.

자신의 권속이 세운 기록이 깨졌다는 질투와 짜증. 그리고 단순한 호기심.

평범하게 추측한다면 '스킬'이 아니겠는가. 그것도 성장 속도에 효과를 미치는 것이라면 아직까지 관측되지 않은 '레어 스킬'이라는 뜻이 된다.

신으로서 온갖 감정을 뒤섞으며 로키는 툭툭 건드리듯 헤스티아에게 힐문했다.

"말 몬하나? 니 설마 신의 힘을 쓴 건 아이겠제?"

"누, 누가 그런 짓을 했다고 그래!"

신의 힘, 즉 '아르카넘'의 행사── 권속을 '개조'한 것이냐고 도발을 섞어 물었지만 물론 이것도 진심으로 하는 말은 아니다.

로키도 안다. 신들의 규칙에 저촉되는 '아르카넘' 사용은 순식간에 탄로 나며, 애초에 자식을 개조해봤자 재미있을 것도 없다. 무의미하다. 하계라는 게임을 모독하는 행위다. 자신도 타인도 흥이 깨져버릴 뿐이다.

사랑하는 아이들과 함께 살아간다는 실감을 버리고 편해지려 한다면 천계로 돌아가 다시 타락의 나날을 보내면 그만이다.

무엇보다도 신들이 목적하는 바와 어긋난다.

대부분의 정상적인 신들이 자식에게 '은혜'를 베풀어주고 그 이후에 바라는 것은── '영웅'의 탄생, 그 이상도 이하도 아니니까.

"그라모 말해삐든가. 켕기는 기 없으믄 말하기 쉬울 거아이가."

"윽……."

교묘한 말로 유도하면서 헤스티아의 도주로를 봉쇄했다.

이제는 모든 신회 참석 멤버들의 주목이 쏠렸다.

모두가 흥미진진하게 지켜보며 조용해진 가운데, 난감해하는 헤파이스토스를 비롯해 헤스티아를 옹호하려는 자는 없었다.

자신의 감정을 제외하고서라도 캐묻지 않을 수 없는 '성장'의 요인을 로키는 어떻게든 들으려 했다.

하지만 그 직후.

"어머, 뭐 어때서 그래."

두 사람 사이에 끼어들듯 아름다운 소프라노가 울려 퍼졌다.

"……에?"

"아앙?"

헤스티아와 로키, 그리고 그녀들 이외의 신들도 시선을 목소리의 주인에게 향했다.

어딘가 흥미 없다는 듯, 하지만 그 매혹적인 입술에는 웃음을 지으면서 은발의 '미신'은 말을 이었다.

"헤스티아가 부정을 저지르지 않았다면 억지로 캐물을 필요도 없잖아? 【파밀리아】의 내부 사정에 간섭하지 말 것. 특히 단원의 스테이터스는 터부니까."

별일도 아니라는 듯 말하는, 천계 시절부터 질긴 인연을

© Kiyotaka Haimura

이어온 여신 프레이야에게 로키는 매우 수상쩍다는 시선을 보냈다.

"……한 달이데이? 이기 먼 뜻인지 모르나, 색골 여신?"

"후후, 왜 그렇게까지 고집을 부리는 거야, 로키? 나한테는 지금 네 태도가 더 이상하게 여겨지는걸."

터부를 깨뜨리는 건 네 쪽이잖아? ──행간으로 그렇게 말한 프레이야는 짐짓 무언가를 깨달은 것처럼 흐뭇한 표정을 짓는다.

"……혹시, 질투해? 네가 아끼던 아이의 기록이, 헤스티아의 아이에게 깨져서?"

"머라카노."

가볍게 정곡을 찔려 내심 신음하며 즉시 대꾸하자, 프레이야는 사실이었냐며 도발하듯 웃었다.

발끈한 로키는 눈썹을 곤두세우며 대들려 했지만──이쪽을 빤히 바라보는 미신의 은색 눈동자에 움직임을 멈추었다.

'뭐고, 설마 저 색골…….'

자신의 발언을 유도해 발판을 없앨 생각이라면 정면에서 논파해줄 생각이었다.

하지만 그녀의 신의를 깨달아버린 로키는 이제 무슨 말을 해도 자신은 설복당하지 않을 수 없다는 사실을 이해해버렸다.

자신도 모르게 쯧 혀를 차니 프레이야가 웃음을 흘렸다.

"물론 숫자 하나만 보자면 귀를 의심할 만하지……."

"하지만 이 아이는 **기적적으로** 그 미노타우로스를 쓰러뜨렸잖아? 레벨이라는 벽을 넘어서."

"억지로 추리를 해도 좋다면, 그 미노타우로스가 악연인 사이였을 경우 이 아이가 획득한 【엑세리아】는 이 아이에게 특별한 의미를 가졌을 거야……."

"【랭크 업】도 가능……할지 모른다고, 나는 그렇게 생각하는데?"

프레이야의 한 마디 한 마디에 신회가 농락당했다.

로키와 함께 도시 최대 파벌인 강대한 발어력, 무엇보다도 미의 화신이라고까지 불리는 '매력'이 수많은 찬동자들을 멋대로 늘려버렸다. 완전히 넋이 나가버린 헤르메스 같은 작자는 "나도 프레이야 님을 지지해!"라는 소리까지 하는 바람에 디오니소스의 탄식을 샀다.

'**그때** 니가 했던 말이 이런 거였나? 그럼 저 색골의 이번 사냥감은, 뭐고. 땅꼬마네 얼라였나…….'

주위의 분위기가 미신 쪽으로 기울어지는 가운데, 로키의 머릿속에서는 그날의 기억이 되살아났다. 몬스터 필리아가 있었던 날 밤, 번화가의 고급 술집에서 이루어졌던 프레이야와의 밀담이었다.

『앞으로 내 행동에 눈을 감아주겠다면…… 그 깃털옷도 네게 줄 텐데, 그러면 어떨까?』

프레이야와 로키 사이에서 맺어진 계약이었다.

'매료'의 힘으로 몬스터 필리아에 소동을 일으켰음을 간파하고 로키는 그녀를 위협하려 했지만, 반대로 약점을 잡히는 바람에 부득불 그녀와 거래를 맺을 수밖에 없었던 것이다.

앞으로 자신의 행동── 다시 말해 프레이야가 **점찍은 아이**에 대해 일으킬 온갖 사항에 관해.

로키는 여기에 모두 눈을 감아야만 한다. 이제까지도, 그리고 앞으로도.

프레이야가 점찍은 상대란, 다시 말해 헤스티아의 권속이리라고 로키는 그녀의 마성 어린 눈동자를 바라보고 눈치챘던 것이다.

'그럼 아까 이슈타르가 끄집어냈던 '미노타우로스' 이야기…… 그것도 역시 이 인간 짓인가?'

원래부터 그의 '성장력'을 간파했는지 어떤지는 알 수 없지만 프레이야는 일찌감치 헤스티아의 권속을 눈여겨보았으리라. 그리고 지금은 신들 사이에서 장난감이 되려 하는 소년을 감싸려 한다.

모든 것을 깨달은 로키는 침을 뱉고 싶어졌다.

조금 전 은색 시선으로 방해하지 말라고 속삭였던 것처럼, 앞으로도 소년── 벨 크라넬에 관한 프레이야의 행동은 묵인해야만 한다. 불만이나 마음에 들지 않는 점이 있다 해도 말이다.

결국 그 후로도 흐름은 프레이야가 바라는 대로 이어져,

벨 크라넬의 성장에 관한 이야기는 유야무야되었다.

'프레이야 맘에 들었을맨치 땅꼬마네 얼라가 소질이 있다꼬? 그래서 이런 말도 안 되는 기록을…… 아니 그치만 분명히 미덥지 못하다느니 금방 운다느니, 저 색골이 분명 그런 뚱딴지 같은 소리도 하지 않았나……? 아~ 아무튼 마음에 안 든데이!'

어느 사이엔가 프레이야의 지시에 벨 크라넬의 별명에 관한 이야기를 나누는 남신들——여신들의 싸늘한 눈빛을 받으면서도——을 내버려둔 채 로키는 마음속으로 이를 갈았다.

계약이라고는 했지만 자신이 그녀 마음대로 농락당하는 것 같아 참을 수가 없었다. 로키는 의자를 박차고 일어나선, 상황에 방치당한 채 얼빠진 표정만 짓고 있는 헤스티아에게 다가갔다.

"……로키?"

자신을 알아보고 고개를 드는 헤스티아에게 언짢은 표정으로 불쑥 중얼거렸다.

"……니 조심해래이, 땅꼬마."

"뭐?"

"눈에 힘 단디 주라고. 니한테 이런 충고 같은 짓 해주는 기 앵꼽다만……그 문디한테 휘둘리는 건 몬 참는다."

사람을 우습게 안다고,

로키는 가증스럽다는 듯 고개를 들어 시선을 헤스티아

에게서 돌렸다.

그녀가 바라본 방향에는 신회에서 혼자 자리를 뜨려 하는 프레이야의 모습이 있었다.

이쪽에 등을 돌린 채 아름다운 은색 장발이 홀의 문 너머로 사라졌다.

"자, 잠깐만. 조심하라니, 대체 무슨 소리야?"

당황하는 헤스티아에게 로키는 눈살을 찡그리며 얼굴을 불쑥 들이댔다.

"문디가, 눈치 좀 채라. 저 여자가 머스마 감싸준 거 아이가."

"응……?"

다른 사람도 아닌 프레이야라고 어조에 힘을 준다.

당황하는 상대의 푸른 눈동자는 여전히 혼란에서 벗어나지 못한 상태였다.

로키는 굽혔던 허리를 다시 펴고 코웃음을 쳤다.

"카아, 진짜로 모르나. 행복한 놈. ……마 댔다. 이젠 내 캉 상관없고."

그렇게 말을 남기고, 로키는 자기 자리로 돌아갔다.

헤스티아 상대로 조언을 주는 것도 속이 끓었지만, 프레이야에게 당하기만 하는 것도 성미에 맞지 않으니 최소한의 앙갚음을 해준 셈이다.

투덜투덜하며 로키는 상성이 최악인 여신을 경계하기로 했다.

이윽고.

""""""""""""""""결정났다—!!""""""""""""""""

마지막 모험자의 별명이 정해져, '명명식'은 끝을 맺었다.

신회가 무탈히 폐막된 후.

신들은 우르르 홀을 나갔다. 이번 '명명식'의 결과를 전하고 공식적으로 발표시키기 위해 몇몇 신들이 의기양양 길드 본부로 향했다.

휑뎅그렁해진 플로어에는 로키와 디오니소스, 헤르메스만이 남았다.

"그래, 어데 수상한 놈 없드나?"

"눈에 뜨인 신이 몇 명 있기는 했지만…… 굳이 따지자면 그저 이 상황을 즐기는 자들 같더군. 큰 소동이 일어나기를 기대하는 눈치였다."

"내가 봐도 비슷했어."

오늘도 귀족처럼 고급스러운 옷을 입은 디오니소스와 가벼운 여행복 차림인 헤르메스가 별로 좋지 못한 성과를 보고했다.

원탁 위에 혼자 앉은 로키는 기묘한 협력관계를 맺게 된 남신들과 얼굴을 마주 보았다.

'수확은 없고…… 마, 별로 기대도 안 했지만서도.'

애초에 뒤에서 사건을 조종했던 흑막이 이 신회에 참석하리라고는 생각하기 힘들다. 설령 대담무쌍하게 참가했다 해도 이런 자리에서 꼬리를 드러낼 만큼 어리석진 않을 것이다.

무언가를 아는 신이 있다면 다행이라고, 그 정도로 생각했던 로키는 실망도 낙담도 하지 않고 디오니소스와 헤르메스에게 모양뿐인 푸념을 늘어놓았다.

"나 원. 내는 귀찮은 일만 다 떠맡고."

아이들도 없어 심심하니 상관없지만.

그런 생각은 마음속으로만 덧붙였다.

수지에 안 맞는 짓을 했다는 식으로 노려보자, 디오니소스는 다음에 또 고급 포도주를 보내주겠다며 쓴웃음을 지었다. 그 말에 조금 속이 풀리는 기분이었다.

"그럼 난 가볼게."

문득 헤르메스가 그렇게 말을 꺼냈다.

"뭐?"

"개인적인 용무가 있거든. 또 당장 도시를 나가야 하게 됐어. 이미 여행 준비는 다 마쳤고."

돌아보는 로키에게 헤르메스는 여리여리한 웃음을 지었다.

그는 그대로 손에 든 양피지, 이번에 승격한 모험자들의 명부를 내려다보았다.

"재미있는 이야기 선물도 생겼고 말이지."

나직하게 중얼거린 다음, 가느다란 눈을 더욱 가늘게 뜬다.

"잠깐 오라리오를 비울 테지만 뒷일 부탁해. 뭐, 금방 돌아올 거야. 그 사건에 관해서는 계속해서 우리 애들에게 정보를 모으게 할 테니까. 그럼 다녀올게."

하고 싶은 말만 남긴 채, 헤르메스는 깃털 달린 여행모를 쓰더니 싱글벙글 손을 흔들며 정말로 그 자리를 떠났다.

"저 비리비리한 넘은 지도 피해자라꼬 지껄였던 주제에……."

"헤르메스는 저런 신이지."

낯을 찡그리는 로키의 옆에서 디오니소스 또한 눈살을 찌푸리고 있었다.

"그러고 보니 니는 천계에선 재랑 같은 고향 아이었나?"

"그래. 애석하게도 영지가 가까웠지. 그리고 네가 의심했던 헤스티아도 말이야."

매우 지친 어조로 탄식하는 디오니소스.

로키와 디오니소스는 변덕스러운 바람처럼 떠나가버린 남신에게 진심으로 민폐라는 표정을 짓고 있었다.

"그게 벌써 열흘 전이가……."

부드러운 소파 위에 드러누운 채 로키는 중얼거렸다.

【로키 파밀리아】의 홈, '황혼관'의 응접실이었다.

등황색을 기조로 한 실내 곳곳에는 오르골을 비롯한 골동품이 있고, 인형들이 움직이는 태엽시계는 아침 시간을 가리켰다.

천장을 올려다본 자세로 열흘 전의 신회, 희극과도 같은 향연의 이면에서 벌어졌던 일들을 회상하던 로키는…… 몸에서 힘을 쭉 뺐다.

"역시 심심하데이~. 움직일라 캐도 할 일도 없고~."

뒷머리에 두 손을 깍지 낀 채 소파 가장자리에서 튀어나온 다리를 대롱대롱 흔든다.

자세를 바꾼 로키는 곁에 있던 둥근 테이블에서 잔을——약속대로 신회가 끝나고 디오니소스가 단원을 시켜 보내준 포도주——들어 단숨에 들이켰다.

아침부터 술을 마시는 주신에게, 응접실을 지나가던 잔류팀 단원들이 어이없다는 표정을 지었다.

"아이즈랑 애들은 빨리 안 오나~."

소녀들이 없어 매우 넓게 느껴지는 실내를 둘러보며 로키는 멍하니 중얼거렸다.

'원정'에 나간 권속들의 생환에 대해서는 조금도 의심하지 않는 목소리로.

그리고 얼마쯤 시간이 흘렀을까.

"——로키! 베이트 씨가 돌아왔어요!"

"오?"

응접실에 인접한 통로에서 전조도 없이 들려온 단원의 목소리에 로키는 소파에서 벌떡 몸을 일으켰다.

황급히 달려와 전달한 단원의 뒤를 따라 저택의 정면 현관으로 뛰어나갔다.

'근데 베이트라니…… 베이트 혼자?'

속으로 고개를 꼬고 있으려니, 넓은 현관 홀에는 정말 웨어울프 청년 혼자만이 서 있었다.

미궁 원정의 험난함을 이야기해주듯 그의 배틀클로스는 너덜너덜했다.

"오~ 베이트?! 잘 돌아왔데이!!"

"시꺼. 아직 할 일이 있어."

어쨌거나 아이의 귀환을 기뻐하며 안기려는 로키를—— 베이트는 냉큼 무시했다.

대화할 시간조차 아깝다는 양, 마중 나온 단원들을 붙잡고는 명령한다.

"지금 남아 있는 놈들 싹 긁어 와. 냉큼!"

"네, 네엣!"

남녀 단원들은 영문도 모른 채 베이트의 험악한 지시에 따르고, 로키는 조금 전부터 궁금했던 것을 물어보았다.

"바라, 베이트. 핀이랑 애들은?"

"아직 던전에."

백팩과 고기를 가져오라고 잇따라 명령을 내린 베이트는 다시 출발 채비를 갖추며 로키에게 대답했다.

원정대 본진이 제18계층에서 행동정지에 빠졌다는 것.

포이즌 베르미스의 극독을 뒤집어써 많은 단원들이 고통스러워 한다는 것.

그래서 베이트가 지상에 올라와 인원수대로 해독제를 긁어모아 가져가게 됐다는 것.

짧게 설명을 들은 로키는 그렇게 된 거냐고 고개를 끄덕였다.

"난 【디안 케흐트 파밀리아】에 가겠어. 어차피 사재기해 봤자 모자랄 테니까, 록스와 다른 단원들은 도구상으로 보내줘."

"오케이, 알았데이! 이거 2, 3일은 걸리겠네~."

단원들에게 지시를 내린 베이트의 진의를 이해하고 로키는 손가락으로 동그라미를 그려보였다.

'하층'에 서식하며 숫자가 그렇게 많지도 않은 포이즌 베르미스의 드롭 아이템인 체액으로 만드는 만큼 전용 특효약은 희귀하다. 온 도시를 다 돌아야 충분한 양을 확보할 수 있을 것이다. 또한 인해전술을 구사한다 해도 가게에 재고가 없다면 【디안 케흐트 파밀리아】에라도 부탁해 새 해독제를 작성해야만 할 것이다.

고위치료마법을 다루는 【데아 세인트】에게 직접 힘을 빌려달라고 부탁하는 방법도 있겠지만…… 해독제의 지출

이상으로 큰 빚을 지게 된다. 아이즈 일행을 위해서라면 비밀리에 힘을 보태주는 것도 아끼지 않을 아미드 본인은 그렇다 쳐도, 정작 주신인 디안 케흐트가 문제다. 언젠가 퀘스트 때 그랬듯 앞으로도 계속 이 건을 물고 늘어질 것이 뻔하다——안 그래도 디안 케흐트는 권속들의 고위마법을 치료원 시술로 하여 높은 수입원으로 삼을 정도니까.

"그보다도 베이트, 니는 안 쉬도 되나? 던전에서 막 돌아와서 헤롱헤롱하지 않나? 내 어깨 주물러주까?"

"일 없어. 그리고 그거 하지 마."

열 손가락을 까닥까닥 놀리며 등 뒤로 돌아가려는 로키에게 베이트가 언짢은 표정을 지으며 거절했다.

돌아온 하위단원들에게서 받은 백팩을 짊어지고 고기를 받아 물어뜯은 그는, 그제야 무언가를 떠올렸다는 듯 배틀 재킷의 품속을 뒤졌다.

그리고 양피지 두루마리를 꺼내 돌아보았다.

"야, 로키."

"머고?"

"핀이."

나중에 직접 읽으라고 말하고, 베이트는 현관으로 향했다.

꼼꼼한 붉은 글씨로 기재된 문장을 순식간에 다 읽은 로키는 입술에 웃음을 띠었다.

핀의 필적이 주신에게 전달한 것은 제59계층에서 판명

된 정보——'그녀'의 정체인 '더럽혀진 정령', 그리고 적
세력이 계획하는 도시붕괴에 관한 시나리오였다.

"수고했데이, 베이트."

홈에서 출발하는 웨어울프의 등에 로키는 웃음을 지
었다.

2장

래빗 루키

제18계층, '언더 리조트'.

푸른 어둠에 휩싸인 '밤'의 시간대가 지나, 세이프티 포인트에는 '아침'의 수정광이 내리쪼였다. 계층 북부의 습지대에서 시작해, 동부에서 남부에 걸쳐 펼쳐진 대삼림, 서부의 호수와 섬에 세워진 여관 마을까지 어디나 골고루 지하의 햇살에 휩싸였다.

그런 계층 중에서도 남부 끝의 삼림에 세워진 【로키 파밀리아】의 야영지에서는.

단원들이 모여들어 술렁거리고 있었다.

"무, 무슨 일이 있었나요, 라울 씨?"

"아, 레피야."

캠프의 중심지에 있던 인파를 향해 레피야가 황급히 달려왔다. 자다 깬 것을 증명해주듯 선황색 장발은 묶여 있지 않았다.

천막 안에서 잠들었다가 바깥의 소란을 느끼고 지금 막 뛰어나온 참이었다. 참고로 살기와 적의에는 야수처럼 민감한 아마조네스 자매는 해의가 느껴지지 않기 때문인지 아직까지도 곯아떨어졌다.

레피야의 목소리에 인파 속에 있던 라울, 그리고 그 옆에 있던 캣 피플 아키가 돌아보았다.

"17계층에서 어느 모험자 파티가 내려왔다지 말임다. 쓰러져 있던 걸 아이즈 씨가 발견해서 구해줬다고……."

"골라이아스에게 쫓겼나 봐……. 심하게 다쳐서 지금은

정신을 잃었어."

라울이 대답하고 아키가 첨언했다.

소란을 듣고 단원들이 모여든 장소, 풀밭 위에는 3인조 파티가 누워 있었다. 살라만더 울로 만든 이너웨어, 키나가시, 로브를 두른 그들은 하나같이 몰골이 말이 아니었으며, 지금은 리베리아와 힐러 리네가 용태를 확인하며 치료를 해주는 중이었다. 그녀들 사이로 아이즈의 모습도 보였다.

평소에는 감정이 희박한 얼굴이 지금은 걱정의 빛으로 물들어, 쪼그려 앉은 채 모험자들을 바라보고 있었다.

"저 중에【헤파이스토스 파밀리아】단원도 있대."

놀라는 레피야와 함께 그들을 바라보던 아키는 그렇게 말하고는 인파 중 한쪽으로 시선을 보냈다.

그녀가 흘끔 본 방향에는 독의 피해를 면한 얼마 안 되는 스미스들과, 안대를 한 츠바키의 모습이 보였다.

"벨식이……."

안대에 가려지지 않은 오른쪽 눈을 크게 뜨며 하프드워프 하이스미스는 붉은머리 청년을 바라보았다.

던전 내에서는 다른 파티에게 보통 간섭하지 않는다는 암묵적인 양해가 있지만, 동맹을 맺은【헤파이스토스 파밀리아】의 식구가 있다면 아무리 그래도 못 본 척할 수는 없다.

무엇보다도 상황이 상황이었다. 원정에서 돌아가는 길이라 자신들에게도 여유가 없다지만, 만신창이가 된 같은 모험자를 방치할 만큼 【로키 파밀리아】도 매정하고 도량이 없지는 않다.

리베리아가 재빨리 지시를 내려 붕대와 무구를 벗기고 뼈가 부러진 다리를 고정한 다음, 따뜻한 빛과 함께 치료 마법을 사용했다.

"그리고 아이즈 씨가 아는 사람이라고 하지 말임다."

"아이즈 씨가요……?"

생각났다는 듯 중얼거린 라울의 말에 레피야는 민감하게 반응했다.

야영지에 실려 온 부상자들을 자신도 모르게 관찰했다.

드러누운 세 모험자는 파룸 소녀, 츠바키 일행이 신경을 쓰던 휴먼 스미스, 마지막으로 아이즈에게 가려져 보이지 않는 휴먼 소년…….

'……으응?'

시야에 비친 광경에 무언가 불길한 예감을 느낀 레피야는, 다음 순간 흠칫했다.

돌아가려는 듯 그 자리에서 이동해 군청색 눈에 한껏 힘을 주고―― 이마에 아이즈의 손이 조용히 얹힌 소년을 바라보았다.

가녀린 팔다리에 마른 몸, 아직 앳된 인상이 남은 얼굴…… 그리고 첫눈을 방불케 하는 **백발**.

레피야의 눈이 번쩍 뜨였다.

"아앗~~~~~~~~~~~~~~~~~~~~~~~~!!"

손가락으로 가리키며 고함을 지른다.

갑자기 터져나온 레피야의 절규에 라울과 아키, 다른 단원들은 물론 리베리아와 아이즈까지도 놀라움을 드러냈다.

시간은 거슬러 올라가 '원정' 전, 마찬가지로 동경하던 소녀에게 사사하여 제멋대로 경쟁을 벌였던 악연의 상대.

레피야는 숙적 소년 벨 크라넬과 다시 해후했다.

"조용히 해라, 레피야!!"

"죄송합니다앗!"

그리고 리베리아의 벼락을 맞았다.

잠에 빠진 조용한 숨소리가 천막 안을 채웠다.

그들이 어떤 궁지를 빠져나왔는지를 말해주듯 세 모험자의 눈은 굳게 감긴 채였다. 외투를 이용해 마련된 간소한 침상 위에서 이불을 덮은 소년, 그리고 청년과 소녀는 깊은 잠에 빠져 깨어날 줄 몰랐다.

천막 안에서 다른 파벌의 파티, 벨 일행의 얼굴을 내려다보던 아이즈는 바닥에 앉아 나름대로 간호 비슷한 것을 해주고 있었다.

그들이【로키 파밀리아】의 야영지에 실려 온 후로 이미 한나절이 지났다. 지금 있는 천막은 두령인 핀이 그들을 배려해 자기에게 배정되었던 천막을 내준 것이다.

"그들이 깨면, 가능하다면 본영으로 와달라고 전해줘."

조금 전까지도 혼자 용태를 살피러 와주었던 핀은 그런 말을 남겼고, 츠바키를 비롯한【헤파이스토스 파밀리아】도 한 식구라고 하는 청년을 연신 찾아오곤 했다——.

리베리아와 힐러들 덕에 상처는 거의 완치되었다. 가장 심했던 청년의 다리도 부러진 뼈를 포함해 원래대로 돌아갔다. 적절한 치료와 강력한 치유마법 덕이었다. 찰과상을 비롯한 경상에는 남아 있던 연고를 바르거나 붕대를 감아 놓았다.

자신의 무릎 옆에서 잠든 소년의 얼굴에 감긴 흰 천을 보고 아이즈는 눈을 내리깔았다.

'벌써 이런 곳까지 오게 된 거야……?'

천 한 겹을 끼고 텐트 밖에서 이따금 말소리나 웃음소리가 들려오는 가운데, 혼자 손을 뻗어 벨의 앞머리를 쓸어 넘기듯 매만진다.

아이템도 무장도 거의 다 잃어버린 그들의 몸은 정말로 너덜너덜했다. 분명 결사행을 하다시피 중층 영역을 강행 돌파해 이곳까지 도달했으리라.

마지막으로 헤어진 것이 겨우 2주 전이다.

그때 소년은 분명 Lv.1 하급 모험자였다. 시벽 위에서

단련했을 때는 도달 계층도 분명 10계층이라고 했다.

그런데도 이 짧은 기간 동안 도합 8계층이나 돌파해, '상층'에서 '중층', 제18계층으로 단숨에 진출한 것이다.

믿을 수 없었다. 귀를 의심할 만한 도달계층 갱신속도였다.

지금 소년들이 이곳에 있다는 사실을 눈앞에서 확인한 아이즈는 놀라움을 금할 수 없었으며, 그와 동시에 확신도 들었다.

'Lv.2가, 됐구나……'

그때 미노타우로스와의 사투, '모험'을 거쳐 소년은 자신의 '그릇'을 승화시킨 것이다.

우다이오스를 잡았던 아이즈와 마찬가지로.

그렇지 않고서는 중층 중간구역인 이 제18계층에 도달할 방법이 없다.

분명 벨 일행도 처음에는 세이프티 포인트까지 올 마음이 없었을 것이다. 아마 '중층'의 얕은 층역을 탐색하던 중에 예상하지 못한 사태와 맞닥뜨렸고, 지상으로 귀환하기가 어려워져── 미궁에서 탈출이 불가능한 상황에 빠진 것이다.

정규 루트를 가로막는 대규모 낙반과 만났거나, 혹은 몬스터에게 쫓긴 끝에 잘못해서 수직굴로 빠진 것은 아닐까. 최초의 사선, 이른바 '퍼스트라인'이라고도 불리는 '암굴미궁'에서는 종종 그러한 사태가 일어난다.

그런 절망적인 상황 속에서 그들은…… 올지 안 올지 알 수 없는 구조대를 기다리지 않고, 또한 운에 몸을 맡기지도 않고 앞으로 나아갔던 것이다. 생환을 위해.

"이 사람들을 구하고 싶었던 거구나……."

 마지막까지 동료들을 구하려다가 의식을 잃은 소년의 비장한 얼굴을 떠올렸다.

 사지에서 보여준 용기와 결단, 지혜, 그리고 동료를 생각하는 마음이 벨 일행을 이곳 세이프티 포인트까지 이끌어준 것이다.

"……하지만."

 무리해선 안 돼.

 아이즈는 자신의 행동은 힘껏 뒷전으로 미뤄놓은 채 벨의 얼굴에 손을 뻗었다.

 찢어진 이마에서 하염없이 피를 흘려 새빨갛게 젖었던 모습. 많은 부상을 남긴 채 아직도 깊은 피로의 밑바닥에 가라앉은 눈앞의 얼굴.

 금색 눈을 내리깔며, 붕대가 감긴 이마를 쓰다듬는다.

 그러자.

"……윽."

"!"

 마치 이마를 쓰다듬은 아이즈의 손가락에 의식을 되찾은 것처럼 눈꺼풀이 떨렸다.

 아이즈는 홱 손을 치웠다.

진흙탕 같은 권태감과 싸우는지 힘겹게 작은 신음을 내뱉는다.

　아이즈가 빤히 그 옆얼굴을 주시하고 있으려니, 이윽고 토끼처럼 새빨간 루벨라이트색 눈이 뜨였다.

　천천히 눈을 뜨고, 몇 번 깜빡인다.

　"……."

　바로 옆에서 지켜보는 아이즈를 전혀 인식하지 못했다. 벨은 정신을 미처 다 차리지 못한 표정으로 텐트 천장을 바라보고만 있었다.

　그러나 다음 순간,

　"——릴리, 벨프?!"

　두 눈을 크게 뜨며 몸을 일으킨다.

　이제까지 있었던 일을 모두 다 떠올렸는지 동료들의 이름을 부르며 벌떡 일어나려 했다.

　——아, 갑자기 움직이면.

　그렇게 아이즈가 생각하고 있으려니, 아니나 다를까.

　"~~~~~~~~~~~~~~~~~~~~~~아윽?!"

　온몸에서 격통의 비명이 솟아난 것처럼 몸을 둥글게 만다.

　아이즈의 눈앞에서 머리가 이상해진 토끼처럼 벨은 끙끙거렸다.

　그런 모습을 보여주기를 십여 초, 말을 거는 것도 망설였던 아이즈는 마음을 먹고 입을 열었다.

　"괜찮아?"

그 순간, 멈칫.

고통에 몸부림치던 소년의 움직임이 멈추었다.

한 박자를 두고, 고개를 확 든다.

손을 내밀면 닿을 만한 거리에서 금색 눈동자와 루벨라이트색 눈동자가 얽혔다.

"어, 허, 에엑⋯⋯?!"

"⋯⋯무사해?"

바로 곁에 오도카니 앉은 아이즈를 보고 벨은 기묘한 목소리와 함께 표정을 이리저리 바꾸었다.

제정신이 아닌 것 같은 모습에 모양 좋은 눈썹을 늘어뜨리고 서글픈 표정을 짓는 아이즈.

역시 머리를 세게 맞기라도 한 걸까, 걱정이 솟았다.

그런 아이즈의 불안은 내버려둔 채 벨은 갈팡질팡 못하다가, 겨우 상황을 파악했는지 숨을 멈추었다.

의식이 끊어진 동안 자신이 도움을 청했던 것이 아이즈임을 이해했는지 연신 낯빛을 바꾸었다. 아이즈의 다리를 붙잡았던 손을 부들부들 떨며 붉어졌다 창백해졌다를 반복한다.

"여, 여긴 어떻게⋯⋯?!"

"지금은 '원정'에서 돌아오는 길이고⋯⋯ 이곳 18계층에서, 머물다가⋯⋯."

동요를 떨치지 못한 채 묻는 벨에게, 아이즈는 더듬더듬 대답하면서 원정에서 귀환하는 중이었던 【로키 파밀리아】

의 현재 상황을 간결하게 설명해주었다.

아이즈의 얼굴을 흘끔흘끔 바라보며 안절부절 이야기를 듣던 벨은,

갑자기 흠칫하더니 몸을 내밀었다.

"제 동료들은——?!"

동료들의 안부를 물으려던 소년의 말은 마지막까지 이어지지 못했다.

지면에 짚은 팔이 갑자기 푹 꺾인 것이다.

상처 입고 지친 몸은 갑작스러운 움직임을 전혀 따라가지 못해, 벨의 의지와는 상관없이 균형을 잃었다.

머리부터 앞쪽으로 넘어지려던 소년에게 아이즈는 반사적으로 움직였다.

몸을 들고 두 팔을 내밀어 그 몸을 받아내고——

포옥.

"……."

"……."

벨의 두 어깨에 두 손을 얹은 아이즈, 아이즈의 가슴께에 얼굴을 가져다 댄 벨.

은색 갑옷이 지켜주는 아이즈의 가슴 계곡에 소년의 얼굴이 묻혀 있었다.

충격을 줄이면서 받아주었으니 아프지는 않을 터. 하지만 벨은 얼어붙은 것처럼 움직이질 않았다. 코가 가슴받이에 부딪히기라도 한 걸까.

© Kiyotaka Haimura

걱정이 되어 품 안에 있던 백발 소년의 뒷머리를 내려다 보고 있으려니 벨이 뒤로 확 날아갔다.

"죄송합니다앗?!"

얼굴을 잘 익은 사과처럼 물들이며 뒤를 향해 힘껏 몸을 젖힌다.

아.

아이즈가 중얼거리기도 전에 벨은 벌렁 뒤집어져선 그 대로 머리를 바닥에 요란하게 찧었다. 여기에 추가공격을 가하듯 온몸의 통증이 되살아났는지 목소리를 내지 못하 고 비명을 지르며 온 힘을 다해 몸부림친다.

배를 두 손으로 끌어안으며 고통스러워하는 소년에게 당황한 아이즈가 무력하게 아무것도 못하고 있으려니.

"아…… 벨프."

그가 쓰러진 곳에 있던 동료의 존재를 루벨라이트색 눈 동자가 알아보았다.

아픔을 참으면서 몸을 일으킨 벨은 조금 전까지 그가 그 랬던 것처럼 잠을 자고 있는 휴먼 청년과 파룸 소녀를 보 고 온몸에서 힘을 쭉 뺐다.

"둘 다, 괜찮아……. 리베리아랑 동료들이, 치료해줬으 니까."

그렇게 말하며 아이즈는 진심으로 안도한 듯 그에게 다 가갔다.

"이 사람들 부상도 심했지만…… 네 부상도, 위험했

어……."

스미스라는 청년의 다리를 흘끔 본 후, 위로하듯 벨의 이마를 만졌다.

가만히 흰 앞머리를 쓸어넘기고, 붕대 위로 부드럽게 이마를 어루만진다. 동생을 걱정하는 누나처럼.

가느다란 손가락의 움직임에 맞춰 벨은 순식간에 뺨을 붉혔다.

아이즈는 고개를 갸웃했다.

"괜찮아?"

그런 아이즈의 몸짓에 상대는 마침내 귀와 목까지 붉혀 버렸다.

아이즈는 의아하게 생각하면서도 이마를 쓰다듬는 손을 멈추지 않았다.

"고, 고맙, 습니다……. 구해주셔서, 정말로……."

"아냐."

머리를 쓰다듬도록 아무것도 못하던 소년은 간신히 몸을 떼고는 인사했다.

고개를 가로저으며 괜찮다고 속으로 중얼거리며 입술에는 살짝 미소를 띠었다. 소년은 어딘가 멋쩍어하는 것 같았다.

한동안 벨과 마주 보던 아이즈는 천천히 고개를 들더니 천막 출입구 쪽을 보았다.

"이젠, 움직일 수 있겠어?"

"아…… 네, 넷!"

"핀…… 우리 단장이, 연락하라고 그랬으니까, 같이 갈래?"

고개를 끄덕이는 벨을 보고 아이즈는 자리에서 일어났다.

상처 입은 그의 몸을 걱정해 손을 내밀어주었다.

"괘, 괜찮아요."

하지만 벨은 아이즈의 손을 피했다.

이 이상 얼굴을 붉히면 곤란하다는 그런 움직임이었다.

스스로 일어나려 하는 벨에게 손을 내민 채 굳어버렸던 아이즈는 은근히 충격을 받았다.

'내, 내가 너무 만진 거야……?'

이마라든가 앞머리라든가.

싫었던 걸까.

작은 토끼를 쓰다듬듯이 멋대로 움직였던 자신의 손을 바라보며 아이즈는 후회의 심정에 시달렸다. 갑자기 생각난 것은 『이건 성희롱이 아이데이~!』라고 말하며 아이즈나 티오나에게 달려들려 하는 로키의 모습이었다.

"아, 아뇨, 아이즈 씨, 이건 남자의 오기랄까 뭐랄까…… 아윽?!"

추욱 어깨를 늘어뜨리는 아이즈에게 당황해 벨이 무언가를 말하려 했지만 몸에 통증이 엄습해 불발로 그쳤다.

결국 어찌어찌 아이즈의 손을 빌리지 않고 일어난 벨은 출입구를 지나 천막 밖으로 나갔다.

"와······?!"

시야에 펼쳐진 원정대의 야영 풍경에 벨이 경탄했다.

수많은 천막, 물자 운반용 카고. 신기한 듯 고개를 이리저리 돌리는 그를 흐뭇하게 여기고 있으려니····· 다른 단원들은 어딘가 평소보다 험악한 표정을 짓고 있었다.

이쪽을 바라보는 눈빛에 가시가 느껴졌다. 날카롭다.

"······?"

왜 그러는 걸까?

의아하게 여기는 아이즈의 옆에서, 주로 시선을 받던 벨이 낯빛을 창백하게 물들였다.

극진하게, 찰싹 달라붙어서 소년을 간호해주었던 자신에게 원인이 있음을 아름다운 제1급 모험자는 전혀 알아차리지 못했다.

✲

"뭐어~? 아르고노트 군이 왔어~?!"

야영지 한구석에서 티오나의 환성이 터졌다.

"아, 아르고노트······?"

벨 크라넬 일행이 실려 왔다는 설명을 하던 레피야는 갑작스레 밝은 목소리로 외치는 아마조네스 소녀에게 당황했다.

이미 '낮' 시간대.

오늘도 야영지에서는 '독'에 신음하는 사람들을 간병하고 식량이나 물을 확보하는 활동이 이어졌다.

이 캠프로 다가온 몬스터의 무리를 티오네와 함께 퇴치하러 갔던 티오나는, 조난당한 모험자들을 보호했다는 말은 들었지만 상세한 내용은 몰랐던 모양이었다.

아이즈에게 이야기를 들으려 해도 리베리아를 비롯한 힐러들의 치유를 거들었던 그녀는 지금까지 천막에 틀어박힌 채였다. 누군가가 감시를 할 필요도 있었으므로 소년과 아는 사이라는 그녀에게 화살이 돌아갔던 것이다——아이즈가 안절부절못했던 점이나, 그런 그녀를 보고 어째서인지 리베리아가 천거했던 이유도 컸지만.

"티오네, 들었어?! 아르고노트 군이래, 아르고노트 군! 미노타우로스랑 싸운 지 얼마 되지도 않았는데 벌써 여기까지 왔나 봐!"

"시끄럽게. 나도 알아. 근데 너 그 '아르고노트 군'이란 건 무슨……."

"에헤헤~ 그 동화 제목 말야. 딱 어울리지 않아?"

"바보 아냐?"

뺨을 붉히며 씨익 웃는 여동생에게 언니는 어이없다는 표정을 짓는다.

거대한 '우르가'를 두 손에 든 채 신이 나 설치는 티오나에게 레피야가 당황하는 가운데, 그때까지 한숨을 쉬던 티오네도 갑자기 웃음을 지었다.

"하지만. 그래, 여기까지 왔단 말이지……. 정말 피를 끓게 만드는걸."

그것은 그야말로 본능을 자극받은 아마조네스 같은 웃음이었다.

"저기저기, 레피야. 아르고노트 군은 어디 있어?"

"지금은, 단장님이랑 면회하는 것 같던데요……."

아이즈가 핀 일행이 있는 본영으로 데리고 갔다는 것을 조금 언짢아하며 설명하는 레피야.

그런 그녀와 반비례해 티오나는,

"나중에 만나러 가야지~."

기뻐하며 말했다.

그대로 레피야와 헤어져 티오네와 함께 무기를 놓아두러 천막으로 돌아갔다.

"아이즈 씨에, 티오나 씨랑 티오네 씨까지……."

이런 곳에 쳐들어온 소년에게 흥미진진…….

툭 내뱉은 레피야는 부루퉁해졌다.

흠모하는 언니들을 빼앗긴 여동생처럼.

배정받은 일을 하러 가며 뺨을 부풀리고 말았다.

"라울 씨. 대체 뭔가요, 그 백발 휴먼은……."

"아이즈 씨가 막 돌봐주기까지 하고…… 상급 모험자예요? 그런 녀석 본 적도 들은 적도 없는데."

"저도 모르지 말임다……. 그리고 왜 그렇게 다들 핏대를 세우심까?"

그런 레피야가 보더라도 야영지에서는 그들을 별로 환영하지 않는 분위기였다. 휴먼인 라울의 주위에서, 주로 남자 단원들이 살기등등했다.

"그 말단이 다른 파벌 사람들하고 같이 여기 올 줄이야."

같은 식구 청년 때문에 신이 난 츠바키와 스미스들을 제외하면 애매하게 적의의 분위기가 풍겼다.

"그 백발 자식."

"우리의 아이즈 씨를……!"

"크으으으으!"

"우리도 그렇게 보살핌 받은 적 없는데……!"

"아름다운 【검희】는 뒤에서 지켜보는 게 철칙이라는 것도 모르나!"

그렇게, 애매하다고 할 수는 없지만 어쨌거나 생각한 바가 있는 모양이었다.

아름다우면서도 세상에서 동떨어진 듯한 금발금안의 소녀에게 지나치게 황송해한 나머지 평소에는 거리감을 두지만, 하급 구성원 대부분은 【검희】에게 동경과 자랑스러움을 품는 것이다.

수수께끼의 흰토끼에 대한 반감의 분위기를 느끼면서, 레피야는 다른 사람들에게서도 의견을 들으려 했다.

"여러분은 어떻게 생각하세요?"

현재 자신과 마찬가지로 취사를 맡은 여성단원들에게 물어보았다.

물자 운반용 카고 옆에서 버섯과 향초를 분류하고 샘에서 받아 온 물을 솥으로 끓이던 캣 피플 아키, 휴먼 나르비와 리네는 얼굴을 마주 보았다.

"같은 모험자니까 이럴 때 정도는 서로 도와야지?"

"아무리 그래도 죽게 내버려두면 꿈자리가 뒤숭숭하잖아."

똑같이 Lv.4의 제2급 구성원인 아키와 나르비가 나란히 쓴웃음을 지었다.

"게다가 아이즈 씨가 아는 사람인 것 같고요……."

휴식시간을 얻어 일을 거들던 힐러 리네는 안경을 고쳐 쓰며 조심스레 의견을 제시했다.

그녀들의 대답에 레피야는 우우 입술을 내밀고 말았다.

"하지만 의외였어요……."

"리네는 뭐가 의외란 거야?"

"다른 남자분들하고 마찬가지로, 라울 씨도 언짢아할 줄 알았는데……."

리네가 바라본 곳에서는, 미덥지 못한 휴먼 청년이 모여든 하위 단원들의 불평불만을 온몸으로 받으며 이리저리 휘둘리고 있었다.

"뭐랄까, 라울 군은…… 사서 고생을 하는 타입이다 보니, 그런 생각을 할 틈이 없잖아?"

'그만들 하시지 말임다~' 하고 비명을 지르는 그의 모습을 보며, 라울보다 연하인 나르비는 옹호도 되지 않는 말

© Kiyotaka Haimura

을 쓴웃음과 함께 중얼거렸다.

"……나하고 라울은 거의 동기였는데……."

그때 불 위에 얹은 솥을 젓고 있던 아키가 입을 열었다.

"우리가 이 【파밀리아】에 입단했을 때, 걔는…… 아이즈는 이미 Lv.2였어."

"여, 여덟 살에 Lv.2 최속도달 기록을 달성했다는…… 그때 말인가요?"

"응. 우리보다도 훨씬 어린 소녀…… 아니, 그건 그냥 어린애지. 아무튼 그런 애가 엄청나게 빨리 움직이면서 몬스터를 버터처럼 숭덩숭덩 썰어버리는 거야."

리네에게 고개를 끄덕이면서, 당시의 광경을 떠올렸는지 아키는 나무 국자로 젓던 솥의 수프를 내려다보며 쓴웃음을 지었다.

"라울은 뭐 그냥 벌벌 떨면서 그때부터 아이즈를 '아이즈 씨'라고 불렀다니깐. 웃기지? 존경은 하겠지만, 로키가 말하는 '아이돌'처럼 볼 수는 없을 거야."

그 아이가 자라는 모습을 계속 지켜봤기 때문이라고 덧붙이면서, 여전히 휘둘리기만 하는 동기 청년을 아키는 흘끔 쳐다보았다.

"그때 아이즈는, 지금보다도 훨씬 살기등등해서…… 나도 좀 멀리했어."

아이즈는 물론, 아키보다도 후배인 나르비나 리네, 레피야는 그녀의 말에 꼴깍 목을 울렸다.

"그러니까 괜찮아, 레피야."

"네?"

"티오나나 티오네, 그리고 네가 도중에 이【파밀리아】에 들어오면서 아이즈는 많이 둥글어졌는걸. 전보다도 훨씬 많이 웃게 됐어."

레피야가 입단한 것은 3년 전.

당시 Lv.2였으며 '학구'의 우등생이었던 그녀가【로키 파밀리아】의 문을 들어섰을 때, 당시에는 이미 티오나와 티오네에게 붙들려 이리저리 휘둘리는 아이즈가 있었다.

아무 걱정 하지 않아도, 질투하지 않아도 괜찮다고 검은 고양이 아가씨는 웃음을 지어주었다. 레피야는 마음속을 다 들킨 것 같아 얼굴을 붉혀버렸다.

부끄러움을 감추려는 듯 솥에 넣을 과일의 껍질을 벗기는 작업에 몰두하자 나르비와 리네도 쿡쿡 웃음을 지었다.

'그, 그야 우리하고 아이즈 씨 사이에는 남이 끼어들 수 없는 깊은 유대가 있고 말이죠?'

아키가 다독여준 덕에 조금 기분이 좋아진 레피야는 웃음을 지으며 취사 작업을 진행했다.

하지만 여분의 나이프로 슬슬 껍질을 까는 사이에 다시 애매한 표정으로 돌아왔다.

'아이즈 씨 이야기로는 원정 전에는 분명 Lv.1…… 어디인지도 모를 신흥 파벌의 하급 모험자였는데…….'

자신에게서 꼴사납게 도망치기만 하던 벨의 옆얼굴을

떠올린다.

이렇게 짧은 시간 동안 어떻게 제18계층까지……?

그 소년도 아이즈와의 특훈 덕에 성장했다는 걸까. 자신과 마찬가지로.

제멋대로 라이벌로 삼아버린 소년에게, 레피야는 복잡한 감정을 품지 않을 수 없었다.

이윽고 선배 여성단원들과 함께 저녁식사 준비를 마친 후.

레피야가 다른 일을 거들기 위해 야영지를 돌아다니고 있으려니, 본영 쪽에서 아이즈가 나왔다.

활짝 밝은 표정을 지었던 레피야. 그러나 그 뒤를 따라 나타난 백발 소년을 보고 이내 떨떠름한 표정으로 바뀌었다. 주위의 단원들에게서 살기 어린 시선을 받아 긴장한 벨은 새끼 토끼처럼 떨어지지 않으려는 듯 아이즈를 따라다녔다.

여전히 행동을 함께하는 소녀와 소년을 보고, 레피야의 마음속에서는 역시 언짢은 감정이 무럭무럭 솟아났다.

주위를 오가는 다른 단원들이 파벌 간부인 아이즈에게 인사를 하는 가운데, 발을 돌려 그녀에게 곧바로 접근했다.

"──수고 많으세요, 아이즈 씨!"

"응, 레피야도."

생글생글 웃으며 인사한 직후── 아이즈의 뒤에 있던

벨과 엇갈려 지나치면서.

얼굴에 붙여놓았던 웃음을 가면처럼 벗겨내고 부릅!! 강하게 한 번 노려봐주었다.

"히익!"

엘프 마도사의 날카로운 기세에 상대는 가느다란 비명을 질렀다.

겁먹은 표정으로 무섭다는 감상을 생생히 전하던 벨은 무언가를 알아차린 듯 낯빛을 바꾸었다.

까닥까닥 움직이는 엘프의 가느다란 귀, 그리고 아름다운 군청색 두 눈에 루벨라이트색 눈이 못박혔다.

도시의 시벽 부근에서 처음 만나 벌였던 장대한 술래잡기, 아름다운 요정과의 데스 레이스.

레피야의 정체를 깨달았는지 요란하게 뺨을 실룩거린다.

'아이즈 씨에게 이상한 짓 했다간 가만 안 둘 거예요……!'

'네에——?!'

말 없는 시선충돌, 강제 의사소통.

모든 것을 담아 한순간에 이루어진 일이었다.

1초도 안 되는 엇갈림 속의 대화에 소년은 얼굴을 창백하게 물들이며 떨었다. 벨에게 충고한 레피야는 "흥이다!"라고 말해주며 옆을 지나갔다.

버럭버럭 화를 내며 떠나, 그 후로도 아이즈에게 달라붙어 이동하는 벨을 흘끔흘끔 노려보았다.

감시도 겸해, 비호의적인 다른 단원들과 함께 작업 짬짬이 그녀를 찾아갔다.

그리고 시선 한구석으로 계속 의식을 돌리고 있으려니,

"우와~ 진짜로 아르고노트 군이다~!"

밝은 목소리가 들렸다.

얼굴 가득 희색을 띤 티오나였다.

아이즈와 무언가 옥신각신하던 벨에게 종종걸음으로 다가가고, 티오네도 그 뒤를 따랐다.

"실려 왔다는 말은 들었는데 눈을 떴구나! 잘됐다~ 아르고노트 군!"

멀리 떨어진 위치에서도 티오나의 목소리는 잘 들려, 한눈에도 기뻐한다는 것이 전해졌다. 당사자인 벨조차 어째서인지 호의적인 그녀에게 당황했다. 물론 그런 광경을 봐야 하는 레피야 외 다수의 기분은 급강하.

보아하니 자기소개를 마친 모양이었다.

천진난만하게 대하는 티오나, 어딘가 흥미를 내비치는 티오네.

용모가 빼어난 쌍둥이 자매에게 휘둘리고 놀림을 당해 소년은 눈 깜짝할 사이에 얼굴을 붉혔다.

건강한 갈색 피부, 고스란히 드러난 배꼽, 잘록한 허리에 풍만한 가슴——아마조네스의 흉악한 몸에 완전히 희롱당하고 있었다!

고개를 갸웃하는 아이즈를 포함하면 셋이나 되는 미소

녀를 거느리고!

충고하자마자 이 모양이야!!

'어디서 까불고 있어.'

'어디서 까부는 거냐.'

'어디서 까불고 앉았어어어어어어?!'

'까불지 마세요⋯⋯!!'

원념을 뿜어내는 남성 데미휴먼들과 함께 마음속으로 저주를 퍼붓는 레피야.

곁에 있던 자들과 한 덩어리가 되어 용마저도 쏘아 죽일 것 같은 시선의 집중포화를 날렸다.

무시무시한 안광을 쏘아대는 남성단원 + 레피야에게, 멀리 떨어진 소년은 새파랗게 질렸다.

"저, 전, 동료들 좀 보고 올게요!!"

신변의 위협을 느끼고 벨은 아이즈와 아마조네스 자매에게서 도망쳐, 배정받은 천막으로 있는 힘껏 뛰어가버렸다.

소년을 후퇴로 몰아넣은 레피야는 결국 참지 못한 채, "아~ 가버렸다~" 하고 아쉬워하는 티오나와 아이즈에게 달려갔다.

"저, 저기요! 티오나 씨, 티오네 씨, 왜 저 휴먼한테⋯⋯ 그러니까, 계속, 신경을 쓰시는 거예요? 저 모험자하고 무슨 일이 있었는데요?!"

단련을 함께했던 아이즈라면 교류를 가지는 것도 그나

마 이해가 간다.

하지만 전혀 접점이 없어야 할 티오나와 티오네까지 이렇게 관심을 가지는 것은 영 찜찜했다. 핀조차도 제59계층에서 '벨 크라넬'이라는 이름을 꺼내 그들의 호승심에 불을 지피지 않았던가.

레피야가 계속 궁금했던 것을 묻자, 티오나와 티오네는 거울을 보는 것처럼 시선을 마주했다.

"무슨 일이 있었다기보단……."

"그게 굉장했거든!"

쓴웃음을 짓는 티오네 옆에서 티오나가 견딜 수 없을 정도로 기쁘다는 듯 목소리를 높였다.

"Lv.1에 미노타우로스를 잡았다니깐!"

"겨우 혼자서 말이야."

티오나, 티오네의 그 말에 레피야가 움직임을 멈추자——아이즈도 끄덕, 긍정하듯 고개를 움직였다.

"네엑……?!"

레피야는 말을 잃고 말았다.

"——그들은 동료를 위해 몸을 내던지면서 이곳 18계층까지 도달한 용기 있는 모험자들이지. 사이좋게 지내라고까진 안 하겠어. 하지만 같은 모험자끼리, 조금이라도 좋으니 경의를 가지고 대해주었으면 해. ……그럼 식사들 하지."

숲이 어둠에 휩싸인 가운데, 자리에서 일어난 핀의 목소리가 그 자리에 울려 퍼졌다.

캠프파이어처럼 쌓아놓은 마석등 주위로 커다란 원을 그리며 둘러앉은 단원들은 자신 앞에 놓인 잔을 일제히 들었다.

『건배!』

소소한 연회가 시작되었다.

공간이 탁 트인 야영지의 중심. 숲의 나뭇가지로 가로막힌 머리 위 너머에서는 천장의 크리스탈이 입을 다문 채 계층 전체에 '밤'을 가져다주었다.

어젯밤에 이어 열린 만찬에는 아이즈가 데려온 벨 일행의 모습도 있었다. 그의 동료들도 걸을 수 있을 정도는 회복됐는지 스미스 청년과 파룸 소녀도 자리를 차지했다.

부디 다툼은 피해달라고 핀이 넌지시 다짐을 해놓는 바람에 삿된 원한으로 가득했던 남성단원들은 멋쩍은 듯 머리를 긁었다. 상급 모험자의 자존심, 그리고 도시 최대 파벌이라는 체면도 있고 해서 벨에 대한 불만은 일단 수그러들었다.

자성한 후에는 거리낌 없이 저녁을 즐겼다.

본영에 세워진 단기, 트릭스터의 엠블럼이 지켜보는 가운데 【로키 파밀리아】의 단원들과 【헤파이스토스 파밀리아]의 얼마 안 되는 스미스들은 식사와 음료를 나누었다. 물자 중 얼마 남지 않은 소금으로 간을 해 버섯과 산미가 강한 과일로 만든 수프를 먹고, 맑은 샘물을 빙결마법으로 얼린 얼음물을 시원하게 들이킨다. 어느 것이나 '원정'에서 피폐해진 몸에 스며드는 것 같았다.

부족한 재료에 아이디어를 더한 식사에 곳곳에서 웃음이 피어났다.

"······."

담소가 끊이지 않는 가운데, 수프나 과일에도 손을 대지 않고 레피야는 혼자 입을 다물고만 있었다.

그녀의 시선 너머에는 멀리 떨어진 곳에 앉은 아이즈, 그리고 벨 일행이 있었다.

소년은 자신에게 주어진 허니클라우드를 신기하다는 듯 바라보는가 싶더니 한입 베어물고, 다음에는 구역질을 참는 것처럼 몸을 굳히고 있었다.

'Lv.1에, 미노타우로스를······.'

저녁을 먹기 전에 티오나에게 들었던 이야기가 떠올라 벨을 자꾸만 신경 쓰게 되었다. 무시할 수가 없었다.

레피야도 아이즈나 피르비스와의 훈련을 통해 '병행영창'을 체득하고 한 꺼풀 벗었다고 생각했지만······ 벨도 벨대로, Lv.2에 해당하는 대형급 몬스터를 단신으로 격파. 심지어 상대는 바로 '미노타우로스'.

정면에서 육박전을 벌인다면 제3급 모험자조차 애를 먹

을 정도로 '힘'과 '내구'에 특화된 몬스터의 대표격.

Lv.1 모험자가 거둔 '위업'에, 분함을 포함한 온갖 심정이 가슴속에서 타올라 새삼 대항심을 품었다.

웬일로 아무와도 이야기를 나누지 않은 레피야는 고삐를 잡을 수 없는 감정을 주체하지 못했다.

"그건 그렇다 쳐도…… 저 친구들은 아주 즐겁게 노는구면."

"하하하, 그러게."

레피야가 끙끙거리는 동안, 한쪽에서는 파벌 수뇌진이 모인 상석에서 긴 턱수염을 문지르는 가레스의 말에 핀이 웃고 있었다.

마침 핀 일행의 정면, 아이즈가 앉은 곳에서는 벨과 그의 동료들이 떠들썩하게 목소리를 높이는 중이었다. 보아하니 과일을 두고 옥신각신하는 모양이었다.

파룸 소녀가 얼굴을 새빨갛게 물들인 채 캥캥 화를 내면서 스미스 청년의 등을 퍽퍽 걷어찬다. 청년은 허니클라우드를 깔끔하게 먹어치우고 어디서 바람이 부나 태연한 기색이었다. 벨이 얼굴을 실룩거리며 웃고, 아이즈는 의아하다는 듯 고개를 갸웃거린다.

유쾌한 광경에 여성단원들을 비롯한【로키 파밀리아】사람들도 키득키득 웃음을 흘렸다.

"움움, 티오네! 꿀꺽, 우리도 아르고노트 군 있는 데로 얼른 가자아!"

"먹으면서 말하지 마! 모자라면 어차피 더 먹을 거잖아,

먼저 식사부터 마치고 가! 나 원 진짜—— 아, 단장님. 한 잔 어떠세요?"

"응? 그래, 받을게."

하지만 떠들썩한 것으로 따지자면 【로키 파밀리아】도 뒤지지 않는다.

몇 그릇째인지 알 수 없는 수프를 퍼먹으며 티오나가 소란을 떨고, 여기에 티오네가 노성을 지르며 주의를 주고, 그런가 하면 애교가 듬뿍 묻어나는 목소리로 핀에게 접근한다.

그녀가 잔에 따르는 것은 표주박 형태를 띤 과일, 고드베리였다. 두툼한 껍질의 윗부분을 잘라 내용물을 밀어내면 젤리 형태의 붉은 과즙이 튀어나온다. 열매가 푸른색을 띨수록 신맛이 나고, 반대로 익으면 달다. 또한 지나치게 익으면 쓴맛이 나는데, 이 쓴맛이 감도는 과육의 맛이 술과 통하는 면이 있어서 던전에 오래 틀어박혀 지상의 싸구려 술이 그리워진 상급 모험자들은 하나같이 고드베리로 혀와 목을 달래는 것이다.

술을 한 방울도 마시지 못하는 리베리아도 모험자의 소양이라는 양, 이 고드베리만은 즐긴다.

어린 엘프 단원들에게 권유를 받아, 왕족의 왕녀는 웃음을 지으며 취하지 않는 미궁의 과일주를 마셨다.

"잠깐만요, 츠바키 씨?! 이제 그만 좀 봐주세요!! 아니 그보다도 그 술은 드워프들이 마시는 지독한……?!"

"어허, 약한 소리 하시기는!! 고작해야 드워프 독주 한 병 비운 것 가지고!"

질리지도 않고 리빌라에서 교환해 온 술을 들고 와 라울과 대작을 하는 츠바키.

드워프표 술병을 든 그녀에게 휴먼 청년은 눈 깜짝할 사이에 귀까지 새빨갛게 달아올라 얼큰하게 취했다.

"쯧, 칠칠맞구먼. 이봐, 가레스! 모범을 좀 보여주시게!"

"퍼부을 정도로 마시고 싶은 심정은 굴뚝 같네만…… 나에게도 입장이 있네. 지상에 돌아가면 함께 어울리지. 아니, 리베리아! 노려보지 말라고! 나도 알아!"

라울을 땅바닥에 눕혀놓고 뺨을 살짝 물들인 츠바키, 그녀의 옆에 있다가 불똥이 튀어 리베리아의 따가운 눈총을 받는 가레스. 그런 그들의 모습에 【로키 파밀리아】의 하위 구성원들은 견디지 못하고 웃음을 터뜨렸다.

'원정'이 거의 끝나고 단원들의 마음은 완전히 느슨해졌다.

그것은 한밤의 숲 속에서 격렬한 전투를 벌이고 살아 돌아온 전사들이 기울이는 축배의 한순간── 영웅담 속의 한 장면과도 비슷했다. 백발 소년은 그런 주위의 소란에 혼자 헤실거리는 표정을 지으며 흥분한 듯 모험자들의 무리를 둘러보았다.

어젯밤보다도 한층 떠들썩한 광경이 야영지에 펼쳐졌다.

"츠바키, 너희 파벌의 스미스가 있다고 들었다만…… 그 청년이 맞나?"

야영지 주위에 세워놓은 보초 단원을 확인하던 리베리아가 문득 붉은머리 청년에게 눈을 돌리자 츠바키는 입술을 틀어올리며 그 자리에서 일어났다.

"바로 그렇다네, 리베리아. 저 녀석이지. 후후…… 어디, 이제는 몸에도 이상이 없는 것 같으니 슬슬 놀리러 가볼까?"

쓴웃음을 짓는 다른 하이 스미스들도 데리고 술병을 든채 똑바로 벨 일행에게 향한다.

당사자인 청년은 한껏 낯을 찡그렸다.

"표정이 왜 그러시나, 벨식이? 기껏 걱정해서 와봤더니."

"거짓말하지 마! 술 냄새가 풀풀 나잖아!"

"거참, 벨식이가 다른 파벌 모험자들하고 파티를 맺고 여기 18계층까지 내려오다니~."

반감을 드러내는 청년의 말을 술에 취한 츠바키는 대놓고 무시했다.

"이게……!"

후배 스미스가 이를 악무는 가운데 곁에 있던 백발 소년을 바라본다.

빤히 관찰당한 소년이 좌불안석 안절부절못하고 있으려니,

"오?"

곁에 있던 아이즈와 소년을 번갈아 바라보고, 무언가 알

아차렸다는 것처럼 두 손을 짝 마주친다.

"오~ 알겠네! 그래, 자네가 크라 벨넬이로군!!"

"사, 사람 잘못 보셨어요."

티오나가 가르쳐준 대로 '18계층에 가는 도중에 만난 엄청난 모험자'——— 소문 속의 유망한 모험자라고 소란을 떠는 츠바키에게 수수께끼의 이름으로 불린 벨은 식은땀을 흘리며 부정했다.

그런 소년에게 아랑곳 않고 하프드워프 마스터 스미스는 악수를 나누고는 웃으며 자기소개까지 마쳤다. 손을 위아래로 붕붕 흔들어댄다.

한편 츠바키에게 잘못된 정보를 전했던 아마조네스 소녀는 어떤가 하면.

"다 먹었다—! 아르고노트 군—!"

입가를 슥 닦는가 싶더니 고함을 지르며, 따라 일어난 티오네와 함께 벨 일행에게 돌격했다.

"……저기. 리베리아 님, 단장님."

소란스러워진 아이즈 쪽을 곁눈질하며 그때까지도 끙끙거리던 레피야는.

리베리아가 있는 쪽으로 다가가 말을 걸었다.

"여러분은, 저기 벨 크라넬…… 씨가, 미노타우로스와 싸우는 모습을 보셨나요?"

시선을 나눈 세 사람 가운데 핀과 리베리아가 그렇다며 고개를 끄덕였다.

"알다시피 나는 자네와 같이 후속부대에 있었으니. 그래서 9계층에서 있었다는 저 어린 친구의 싸움은 유감스럽게도 보지 못했네만……."

"나와 핀은 똑똑히 보았다."

"그리고 아이즈랑 베이트, 티오나랑 티오네도."

말 그대로 유감스럽다는 듯 수염을 문지르는 가레스의 옆에서 리베리아, 핀이 벨에게 시선을 보내며 대답했다.

"그럼, 정말로…… 혼자서 쓰러뜨렸나요? 아이즈 씨나, 여러분의 힘을 빌리지 않고?"

"물론. 그렇지 않다면 저 친구가 지금 여기 있을 수는 없을걸."

"오히려 아이즈는 도와주려다가 거절당했지."

레피야의 확인에 핀은 웃으면서, 리베리아는 눈을 감은 채 어딘가 즐겁게, 나란히 긍정했다.

정말 훌륭했다고 말하는 간부들의 모습에는 칭송이 묻어나왔다.

레피야는 벨 크라넬의 '모험'이 진짜였음을 깨닫고── 동시에 역시 '분함'이라 불러야 할 만한 감정을 품고 말았다.

'내가 미노타우로스를 혼자 퇴치할 수 있게 됐던 건 Lv.3이 된 후…….'

전열과 후열, 모험자와 마도사. 비교가 잘못됐다는 것도 잘 안다.

하지만 레피야는 자꾸 자신과 소년을 비교하지 않을 수

없었다. 어디까지나 똑같은 동경의 대상에게 사사한 몸으로서.

끄으으응.

간부들이 있는 곳에서 자신도 모르게 신음해버렸다.

흘끔 눈치를 살피니, 눈을 뗀 사이에 벨은 다시 아이즈와 티오네, 티오나를 거느리고——정확하게는 포위당한 채 "어떻게 하면 어빌리티 올 S를 찍을 수 있어?"라고 사정청취를 받아——뻣뻣하게 굳은 모습이었다. 간부들은 그 광경에 한숨을 쉬었지만 말리려 들지는 않았다.

'또, 또 저러고 있어……!'

어째서인지 식은땀을 흘리는 소년에게, 분함과도 맞물려 분노가 치민 레피야는 자신도 아이즈 일행에게 돌격하려 했다.

"——끄우아악?!"

"?!"

그 직전.

멀리, 야영지 바깥쪽에서 앳된 소녀의 것으로 여겨지는 비명이 들렸다.

보초를 맡은 단원들이 황급히 달려가는 가운데,

"죄송합니다, 잠깐 좀 갈게요!"

백발 소년이 쏜살같이 달려 나갔다. 파룸 소녀도, 스미스 청년도, 아이즈 일행도 그 뒤를 따랐다.

갑자기 소란스러워진 야영지.

보아하니 초대받지 않은 손님이 또 늘어난 모양이었다.

막간

화해의 이면

"야~ 갑자기 쳐들어온 꼴이라 정말 미안해! 하지만 놀랐는걸, 벨 군을 구해준 게 너희 【로키 파밀리아】였다니!"

여리여리한 인상의 남신이 생글생글 웃으며 시원시원하게 말했다.

그의 뒤에 서 있던 종자가 한숨을 쉬는 가운데, 핀 일행은 천막으로 초대한 손님들을 바라보았다.

조금 전의 연회 도중 야영지 건너편── 제17계층으로 통하는 연결로에서 비명과 함께 나타난 소녀의 정체는 벨 크라넬의 주신, 헤스티아였다.

놀랍게도 그녀는 던전에서 탈출이 불가능해진 권속과 그의 동료들을 구출하기 위해 주신의 몸으로서 직접 지하 미궁에 찾아왔던 것이다. 신들은 던전에 내려와서는 안 된다는 길드의 금지령을 어기면서까지. 여기에는 미궁도시에서 오랫동안 모험자로서 살아왔던 핀이나 가레스도, 직접 던전에 내려오는 신은 처음 봤다고 진심으로 쓴웃음을 지을 정도였다.

그리고 그런 여신 헤스티아와 함께 온 것이 현재 핀 일행의 눈앞에 있는 남신 헤르메스, 그리고 그의 권속과 다른 모험자들이었다.

"확인하고 싶습니다만, 신 헤르메스. 당신이 이곳 18계층에 온 이유는 벨 크라넬 일행을 구출하기 위해…… 맞나요?"

"응. 맞아, 【브레이버】. 헤스티아에게 부탁을 받았거든. 여기 의뢰서도 있어."

현재는 핀, 리베리아, 가레스, 파벌 수뇌진과 헤르메스가 면회를 하는 중이었다.

본영인 천막 안에는 그들 외에도 아이즈와 티오나, 티오네 같은 베이트 이외의 간부들도 모두 모였다. 또한 간부 중 말석인 라울도 동석했다. 밖에서 연회 뒷정리를 하는 레피야와 다른 단원들에게 이 자리에서 들은 이야기를 전달하기 위해서다.

아이즈 일행이 지켜보는 가운데, 헤르메스는 품에서 퀘스트 의뢰서를 꺼냈다. 양피지에는 길드가 인가했음을 밝히는 인장과 40만 발리스라는 보수가 적혀 있었다.

'안녕하세요.'

'……안녕하세요.'

주신의 등 뒤에 서 있던 권속 여성 아스피가 아이즈밖에 알아볼 수 없는 정도로 옅은 미소와 함께 인사를 나누었다.

【헤르메스 파밀리아】의 두령인 그녀 아스피 알 안드로메다와는 제24계층 팬트리 사건 때 공동전선을 펼친 사이였다. 임시 파티를 맺어 면식이 있으니, 모험자들이 말하는 '같은 계층을 모험한 사이'인 것이다.

하늘색 머리카락을 찰랑거리는 그녀에게 아이즈도 살짝 얼굴에 웃음을 지으며 입술을 조그맣게 움직여 대답했다.

"왜 자네들이 이 계층에 머물고 있는지도 궁금하지만…… 먼저 이쪽의 요청만 말할게."

헤르메스는 구조대의 대표로서 이곳에 온 것이었다.

여신과 나머지 모험자들은 벨에게 배정해준 천막으로 이동했다. 극동풍 배틀클로스를 입은 모험자들과 무언가 갈등이 있었던 것 같아 신경이 쓰이기는 했지만, 아이즈는 파벌 간부로서 '사정설명 겸 교섭을 하고 싶다'고 접촉을 청한 남신과의 면회에 참가한 것이었다.

"체류 허가를 내줬으면 해. 이 야영지에 말이야. 그리고 가능하다면 너희가 18계층에서 출발할 때 부대에 동반시켜줬으면 하는데."

"안전하게 지상으로 귀환하기 위해서인가요?"

"알아주면 고맙고."

핀의 확인에 헤르메스는 웃으며 고개를 끄덕였다.

원래 벨 일행이 조난해 이곳 세이프티 포인트에 왔던 것도 귀환하는 상급 모험자 파티와 동행하며 위험지대인 '중층'을 돌파해 지상으로 돌아가기 위해서였다.

헤르메스의 요청도 의도도 같았다. 구조대의 전력이 충실하다고는 해도 일부러 위험성을 높일 필요는 없다. 현재 제17계층에는 골라이아스도 있다.

【로키 파밀리아】라는 강력한 창이 길을 열어준다면 그 뒤를 따라가는 것이 가장 안전하다.

"아이들을 구하러 서둘러 오느라 야영 장비를 못 챙겼거든. 그렇다고 로그 타운으로 유명한 리빌라에 머무는 것도 좀 그렇고 말이지."

"하긴, 아르고노트 군은 분명 호되게 당할 거야~."

"넌 조용히 있어."

머리 뒤에 깍지를 끼고 중얼거리는 티오나를 팔꿈치로 쿡 찌르며 티오네가 나무랐다.

"식량은 우리가 알아서 할게. 그 외에 다른 지출이 생긴다면 지상으로 돌아간 후 우리 【파밀리아】가 갚고. 뭣하면 사례비도 지불하겠어."

"그저 의뢰를 받은 것치고는 통이 크시구먼."

"하하, 출발하기 전에 벨프 군네 헤파이스토스한테도 부탁을 받았거든."

교섭에 탁월한 신이다.

아스피의 주신과 정식으로 대면하면서 아이즈는 그렇게 느꼈다.

먼저 본심과 명분을 밝히고, 그 후에는 약간의 성의를 제시해 요청을 거절하기 어렵게 만든다. 【로키 파밀리아】가 저버릴 수 없는 동맹 파벌 【헤파이스토스 파밀리아】에 속한 스미스의 존재까지 내비치는 점에서 빈틈이 없다. 여기에는 가레스도 한숨을 쉬었다.

"'원정'에서 돌아오는 길이라 피곤한 자네들에게 부탁하는 것도 마음이 아프지만…… 어때?"

신 헤르메스…… 낯선 여행자 이외에도 상인을 원조하는 것으로도 유명한 신이다.

정식 레벨의 보고를 속이고 중립 파벌을 표방하는 【파밀리아)의 주신. 로키와는 또 다른 방향에서 화술이 뛰어나다.

아이즈는 열흘 이상 전에 열렸던 신회에서 여행을 떠나 막 돌아왔다는 남신을 관찰하며, 무시할 수 없는 신물이라고 생각했다.

"신 헤르메스, 쓸데없는 교섭은 그만두죠. 저희는 소동을 일으키지 않겠다고 약속해준다면 체류도 동행도 받아들일 생각이니까요. 한번 보호했던 사람을 내칠 마음은 전혀 없습니다."

"어이쿠, 이거 미안하게 됐는걸. 고마워. 은혜 잊지 않을게."

핀은 쓴웃음을 지으며 헤르메스의 요구를 받아들었다. 원래 선택의 여지는 별로 없었다는 것이 핀의 본심일 것이다.

이어서 그는 부대의 현재 상황을 설명했다. 포이즌 베르미스의 습격을 포함한 이쪽의 사정을 듣고, 헤르메스도 그렇게 된 거였냐며 수긍했다.

배정받은 천막과 계층 출발 예정일 등의 정보를 공유하며 대화는 착착 진행되었다.

그리고 이야기가 끝난 직후.

"아, 맞아. 얘기가 늦었지만…… '원정' 수고했어. 보아하니 성과가 있었나 본데?"

헤르메스는 여리여리한 미소를 지으며 그런 말을 했다.

"덕분에요. 희생자도 없었지요."

"그거 대단한데! 역시【로키 파밀리아】야!"

핀의 대답에 한바탕 기뻐하며 칭송하던 헤르메스는,

"——그래서, 59계층에서는 뭔가 발견했어?"

갑자기 의중을 떠보려 했다.

입가에는 웃음을 지은 채, 늘 가느다랗던 눈을 크게 뜨고.

모든 것을 꿰뚫어 보는 신의 두 눈에 아이즈는 살짝 놀랐다. 티오나와 티오네의 얼굴도 굳고, 라울은 동요를 드러내버렸다.

그런 동료들과는 달리 핀, 리베리아, 가레스는 태연한 자세를 무너뜨리지 않았다.

"우리는 로키의 권속이오. 정체 모를 신에게 말할 의무는 없소."

한쪽 눈을 감으며 리베리아는 딱 부러지게 거절했다.

갑자기 긴장을 띠는 분위기에, 주신의 뒤에 있던 아스피는 늘 고생을 짊어지는 사람의 오라를 뿜으며 한 손으로 배를 문질렀다.

"그것도 그러네. 미안해. 다만 제우스랑 헤라 이후 처음으로 그 영역에 내려가려 했던 너희의 동향에 온 도시가 주목을 하고 있거든. 그냥 신경이 쓰여서 그랬어."

표표한 태도로 태연히 주워섬긴 헤르메스는 그대로 말을 이었다.

"사실은 말이지, 난 로키랑 디오니소스랑 동맹을 맺었거든."

"!"

"말하자면 피해자끼리 손을 잡은 거야. 극채색 몬스터, 그리고 이블스의 잔당에 대해서 말이야."

그들이 예상도 할 수 없었던 정보를 널름 말하는 신에게 핀은 냉정하게 대답했다.

"미안하지만 확인할 때까지는 그 말을 믿을 수는 없습니다, 신 헤르메스."

"물론이지. 그러니까 지금부터 내가 할 말은 흘려들어도 상관없어."

그렇게 전제를 깔고 헤르메스가 말했다.

"【브레이버】핀 디무나, 너는 눈치챘을지도 모르지만…… 역시 '바벨' 이외의 던전 출입구가 지상 어딘가에 존재해. 로키와 이야기를 나누고 우리가 내린 결론이야."

이번에야말로 일행은 숨을 멈추었다.

리베리아, 가레스까지도 눈을 날카롭게 떴다.

"너희가 지상으로 귀환한 후 본격적으로 오라리오 내부, 혹은 도시 주변을 조사하고 싶어…… 우리는 그럴 생각이야."

전혀 동요하지 않는 조그만 파벌 단장과 눈을 마주한 채, 헤르메스는 등황색 눈을 가늘게 떴다.

잠시 후, 그는 일행에게 등을 돌렸다.

"적지만 숙박비야."

괜찮다면 챙겨두라는 말을 남기고, 여리여리한 남신은 그 자리를 떠났다.

인사를 하고 아스피가 주신의 뒤를 따라가, 천막에는 정적이 찾아왔다.

"다, 단장님……."

일방적으로 정보를 제공하고 떠나가버린 헤르메스에게 압도된 것처럼 라울이 신음하듯 말했다.

아이즈와 다른 단원들도 저마다 다른 표정을 지으며 파룸 두령에게 시선을 모으자, 그는 오른손 엄지를 한 번 핥았다.

"알고는 있었지만…… 역시 돌아간 후에도 쉴 시간은 없겠는걸."

핀은 조용히 탄식했다.

🔥

"이제는 사태가 아주 커졌는걸……."

입술에서 흘러나온 중얼거림이 공연히 천막에 크게 울려 퍼졌다.

벽에 기대앉은 티오네의 말에 레피야와 다른 단원들은 긴장된 낯빛을 띠었다.

장소는 【로키 파밀리아】 여성진이 사용하는 천막 중 하나.

헤르메스와의 면회가 끝난 후, 본영을 나온 티오네와 티오나는 59계층을 공략했던 멤버들을 데리고 이곳에 모였다. 레피야, Lv.4인 제2군 모험자들, 캣 피플 아키도 있었다.

라울을 비롯한 남자들은 밖에서 아직 지시를 내리는 중이고, 아이즈와 리베리아는 없었다.

"흐음. 불러준 것은 고맙네만…… 소인까지 참가해도 괜찮겠나? 자네들에게는 외부인일 텐데."

여성밖에 없는 천막 안에는 츠바키도 있었다.

"상관없어. 59계층에서 그런 걸 같이 본 시점에서 감추고 자시고도 없으니까. ……게다가 이것저것 의견도 묻고 싶고."

어깨를 으쓱하는 티오네에게 하프드워프 스미스는, 그럼 동석하겠다며 씨익 웃었다.

수뇌진이 해산을 명한 후, 자리를 뜬 티오네와 단원들은 일련의 사건에 관해 고찰해보았다.

이제까지 워낙 일이 바쁘게 돌아가는 바람에 조용히 대화를 나눌 시간도 없었으므로, 조금 전 헤르메스의 이야기도 포함해 한번 천천히 의견을 교환해보기로 한 것이다.

"하, 하지만 바벨 이외에도 던전의 출입구가 있다니…… 정말, 그럴 수 있을까요?"

"음— 신들이 그렇게 말했다면."

쭈뼛쭈뼛 묻는 레피야에게 바닥에 앉은 티오나가 대답하고, 티오네가 자신의 의견을 덧붙였다.

"일단 논리적으로는 말이 돼. 그 커다란 식인꽃을, 아무에게도 들키지 않고 몬스터 필리아나 지하수로에 옮겨다

놓은 것도 그렇게 따지면 설명이 되잖아. 지금 이대로는 길드나 【가네샤 파밀리아】 정도밖에는 의심할 대상이 없는걸."

던전의 출입구가 바벨 지하의 '구멍' 이외에도 존재한다면 이제까지의 상식이 단숨에 무너진다. 이야기가 지나치게 커져 따라가기가 힘들다고 레피야는 끙끙 머리를 감쌌다.

"하지만…… 제일 마음에 걸리는 건 역시 아이즈 아닐까~."

티오나가 천천히 말했다.

'마법'을 구사하는 등, 모든 것이 규격을 벗어났던 '데미 스피리트'.

능력과 이질성으로 따지자면 붉은머리 여자 레비스를 비롯한 '괴인'을 웃도는 존재라 해도 과언이 아니다.

그런 존재가, 아이즈를 확실하게 표적으로 삼았다.

아리아라는 이름으로 부르면서.

"분명 그 괴물이 '정령'이라는 걸 아이즈가 제일 먼저 알아차렸죠."

"분위기가 이상하지 않았나요?"

엘프 아리시아와 휴먼 소녀 나르비가 각각 발언했다.

'데미 스피리트'에게 '아리아'라 불렸던 아이즈는 오늘까지 아무 말도 하지 않았다. 눈을 내리깔며 미안하다고 사과할 뿐.

"뭐, 원래 유별난 구석이 있는 이상한 아이라고는 생각했네만."

"츠, 츠바키 씨!"

턱을 문지르며 중얼거리는 츠바키에게 레피야가 대들었다.

그때 문득 티오네가 아키에게 물었다.

"아키는 이 중에서 제일 고참이잖아? 뭐 좀 몰라?"

"안됐지만 전혀. 예전의 아이즈는 지금보다도 훨씬 말을 안 하려는 애였고…… 단장님에게 물어보기는 했지만, 그냥 사정이 있다고밖에는."

검은 고양이 소녀는 모양 좋은 눈썹을 늘어뜨리며 탄식했다.

그런 가운데, 티오나가 천에 덮인 천장을 우러러보았다.

"'정령'하고 '아리아'라면…… 역시 미궁신성담, '던전 오라토리오'가 떠오르는데 말야."

친동생의 말에 티오네는 입술을 애매하게 일그러뜨렸다.

"그럼 뭔데. 그 '정령'이 아이즈라고? 네가 말하는 영웅담은 '고대' 이야기잖아? 말이 되는 소리를 해야지."

"아니, 꼭 그렇다는 건 아니지만 말야……."

"게다가 티오나 씨, '정령'은 아이를 낳지 못하잖아요……?"

레피야가 티오네의 말을 이어 지적하자, 동화를 좋아하는 아마조네스 소녀는 팔짱을 끼고 생각에 잠겼다.

"으음~ 관계가 없으려나아…….."

다른 단원들도 서로 얼굴을 마주 보았다.

수많은 설화에 등장하는 '정령'에 관해 생각을 굴리기 시작한다.

무언가 휴먼이나 데미휴먼과의 접점——아이즈와의 관계성은 없을까 하고.

그때 갑자기.

"아이 어쩌고는 잠깐 미뤄두더라도…… '정령'의 피를 이어받은 사람은 또 있지 않은가?"

끙끙거리던 단원들에게 츠바키가 불쑥 말을 꺼냈다.

"에엑?!"

홱 고개를 든 일동은 나란히 외쳤다.

그런 【로키 파밀리아】의 멤버들을 보며, 【헤파이스토스 파밀리아】의 마스터 스미스는 별 이상한 소리를 다 한다는 듯 웃었다.

"마침 잘됐군. 이리 데려오지."

"……왜 끌려온 거야, 난."

천막 한복판에 키나가시 작업복을 입은 붉은머리 청년이 앉아 있었다.

책상다리를 하고 앉은 그는 떨떠름한 표정을 감추려고도 하지 않고, 거리를 둔 채 에워싼 【로키 파밀리아】 단원들을 둘러보았다.

"알다시피 이 녀석은 벨 크라넬과 파티를 짠 스미스라네. 우리 파벌의 말단이기도 하지."

"야, 츠바키! 설명을 하라니까!"

조금 전에 천막을 나갔던 츠바키가 끌고 온 것은 【로키 파밀리아】가 벨과 함께 보호 중인 스미스 청년이었다.

일행과 있다가 강제로 끌려와서인지 당사자는 상대가 파벌 단장이어도 아랑곳 않고 버럭버럭 화를 내며 고함을 질렀다. 하지만 츠바키는 그런 그를 무시하고——레피야와 다른 이들은 식은땀을 흘리거나 어이없어했지만——이야기를 진행했다.

"이름은 벨프 크로조."

"……크로조?"

"어라? 어디서 들어본 적이 있는 것 같은데……?"

레피야와 티오나가 동시에 고개를 갸웃하다가, 번쩍.

아키가 허리에서 늘어진 가느다란 고양이 꼬리를 세웠다.

"설마 크로조라면…… 저주 받은 마검 도공?"

그 반응에 츠바키는 어딘가 자랑스럽게 말했다.

"그렇다네. 라키아 왕국에서 불패신화를 세웠던 '크로조의 마검'…… 이 녀석은 그 마검을 몇 세대에 걸쳐 만들어냈던 대장장이 귀족의 후예지."

그 말을 듣고 천막 안에 있던 모든 이들이 경악했다.

'크로조의 마검'. 미궁도시 오라리오는 물론, 전 세계에 이름을 떨치는 전설의 무기.

원래 '마검'은 영창이 필요 없는 대신 열화된 '마법'밖에는 사용할 수 없다. 그러나 '크로조의 마검'이 펼치는 포격은 오리지널마저도 능가했다는 사실은 옛날 라키아 왕국이 벌였던 침략전쟁——수많은 기록 속에 여실히 남아 있다.

그 위력은 '바다를 불태웠다'고까지 전해지는, 틀림없는 세계 최강의 '마검'이었다.

지금 레피야 일행의 앞에 있는 인물은 그런 강력한 '마검'을 만들어냈던 대장장이 일족의 계보.

짜증을 내며 츠바키를 노려보던 청년—— 벨프 크로조에게 모든 이들의 시선이 모여들었다.

"그 말이 사실인가요!"

그 직후.

단원들이 어깨를 흠칫 떨 정도의 노성이 크게 울려 퍼졌다.

"크로조 일족…… 동포의 고향을 불태웠던 원흉!! 얼마나 많은 엘프의 씨족이 돌아갈 숲을 잃었는지!!"

엘프 아리시아가 격앙했던 것이었다.

레피야는 흠칫했다. 라키아 왕국의 침략전쟁에 쓰인 '크로조의 마검'은 비할 데 없이 강대해, 전장은 모조리 지형이 바뀌거나 풀 한 포기 나지 않는 초토(焦土)로 바뀌었다고 한다. 그리고 그 불길은 아무 상관도 없던 엘프들의 고향

에까지 미쳐 숲을 모조리 불태웠다.

'크로조의 마검'이 남발되어 헤아릴 수도 없는 엘프가 살 곳을 빼앗겼던 것이다.

"아, 아리시아 씨⋯⋯."

태어난 고향이나 '학구'에서 자라난 과정도 있고 해서, 좋게 말하면 유연한 발상을 가졌고 나쁘게 말하면 그런 일에 둔감했던 레피야와 비교해, 그야말로 순수한——동족 의식이 강하고 자긍심이 높은——엘프인 아리시아의 표정은 귀기에 물들었다.

화근을 만들어낸 저주 받은 마검 대장장이에게 묘령의 엘프는 적의를 드러냈다. 평소에는 다정하고 온화한, 단원들의 언니나 누나 역할을 맡았던 연장자의 표변에 아직 어린 레피야와 나르비는 흠칫 숨을 멈추었다.

몸을 내밀며 격렬한 분노를 드러내고 노려보는 엘프에게 정작 벨프는 눈살을 찡그릴 뿐이었다.

금세 일촉즉발의 분위기가 감돌아, 티오나와 다른 단원들이 당황해 말리려 했다.

"어허. 기다려보시게, 아리시아. 이야기를 계속 듣게나."

그러나 여기서도 츠바키가 태평하게 끼어들었다. 녹색 눈을 깜빡이는 엘프에게 하프드워프가 손바닥을 내밀었다.

"이 남자는 말이지, 크로조 일족을 버렸다네."

"네⋯⋯?"

"도무지, 전혀, 요만큼도 이해를 못하겠네만, 벨식이는 자신의 핏줄을—— 아니, 자신의 재능을 저주하거든. 사실은 이 녀석은 소인보다도 강력한 '마검'을 만들 수 있는데도 전혀 만들려 하질 않는다네. 그야말로 보물을 두고 썩히는 셈이 아닌가."

몰락한 크로조 가문은 '마검'을 만드는 능력을 잃어버렸다고 전해지는데, 마스터 스미스의 작품보다 강력한 무기라는 말에 일행은 하나같이 숨을 멈추었다.

"집안과 왕국을 뛰쳐나온 것도 '마검'을 만들라고 강요당했기 때문이라나. 그러니 아리시아, 의외로 자네와 벨식이는 마음이 맞을지도 모른다네."

아연실색하는 아리시아에게 어린아이처럼 웃는 츠바키.

반면 당사자인 청년은 그만하라는 양 화를 내며 입을 열었다.

"이봐! 왜 아까부터 남 이야기를 나불나불 떠들어대고 앉았어!"

"왜 그러시나. 오해를 풀어줬거늘."

"따지고 보면 네가 원인이잖아!"

다시 고함이 터져나왔다.

눈앞의 광경에 아리시아는 매우 민망한 표정을 지었으나 벨프는 전혀 신경 쓰지 않는 듯 상대하지 않았다. 오히려 신경 써봤자 소용없다는 양 무시했다.

작은 일에 집착하지 않는, 그야말로 장인 기질의 청년.

분위기가 무사히 수습되어 단원들이 안도하는 가운데 레피야는 청년에 관해 그렇게 생각했다.

"젠장…… 아, 됐어. 냉큼 용건이나 말해. 얼른 가고 싶으니까."

그야말로 표표한 츠바키에게 이제는 자포자기하면서, 벨프는 【로키 파밀리아】 단원들에게도 주눅 들지 않고 말했다.

"그럼 단도직입적으로 묻겠는데…… 당신이 '정령'의 피를 이어받았다는 이야기는 사실이야?"

티오네의 질문에 벨프는 낯을 찡그리며 츠바키를 노려보았다.

"……야."

"뭐 어떤가, 닳는 것도 아닌데. 이쪽에서도 알고 싶은 것이 있어서 그러니 협력해주시게."

대체 어디까지 떠들어댄 거냐고 비난하는 시선에 그녀는 건성으로 사과했다.

있는 힘껏 한숨을 내쉰 후, 벨프는 고개를 끄덕여 긍정했다. 그리고 경악하는 단원들에게 단단히 못을 박았다.

"누가 내 뒤를 캐고 다니는 건 싫어하니까 어디서 떠들고 다니지는 마."

"하, 하지만, 어떻게 휴먼이, '정령'의 피를……?"

당황하는 레피야에게 벨프는 귀찮다는 듯 대답했다.

"……귀찮은 이야기는 생략하고. '고대' 시절에 초대 크로조가 몬스터에게서 어떤 '정령'을 구해줬어. 그때 중상을 입은 초대 크로조를 구하려고 '정령'은 자기 피를 나눠 줬지."

그 말에 티오나가 아연실색 중얼거렸다.

"'정령'의 기적……."

'정령'의 피를 나눠받아 빈사의 청년은 목숨을 건졌다. 그뿐이랴, 평범한 휴먼이면서도 정령에게서 유래된 '마법'을 구사할 수 있게 되고, 수명까지 늘어났다고 한다. 그야말로 '기적'이라는 이름이 과장이 아닌 '정령'의 은총을 받은 것이다.

"그렇다면 설마 '크로조'가 말도 안 되는 '마검'을 양산할 수 있었던 것도……."

"대충 예상은 가지?"

초대에게서 이어져온 피의 부산물이라고, 청년은 질문한 아리시아에게 어깨를 으쓱해 보였다.

레피야와 단원들은 의문이 녹는 소리를 들었다. 바다를 불태웠다는 전설까지 남은 '크로조의 마검'은 힘 있는 '고대 정령'에게서 비롯된 것이었다.

그렇다면 크로조 일족이 '마검'을 치지 못하게 된 것은 무슨 이유냐고 거듭 질문이 나왔지만, 청년은 그런 것까지 얘기해야 하냐면서 진저리를 쳤다. 하기야 그건 지나치게 깊이 파고든 것 같다고 티오나와 티오네, 아리시아는 뺨을 붉히며 어흠 헛기침을 했다.

——'정령'의 피를 이어받은 사람은 분명히 존재한다.

　——그렇다면, 혹시 아이즈도?

　벨프 앞인지라 다들 말을 꺼내지는 않았지만 시선을 나누어 그런 생각을 공유했다.

　아이즈의 강력한 '바람'…… 그것도 '정령'의 피에서 나온 부산물이라면 앞뒤가 맞는다. '데미 스피리트'의 정체를 가장 먼저 깨달은 것도 피가 가르쳐주었기 때문이라 생각하면 이해가 간다.

　만약 그렇게 가정한다면, 남은 문제는 어떤 경위로 아이즈가 '정령'의 피를 이어받았는가 하는 점이다.

　티오나 일행은 조용한 표정으로 생각에 잠겼다.

　"아키, 아이즈의 부모님은……?"

　"아니, 나도 못 들었어. 나는 계속 고아라고 생각했는데……."

　"티오나 씨, 영웅담 중에서 '정령'에 관한 그 비슷한 기록은 읽어본 적 없어요?"

　"으음~ 본 적이 없는데. 내가 어렸을 때 읽었던 던전 오라토리아도 홈에 있는 것도 사본이니까, 몇 번씩 옮겨지면서 원전이랑 내용이 달라졌을지도……."

　"누군가가 고의로 왜곡했을 가능성도……."

　"으음— 의심하자면 한이 없지."

　목소리를 죽여 티오네와 아키가, 레피야와 티오나가, 아리사와 나르비가 속닥거렸다.

"……나 그만 가도 되냐?"

자신은 내버려두고 소곤거리는 【로키 파밀리아】 단원들을 보며 청년이 슬금슬금 물러나려 했을 때, 그녀들을 쳐다보던 츠바키가 질문했다.

"벨식이. '정령'에 관해 달리 뭔가 아는 건 없나? 영웅담에 등장하는 '아리아'라는 정령에 대한 정보가 필요한데."

"내가 알아? '정령'하고 직접 연관이 있었던 건 초대뿐이야. 전해지는 얘기는 없어."

자신에게 흐르는 정령의 피 자체에 거부감을 드러내듯 벨프는 짚이는 바가 없다고 말했다.

"에잇, 거참."

츠바키는 답답하다는 듯 사라시를 감은 가슴을 출렁이며 스미스 청년을 철썩철썩 두드려댔다.

"정작 중요한 데에서 아무 짝에도 쓸모가 없지 않나! 그러니까 그대의 작품은 '좋은 무기인데 좀……'이라느니 '참으로 매우 유감이다'라는 소리를 듣는 게야! 자자, 어서 뭔가 떠올려보시게!!"

"진짜 그만 좀 해, 인간아!! 그리고 지금 작품 얘기는 상관없거든?!"

벨프는 이번에야말로 얼굴을 시뻘겋게 물들이며 격노했다. 부조리한 주문을 던지고 기술자의 자존심까지 건드리는 츠바키의 손을 뿌리치며 벌떡 일어났다. 이제는 1초도 이 자리에 있고 싶지 않다는 양 내뱉었다.

"영웅담인지 뭔지 나보다 훨씬 잘 아는 놈이 있잖아!! 그 자식한테 물어보든가!"

"⋯⋯⋯⋯⋯⋯저, 저기, 저는 왜, 여기에?"

천막 중앙에 새로 끌려와 앉혀놓은 것은 백발 소년이었다.

레피야가 험악한 적의를 뿜어내는 가운데, 정좌 자세로 땀을 삐질삐질 흘린다.

"후후후, 벨 크라넬. 그대는 벨식이에게 팔려 온 몸이라네. 각오하시게나."

"파, 팔려요?!"

분위기를 타고 사악한 탐관오리처럼 웃는 츠바키에게 소년은 진심으로 겁을 먹었다.

벨프가 분연히 천막을 박차고 나간 후, 그에 이어 소환된 것이 벨이었다. 어디까지나 츠바키와 함께 있고 싶지 않다는 청년의 마음이 소년을 제물로 바쳐버렸던 것이었다. 어쩌면 지금쯤 후회하고 있을지도 모른다.

【로키 파밀리아】의 긴급 호출, 미녀 미소녀밖에 없는 여성진의 천막, 그리고 대략 한 명의 살기. 그러한 것들에 낯빛을 이리저리 바꿀 수밖에 없는 소년은 고립무원의 토끼처럼 바짝 긴장했다.

"잡아먹지 않을 테니까 그렇게 긴장할 거 없어. 이것도 다 잠자리와 끼니의 대가란 거지. 질문에 대답만 하면 금방 보내줄게."

겁을 냈다가 부끄러워했다가 절망했다가 바쁜 모습을 보이는 소년에게 티오네가 싹싹하게 말을 걸었다. 긴장을 풀도록 웃음을 지어주는 그녀를 보고 벨도 어깨에서 살짝 힘을 뺐다.

"에헤헤~ 아르고노트 군이다~."

한편 벨이 온 후로 신이 나서 참을 수 없었던 티오나는 책상다리 자세로 연신 몸을 흔들었다. 그녀는 놀이 상대를 얻은 어린아이처럼 눈을 빛냈다.

"저기저기, 아르고노트 군. 영웅담을 잘 안다고 들었는데 정말이야?"

"어…… 잘 아는지 어떤지는 모르겠지만…… 어렸을 때부터 자주 읽었어요."

그 대답에 티오나는 가슴을 벌렁거리면서 테스트했다.

"그럼 기사 갈라드가 구하려 했던 사람의 이름은?"

"왕녀 아르티스 님……."

"그럼그럼, 용을 잡은 제르지오가 쓰러뜨린 괴물의 집이 있었던 곳은?"

"시레이나 호반……."

"그럼그럼그럼, 그때 용을 잡은 무기는?"

"창으로 착각할 만한 성검……하고, 처녀의 리본."

"대단해!!"

전부 대답한 벨에게 티오나가 환호했다.

뺨을 붉히며 흥분해 어딘가 기대하듯 다시 입을 열었다.

"그럼 아르고노트 군, 아르카디아란 이야기는——"

"아~ 그만 좀 해! 얘기 진행하자고!"

완전히 탈선하려는 이야기에 티오네가 고함을 질렀다. 언니의 제지에 티오나는 입술을 불쑥 내밀었다. 어렸을 때부터 동화를 좋아했다는 그녀의 행동에 아키와 아리시아는 쓴웃음을 지었다.

"본론을 말하자면, '아리아'라는 정령 알아?"

"정령 '아리아' 말인가요? 영웅 알버트를 평생 따라다닌, 던전 오라토리아의 대정령?"

"그래그래, 그거그거!"

티오네의 질문에 막힘없이 대답하자 티오나가 기뻐하며 긍정했다.

세계에서도 유명한 설화라면 원전이 된 영웅담의 개요도 알겠지만——대영웅 알버트의 이름 정도는 지식에 있었지만——조예가 깊은 벨에게 츠바키와 나르비를 비롯한 단원들은 자신도 모르게 감탄했다. 참 용케도 대담하다고, 레피야만은 적개심을 드러내며 솔직하게 인정하지 못했지만.

애초에 각 종족 사이에서 전해지는 전승이나 영웅담의 내용은 서로 다른 것이 많다. 자기네 종족의 영웅을 떠받들고 공경하는 경향이 있기 때문이다. 드워프의 영웅담에 등장하는 호걸이 엘프의 성서에서는 단순한 고집쟁이 소

© Kiyotaka Haimura

인배로 나오고, 괴물을 쓰러뜨린 것은 아마조네스 전사가 아니라 수인 도적이었다는 식으로 기록이 서로 맞지 않는 사례는 얼마든지 있다.

온 세상의 영웅담 지식에 편차가 있으며 정통한 사람이 적은 데에는 그러한 배경도 있다. 신들이 인정하는 소위 '공식' 원본을 읽지 않고, 인정하지 않고, 종족의 자긍심과 긍지만을 믿는 것이다.

던전 오라토리오는 어떤가 하면, 신들이 인정한 영웅담 중 하나다.

이야기의 양이 워낙 방대해 몇 권으로 나뉘어졌으며, 또한 시대의 흐름 속에서 사라진 넘버도 존재하기 때문에 전체를 독파한 사람은 결코 많지 않다.

"그 '아리아'가 자신의 몸을 잘라서 누군가에게 '피'를 나눠줬……는 이야기, 혹시 알아?"

"음, 으음~?"

티오나가 긴장하며 묻자 벨은 처음으로 애매한 표정을 드러냈다. 머리에 한 손을 대고 눈살을 찡그린다.

"그런 이야기는, 저는 읽어본 적이 없는데요……."

"그럼 '아리아'를 감싸다 중상을 입은 휴먼의 이야기 같은 건? 아니면 후손이 있다거나."

"이, 있기야 있었겠지만, 던전 오라토리아에 특별히 기록된 건……."

티오네의 잇따른 질문에도 벨은 갈팡질팡 대답했다. 자

신의 기억에는 없는 내용과 이해할 수 없는 질문에 당황한 것 같았다.

역시 단서는 없었구나…… 하고 단원들이 가벼운 낙담을 느끼고 있으려니.

"아, 하지만……"

무언가를 떠올린 것처럼 소년이 고개를 들었다.

"자손은 아니지만요…… 영웅 알버트에게 자식이 있었다는 이야기라면."

"뭐—?! 그게 뭐야, 난 못 들어봤는데—!!"

벨이 입에 담은 내용에 티오나는 놀라 소리를 질렀다. 자신이 모르는 일화에 경악한 표정을 짓는다.

"아르고노트 군이 읽은 책은 혹시 원전이야? 천 년 전에 기록됐다는 첫 오리진?"

"어, 그렇지는 않고요, 그게………… 하, 할아버지가 그려주셨을 거예요, 아마도."

그 순간 티오나는 눈을 연신 깜빡거렸다. 티오네와 다른 사람들도 그게 무슨 소리냐며 어이없어했다.

"……할아버님이, 그림책 작가셨어?"

"아, 아하하하…… 글쎄요?"

빤히 바라보는 티오나에게 벨은 얼굴을 실룩거리며 공허하게 웃었다.

아마도 아이가 좋아하도록 그 할아버지라는 사람이 자기 취향을 고스란히 담아 각색을 더했을 것이다. 이건 도움이 안 되겠다고 모두들 일찌감치 포기했다.

"그 애는 어떻게 됐어? 알버트 이야기는 마지막엔……"

"네, 그 마지막 전투에 휘말려서…… 행방불명이 됐다고 해요."

그런 가운데 티오나만이 마지막까지 진지하게 들었다. 정좌한 소년과 마주 앉아, 책상다리를 한 채 대화를 이어 나갔다.

"하지만 알버트의 파티에 있던 여자라면 누가 있었더라? 아이가 있었다고는 해도."

"어, 아마조네스의 여제 이벨다하고…… 하이엘프 왕녀 세르디아가……"

티오나의 확인에 벨이 대답하자.

왕족의 이름이 나온 순간── 엘프들이 신속의 기세로 반응했다.

"──무슨 소릴 하는 거죠, 당신?! 세르디아 님은 엘프 사이에서 전해지는 순결한 성녀!! 사명을 위해 터전을 떠나 세계의 위기를 구하신 우리의 자랑이에요!! 다른 종족과 자식을 가지다니 말도 안 돼요!!"

"고귀한 분들은 모두 세르디아 님의 여동생 리세나 님의 혈연이라고요! 리베리아 님도 그렇고!!"

아리시아에 이어 레피야까지 주워섬겨댔다. 티오나가 눈을 크게 뜨는 가운데 얼굴을 분노로 새빨갛게 물들이며 바짝 다가서는 두 사람에게 벨은 어깨를 흠칫 떨었다.

"안 그래도 자기 조상은 세르디아 님의 자손이라는 망언을 지껄이면서 왕족을 참칭하는 어리석은 자들이 있는 마당에……! 그자들을 옹호하려는 건가요?!"

"엄청엄청 불경죄예요!!!"

"죄죄죄죄죄죄송합니다아아아아아아아아아아아아?!"

"저기, 아리시아, 레피야?! 진정해——!"

엘프의 터전에 반드시 한 권은 있는 성서, 나아가서는 숭배와 공경의 대상인 하이엘프에 관한 문제에 이번에는 레피야까지 완전히 격노했다. 버럭버럭 화를 내는 아름다운 엘프의 얼굴에 벨은 울부짖고, 티오나와 티오네가 황급히 말렸다.

꽥꽥 와와, 야영지에 마련된 천막 한곳이 소란스러워지면서 주위 사람들까지도 고개를 디밀고 엿보았다.

"참고는 됐지만…… 역시 아이즈에 대한 핵심에는 접근하지 못했어."

그 후.

벨을 돌려보낸 티오네 일행은 천막 안에서 다시 둘러앉아 끙끙 생각에 잠겼다.

'괴인'과 '데미 스피리트'의 표적이 된 아이즈의 비밀. 티오나 일행이 고민하는 가운데 레피야는 동경하는 소녀가 아무것도 가르쳐주지 않는다는 사실에 슬픔까지 느끼고 말았다.

"──너무 깊이 파고들려 하지 마라, 너희들."

갑자기.

장막을 젖히며 일행이 있는 천막 안으로 들어오는 사람이 있었다.

"리, 리베리아 님?!"

"어, 어떻게 여길!"

"그렇게 소란을 떠는데 누가 모르겠나."

다른 자들과 함께 레피야와 티오네가 당황하고 있으려니, 리베리아는 비취색 장발을 출렁이며 탄식했다. 너무나도 시끄러워 그녀는 핀과 가레스가 있던 본영에서 직접 찾아온 것이다.

한쪽 눈을 감으며 일동을 둘러보니 아리시아와 레피야는 황송해하며 고개를 조아렸다.

"뭐 어때서 그러시나, 이 정도야."

츠바키만은 어깨를 으쓱하며 여전히 태연하게 굴었지만.

"……저기, 리베리아. 아이즈의 비밀이란 거, 우리한테는 가르쳐줄 수 없는 거야? 우린…… 가족이 아니야?"

일어나 있던 티오나가 속내를 토로하듯 눈썹을 늘어뜨리며 물었다.

리베리아는 침통한 심정을 표정으로 내비치면서도 그녀와 시선을 마주하고 타일렀다.

"물론 우리는 하나로 이어진 【파밀리아】다. 하지만 지금도 터놓을 수 없는 신상 한두 가지쯤은 너에게도 있을 텐데."

"!"

"억지로 강요당한다고, 너희들도 속에 품은 것을 이야기할 수 있을까?"

레피야와 아키는 눈을 크게 뜨고, 몸을 떠는 티오나와 티오네는 리베리아의 눈에서 시선을 돌려버렸다.

"……허나 너희의 마음도 이해는 한다."

그리고 리베리아는 두 눈을 감았다.

"어……?"

"이렇게 된 지금까지도 아무 이야기를 하지 못하는 것은 아이즈의 약함 탓. 그리고 신경을 쓴 나머지 이를 용납해버리는 우리의 책임이기도 하다. 59계층에서 있었던 모든 일들을 본 너희에게 아무 이야기도 하지 않는 것은…… 불성실하겠지."

리베리아는 눈을 뜨더니, 다시금 일동의 얼굴을 둘러보았다.

"본인이 없는 데에서 모든 것을 이야기할 수는 없다만……"

그렇게 전제를 깔고, 그녀는 고백했다.

"실제로, 아이즈에게는 '정령'의 피가 흐르고 있다."

"아직 티오나와 다른 단원들에게 이야기할 수는 없는 거야?"

리베리아가 자리를 뜬 본영.

넓은 천막 안에서는 마석등 불빛이 촛불처럼 켜져 있었다. 천으로 된 문이 닫힌 가운데 정면에 있는 핀의 물음에 아이즈는 시선을 떨구었다.

"……이야기하면, 약해지는 게 아닐까 해서."

소녀의 입술이 천천히 움직였다.

"티오나와 다른 사람들한테 전부 말하고, 거기에 기대게 되면…… 난, 또 바뀌는 게 아닐까 해서…… 더 이상은 강해질 수 없지 않을까 해서."

그것은 결코 강함이 아니라고 속삭이는 핀의 말도 지금의 아이즈에게는 들리지 않는다.

비원에 사로잡힌 소녀에게 핀의 곁에 있던 가레스가 말했다.

"아이즈, 그 외에도 더 있을 텐데. 여기에는 우리밖에 없으니 말해봐라."

속에만 담아두지 말라는 드워프의 말에 아이즈는 고개를 숙였다.

시간을 두고 띄엄띄엄, 이야기가 시작되었다.

"티오나가, 다른 사람들이…… 나에 대해 알면, 무슨 눈으로 바라볼지…… 그게, 무서워."

그것이 가장 큰 이유임을 그녀가 어렸을 때부터 지켜봤던 핀과 가레스는 쉽게 헤아렸다.

초연한【검희】가 아닌, 아무리 세월이 흘러도 길을 헤매는 눈앞의 소녀야말로 진정한 아이즈 발렌슈타인임을 리베리아도 그들도 알고 있다.

본영에 침묵이 흘렀다.

잠시 후.

"……쓸데없는 걱정이라고는 생각한다만."

호호할배처럼 수염을 문지르면서 몰래 중얼거리는 가레스에게 곁에 있던 핀은 쓴웃음을 지었다.

"아이즈도 그 붉은머리 여자가 나타난 후로 완전히 동요에 빠졌다. 원래 같으면 핏줄에 관한 일도 포함해 조금도 이야기하고 싶지 않겠지."

아이즈에게 '정령'의 피가 흐른다는 사실에 레피야와 일동은 숨을 멈추고 있었다.

리베리아는 잠시, 어딘가 먼 곳을 바라보는 눈빛을 하더니 말을 이었다.

"이렇게 마지못해 자신의 과거를 털어놓는 것은 아이즈가 바라는 바가 아니다."

"……."

"언젠가 그 아이가 직접 말할 때가 올 테니…… 그때까지 시간을 주도록 하자."

마지막으로 엘프 왕녀는,

어머니처럼, 이 자리에 있는 자들에게 애원했다.

"그리고 모든 것을 안 후에도…… 이제까지처럼 그 아이를 대해다오."

정적이 찾아온 것은 잠시였다.

리베리아의 부탁에—— 티오나가 "웃차" 하는 소리와 함께 일어나 다가오더니 활짝 웃었다.

"당연하잖아, 리베리아! 우린 【파밀리아】인걸!"

천진난만하게 웃으며 선선히 말한다.

"아이즈는 아이즈야!"

그 말을 시작으로 다른 이들도 입을 열었다.

"뭐, 새삼스러운 소리지."

"저, 저도 아이즈 씨를 피하다는 일은 영원히 절대 있을 수 없어요!"

티오네와 레피야가 잇따라 발언했다. 레피야는 티오나에게 지지 않겠노라 얼굴을 새빨갛게 물들이며 대항의식을 보이기까지 했다. 쓴웃음을 지은 아키와 다른 단원들도 서로 고개를 끄덕이며 그 말에 찬성했다.

그런 소녀들의 모습을 츠바키가 재미난다는 듯 바라본다.

리베리아는 천천히 눈을 가늘게 뜨며 미소를 지었다.

"고맙다."

3장

1/3의
순수한 격정

Гэта казка іншага сям'і.

◆

1/3 чыстай страсці

"네에에?! 리빌라에서 그 남자랑 데, 데이트――가 아니라, 관광 안내를 해주신다고요?!"

제18계층의 '아침'.

어젯밤에 헤스티아를 비롯한 구조대와 합류하면서 야영지의 밀도가 한층 늘어난 가운데, 아이즈에게 오늘의 일정을 들은 레피야는 괴상한 목소리로 고함을 질렀다.

아침 식사를 마친 후의 시간이었다.

【로키 파밀리아】의 출발에 맞춰 제18계층을 떠날 생각이었던 벨 일행은 마침 좋은 기회니 오늘 하루를 관광으로 보내고자 한 모양이었다. 아이즈는 그들의 길 안내에 동행하기로 했다는 것이다. 심심한 시간을 주체하지 못하던 티오나와 티오네도 여기에 따라나섰다.

눈앞에 있는 세 사람에게 레피야는 충격을 받았다.

"기왕이면 레피야도 갈래? 같이 가면 더 재미있을 텐데!"

"어, 저기, 저는 다른 분들의 간병을 해야 해서 한동안은 자리를 뜰 수가……!!"

아이즈와 티오나, 티오네 같은 파벌 간부와는 달리 레피야는 아직 중급 단원이다. 잡무는 하급 단원들도 포함해 그녀들이 솔선해 수행해야만 한다.

어제 충분한 식량도 조달해 시간에 여유가 있는 사람도 많아지기는 했지만 배정받은 역할분담을 제멋대로 내팽개칠 수는 없었다.

오늘 아침부터 세 시간 교대로 부상자 간호를 맡게 된

레피야는 웃음을 짓는 티오나에게 마지못해 거절의 말을 쥐어짜냈다.

"자자, 너무 억지 부리지 마. 레피야가 난처해하잖아."

"아, 아뇨, 결코 폐가 됐던 건……!"

가고 싶다.

따라가고 싶다.

따라가서 아이즈에게 뻔뻔하게 마을 관광 따위 약속을 받아냈다는 불경한 자의 꿍꿍이를 감시하고 싶다. 그리고 아이즈랑 놀고 싶다.

티오나에게 주의를 주는 티오네에게 레피야는 몇 번이나 입을 뻐끔거렸다.

"어…… 미안해, 레피야."

그리고 마지막으로 아이즈가 송구스러운 듯 사과했다.

금발금안의 소녀는 아마도 레피야 같은 다른 단원들에게 일을 맡겨버리는 데에 죄책감을 느낄 것이다. 레피야는 그런 점이야 상관이 없었다. 오히려 간부들까지 거들어주면 자신이 더 미안해진다. 다른 단원들과는 비교도 안 될 정도로 '심층'에서 잇따라 전투하며 혹사시켰던 몸을 기분 전환이든 뭐든 해서 쉬어주었으면 하는 바람이었다.

그러니 불만은 없다. 불만은 없지만…… 끄으으응.

아이즈 일행의 뒤쪽으로 웃음을 지은 채 모여드는 여신 일행과 소년의 모습을 보며 레피야는 마음속으로 끙끙거렸다.

"이, 일이 끝나면 꼭 달려갈게요!!"

"……? 응."

모양 좋은 눈썹을 치켜세우며 레피야는 아이즈의 손을 꼬옥 쥐었다.

사명감을 품은 후배 엘프에게 고개를 갸웃한 아이즈는 아무것도 모르는 표정을 지었다. 무리하지 말라고 마지막으로 말하고는 벨 일행과 합류했다.

"다녀올게~."

티오나가 손을 흔드는 가운데 '리빌라 마을'로 떠나가는 일동을 레피야는 다른 단원들과 배웅했다.

"라크타, 물 필요 없어요?! 힐러분을 불러드릴까요?! 아니면 몸을 닦아드릴까요?!"

"저, 전부, 괜찮으니까…… 좀, 조용히 해줘, 레피야……."

당장 '독'에 괴로워하는 단원들의 간호를 시작한 레피야는 살기등등한 표정으로 자신의 일에 힘을 쏟았다. 그러나 천막 안에 드러누운 흄 바니 소녀는 창백한 얼굴로 쓸데없이 시끄러운 엘프 동료에게 호소했다.

'얼른 일을 마치고 아이즈 씨에게……!'

그런 의욕과 조바심의 발로였지만, 전부 의미도 없고 역효과였다. 헛돌기만 하는 레피야의 의욕이 지친 단원들에게 괴로움을 주었다.

"환자를 괴롭게 해서 어떡하느냐!"

리베리아의 질타를 받을 때까지 레피야의 폭주는 계속

되었다.

"우우, 요즘은 맨날 야단만 맞아요……."

레피야는 훌쩍훌쩍 울면서, 길어 온 샘물로 수건을 빨았다.

남성단원에게 빌려 온 투구 안에 담긴 맑은 물로 식힌 다음 물기를 짜, 드러누운 동료의 이마에 올려놓는다.

자신의 실수를 열심히 반성하면서…… 이것도 저것도 다 그 소년 탓이라고 레피야는 눈물 고인 눈꼬리를 곤두세웠다.

'애, 애먼 원한이라는 건 알지만요……!'

하지만 신경이 쓰여 어쩔 수가 없는 것이다.

아이즈가 돌봐주려 하는 그 백발 소년이.

아무리 둔감해도 알 수 있다. 아이즈가 벨에게 관심이 있다는 정도는.

그 원인이 단순한 친근감인지, 혹은 눈을 크게 뜰 만한 '급성장' 때문인지 레피야는 알지 못한다. 다만 확실한 것은 그저 강함을 추구하기만 하던 【검희】가 토끼를 쫓는 소녀처럼 그에게 흥미를 품으면서 어딘가 바뀌어가고 있다는 점이었다.

아이즈를 계속 흠모했던 레피야에게는 역시 마음에 안 드는 일이었다.

가까이 있으면 의식을 할애해 대항의식을 품어버릴 만큼은.

멋대로 라이벌로 삼아 특훈에 힘썼던 그날처럼.

'이런 일로 경쟁을 하거나, 그런 건 아니지만…… 아뇨, 애초에 다른 파벌 사람이니까 좀 더 사양도 하고, 조심스럽게 행동해야죠……!'

결국 생각은 돌고 돌아 소년에 대한 불만을 품어버린 레피야는 입술을 비죽 내밀며 손을 움직였다.

어쨌거나 저쨌거나 지금은 일을 해야 한다. 지금쯤 벨이나 여신과 무엇을 하고 있을지 알 수 없는 아이즈에게 달려가기 위해서라도 주어진 일을 완수해야 한다.

부상자를 간호하고, 땀을 흘린 여성단원의 몸을 닦아주고, 때로는 물을 긷기 위해 냇가와 야영지를 왕복하면서 레피야는 열심히 일했다.

"레피야, 교대해요. 나머진 우리가 할게요."

"아, 네!"

집중하면 시간은 빨리 흐르는 법이라 엘프 아리시아가 말을 걸어 다른 단원들과 함께 자리를 내주었다.

그녀들과 자리를 바꾸어 천막을 나온 레피야는 이제 거리낌 없이 아이즈에게 갈 수 있겠다고 들뜬 마음을 품었다.

그리고 즉시 리빌라가 있는 계층 서쪽의 호반으로 발을 돌렸지만,

"레피야, 손님이다."

"네?"

야영지를 가로질러 나아가려 했을 때 누군가가 그녀를 붙들었다.

라울과 함께 제59계층 공략에 동행했던 시앙스로프 크루스 바셀이었다. 평소에는 말수가 적은 그는 레피야에게 야영지 남쪽 방향을 가리켰다.

"엘프 여자였어. 널 찾아왔다던데."

다른 파벌 사람이니 야영지 앞에 세워놨다고 하는 그에게 어리둥절하면서, 고맙다고 인사를 남기고 그쪽으로 가 보았다.

동족 손님이라니…… 대체 누구지?

고개를 갸웃하며 종종걸음으로 가고 있으려니, 크루스의 말대로 캠프 밖에 서 있던 것은 순백색 배틀클로스를 입은 흑발의 엘프였다.

그녀의 붉은 눈동자와 시선이 얽힌 레피야는 군청색 두 눈을 크게 떴다.

"피르비스 씨!"

웃음을 지으며 동족 소녀에게 달려간다.

피르비스 셜리아.

【디오니소스 파밀리아】 소속 제2급 모험자다. 파벌의 단장이기도 한 그녀와는 제24계층 팬트리 사건 때부터 면식이 있어 그 후로도 교류를 나누었다.

"정말 무사했구나…… 오랜만이다."

레피야와 마찬가지로 피르비스 또한 조그만 입술에 웃

음을 지었다. 레피야가 부상을 입지 않아 안도한 모양이었다.

발을 멈춘 레피야는 자신보다 조금 키가 큰 그녀와 마주 보았다.

"여기는 무슨 일로 오셨어요?"

"지상에 물건을 구입하러 왔던 리빌라 주민이 소문을 들려주더군. 【로키 파밀리아】가 '원정'에서 돌아왔다고."

지금은 숲에서 캠프를 한다고 들었다고, 피르비스는 이곳 제18계층까지 온 이유를 설명했다. 보아하니 오라리오에서는 【로키 파밀리아】 귀환 소식이 이미 퍼지기 시작한 모양이었다.

"네가 신경이 쓰여서, 디오니소스 님께 휴가를 받았지."

그렇게 말하고 피르비스는 레피야의 얼굴을 빤히 바라보았다.

"조금…… 야위었는걸."

"네에?! 제, 제가 그렇게 뚱뚱했나요?!"

원정 전부터 한동안 단것도 안 먹고 있었는데!

충격을 받은 레피야에게 피르비스가 쓴웃음을 지었다.

"그런 소리가 아니야."

물자 관계상 식량 제한은 물론이고, 던전이라는 가혹한 환경에서 오랜 기간 머물면 문자 그대로 몸과 마음이 깎여나간다. 온갖 불필요한 것들을 잘라낸 지금의 레피야는 비교하자면 날카롭게 연마한 모험자의 검, 혹은 요정의 숲 깊은 곳에 솟아난 성목(聖木)의 지팡이 같았다.

"전보다도 늠름…… 아니, 몰라볼 정도로 달라졌다."

'원정'을 거쳐 많은 성장을 이루었음을 내비치는 피르비스는 놀라는 레피야에게 눈을 가늘게 떴다.

"레피야…… 살아 돌아와줘서 다행이다. 다시 만나게 되어 기뻐."

그녀의 다정한 눈빛에 레피야는 자신도 모르게 뺨을 붉히고 말았다.

그리고 피르비스는—— 자신의 입에서 저절로 툭 떨어진 말에 흠칫 놀라 고개를 돌려버렸다.

짐짓 헛기침을 하고는 아무튼 건강한 것 같아 다행이라며 새삼스레 얼버무렸지만, 눈처럼 희디흰 피부 탓에 뺨의 발그레한 기운은 매우 눈에 잘 뜨였다.

레피야는 활짝 웃었다.

그녀의 마음이 기뻤다. 이렇게 또 말을 나눌 수 있어서 가슴이 따뜻해졌다.

웃음을 나누는 엘프 소녀들은 보름만의 재회를 기뻐했다.

"어, 저희가 던전에 있는 동안 지상에서는 무슨 일 없었나요? 그러니까, 이블스의 잔당이라든가……."

"아니…… 눈에 뜨이는 움직임은 없었다. 그보다도 헤르메스 파벌이 쓸데없는 개입을 해서 그게 문제였지. 금방 너희에게도 전해지리라 생각한다만……."

말을 흐리는 피르비스는 언짢은 표정을 감추려고도 하지 않았다.

그 모습이 의외여서 레피야가 바라보고 있으려니 동족 소녀가 질문했다.

"……'원정'은 어땠나?"

"희생자는 없었어요. 역시 힘들기는 했지만…… 이것저것 알아낸 것도 많아요."

원정을 감행할 만한 가치와 성과는 충분히 있었다고, 레피야는 자세를 반듯이 하고 피르비스와 시선을 나누며 만감을 담아 말했다.

"──고맙습니다, 피르비스 씨. 피르비스 씨에게 받은 '마법'이 아이즈 씨를, 모두를 지켜줬어요."

제59계층에서 벌어진 최종결전.

그 속에서 '더럽혀진 정령'의 포격을 막아낸 레피야의 소환마법── 피르비스에게 맡았던 장벽마법【디오 그레일】.

순백색의 성스러운 광채가 레피야를 비롯한 파티를 절체절명의 위기에서 구해주었던 것이다.

피르비스의 '마법' 덕에 아이즈도, 다른 선배들도, 자신도 지금 이렇게 서 있을 수 있다고 레피야는 눈물을 글썽이며 감사의 마음을 전했다.

그런 레피야에게 피르비스는 눈을 크게 뜨며 말했다.

"……그랬, 구나. 나의 '마법'이, 너희를 구했다고……."

잠시 후 자신의 오른손을 내려다본다.

그 붉은 눈이 이리저리 흔들렸다. 마치 온갖 감정에 희롱당하는 것처럼.

흠칫 놀란 레피야는 그 모습이 동료를——'제27계층의 악몽'에서 잃었던 【파밀리아】의 선배들을——구하지 못했던 피르비스의 탄식과 자책처럼 느껴졌다.

'마법'으로도 그녀의 손가락 틈에서 빠져나가버린 동료의 목숨.

그 '마법'은 이번에는 레피야의 소중한 사람들을 지켜주었다.

레피야의 추측이 옳다면, 지금 피르비스의 심경은 과연 어떨까.

도저히 그녀의 심중을 헤아릴 수가 없었다.

입을 다문 피르비스에게 레피야는 말을 걸지 못한 채 그저 지켜볼 수밖에 없었다.

"——레피야."

그리고 그때.

레피야의 뒤에서 목소리가 들렸다.

"리, 리베리아 님? 여기는 무슨 일로……."

"엘프가 너를 찾아왔다고 지금 크루스에게 들었다."

비취색 장발을 찰랑이며 나타난 것은 리베리아였다.

야영지 안쪽에서 나타난 그녀는 아연실색한 레피야와 피르비스의 앞에서 걸음을 멈추었다.

"혹시나 했더니…… 이 아가씨가 네가 말한 '마법'을 주었다는 동포구나."

"아, 네! 맞아요. 【디오니소스 파밀리아】의 피르비스 셜리아 씨예요."

레피야는 '장벽마법'을 주었던 피르비스에 관해 이미 리베리아에게 보고를 마친 후였다. 그녀의 긍정에 그러냐고 고개를 끄덕인 리베리아는 흑발 엘프를 쳐다보았다.

반면 피르비스는 일족의 왕녀가 등장하는 바람에 경악하고 있었다.

"네 덕에 중대한 국면을 넘어설 수 있었다, 동포 피르비스 셜리아여. 나도 한마디 감사를 하고 싶구나."

어떤 엘프보다도 뛰어난 미모로 미소를 지은 리베리아는 조용히 '고맙다'고 감사의 인사를 건넸다.

뻣뻣이 서 있던 피르비스는 몸을 굳혔다.

"리베리아, 님……."

갈라진 목소리로 중얼거린 엘프 소녀는—— 감격에 떨지도, 황송해 자신을 비하하지도 않고,

그저 뒷걸음질을 치더니, 리베리아에게서 거리를 벌렸다.

"만나뵙게 되어, 영광입니다……."

그렇게 말하고 눈을 내리까는가 싶더니,

"……실례합니다."

다음으로는 발을 돌려버렸다.

"피, 피르비스 씨?!"

당황하는 레피야의 목소리에도 반응하지 않고 등을 돌린 피르비스는 그 자리를 떠나버렸다.

자신의 앞에서 멀어져가는 동포 소녀에게 리베리아도 의아한 표정을 지었다.

누가 봐도 분위기가 이상한 피르비스에게 당황한 레피야는 자기도 모르게 리베리아를 쳐다보았다.

"나는 신경 쓰지 말고 가주거라."

"아, 넷! 죄송합니다!"

그렇게 외치고 레피야는 달려갔다.

피르비스의 뒤를 쫓는다.

빠른 걸음으로 야영지를 떠나 숲을 나가려 하는 말없는 등. 무녀를 연상케 하는 젖은 까마귀 깃털색 장발이 한시라도 빨리 가야 한다고 채근하듯 멀어졌다.

"기다리세요, 피르비스 씨! 왜 그러세요?"

나무들 사이를 달려간 레피야는 피르비스를 금방 따라잡았다.

걸음을 멈추지 않는 그녀의 뒤에서 외치자, 잠시 간격을 두고, 딱딱한 목소리가 돌아왔다.

"……리베리아 님은, 하이엘프다."

"그게 어쨌는데요? 신경 쓰실 필요 없어요."

리베리아 리요스 알브라는 이름과 출신은 도시 최강 마도사라는 칭호와 함께 오라리오는 물론 전 세계에 퍼졌다.

엘프라면 누구나 알며, 동족의식이 높은 그들 그녀들에게 는 외경심과 숭배의 대상이다.

다른 동포와 마찬가지로 리베리아를 공경하고 있을 피 르비스를 레피야는 이해할 수가 없었다.

"리베리아 님은 신분이 낮은 우리에게도 격식 없이 대해 주세요. 반대로 괜히 황송해하는 걸 더 싫어하시고——"

황송하다고 사양할 필요는 없다고 레피야가 설득하려 하자,

"나는 더럽혀진 몸이다."

"!!"

피르비스는 저주의 말을 내뱉었다.

"나 같은 존재가 곁에 있어서는 안 된다. 내가 어떻게 그 분과 말을 섞을 수 있겠나. 살아서 치욕을 뒤집어쓰고 있 는 이런 내가……. 안 돼. 견딜 수 없어. 그분을 더럽힐 거다."

레피야의 목소리를 가로막으며 자기 자신을 기피한다.

시선 너머에서는 그 아름다운 옆얼굴이 고뇌로 일그러 져 있었다.

"그분만은 더럽혀서는 안 돼."

죄업의 진흙에 물든 엘프의 마음이 떠밀듯.

피르비스는 말을 내뱉고, 결코 멈추려 하지도 않고 한사 코 계속 걸어 나갔다.

레피야는 눈을 크게 떴다.

신성함과 혐오감이 함께 따라붙는 미추(美醜)의 소녀. 동료를 죽게 하고 혼자 살아남아버린 피르비스는 아직도 죄의식에 시달린다. 자긍심 높은 엘프이기에, 어쩌면 그것은 평생 씻을 수 없는 감정인지도 모른다.

피르비스는 왕족을 더럽혀버리는 것을 무엇보다도 두려워했다.

혐오와 기피의 마음에 옭매인 그 뒷모습을 계속 따라가던 레피야는——

질끈.

언젠가 그랬던 것처럼 눈꼬리를 틀어올리고, 언젠가 그랬던 것처럼 팔을 내밀어, 언젠가 그랬던 것처럼 소녀의 손목을 붙잡았다.

"피르비스 씨!"

"!"

피르비스의 걸음이 멈추었다.

놀라 돌아본 그녀에게, 아니, 그녀를 괴롭히는 죄의식에게 레피야의 고함이 따귀를 후려쳤다.

"정말로 더럽혀진 사람은 저에게 '마법'을 가르쳐주지 않아요!"

"······!"

"피르비스 씨 덕에 저도, 리베리아 님도 무사했던 거예요!"

격렬하게 말하는 레피야에게 피르비스는 한순간 아연실색한 후, 머뭇거리는 것 같았다.

자신의 손목을 붙잡은 오른손을 뿌리치려고는 했지만 레피야는 결코 놓지 않았다. 당황하는 그녀의 가느다란 손목에는 조금도 힘이 들어가지 않았다.

　"레피야, 착각하지 마라! 그건……!"

　"착각 안 했어요! 무슨 착각을 했다는 거예요!"

　"네 쓸데없는 자신감은 대체 어디서 나오는 거냐!! 근거도 없으면서!"

　"근거라면 있어요! 로키가 그랬어요. 피르비스 씨 같은 사람을 '츤데레?'라고 한다고!!"

　"뭐라는 거야?!"

　전 다 알아요!! 라는 양, 가장 믿어서는 안 될 신들의 헛소리를 들먹이는 레피야에게 피르비스는 즉시 고함을 질렀다. 그게 무슨 근거야! 얼굴을 시뻘겋게 물들이며 분개한다.

　"게, 게다가…… 제, 제 곁에 있는 건 괜찮으면서, 리베리아 님은 안 된다는 거예요? 그럼 피르비스 씨한테 저는 아무것도 아닌 존재겠네요!"

　이래서는 끝이 안 나겠다고 고개를 돌리려던 피르비스는 그 말에 흠칫 돌아보았다.

　"그, 그런 소리 한 적 없어!"

　약간 부끄러워하면서도 토라진 레피야와 눈을 마주한다.

　군청색 눈동자와 시선을 부딪친 피르비스는, 얼굴을 붉

힌 채, 겸연쩍은 듯 시선을 치웠다.

"도, 돌아갈래."

"싫어요!"

"그만 좀 해!"

"거절하겠어요!"

"놓으라니깐?!"

"못 놔요!!"

하아하아, 두 사람의 거칠어진 숨소리가 나무들 사이로 울려 퍼졌다.

주위를 에워싼 조용한 숲이 소녀들을 지켜보았다.

잠시 후, 피르비스는 어딘가 체념한 것처럼 고개를 가로 젓더니 입을 열었다.

"너는【파밀리아】 내에서도 그렇게 고집스러워……?"

그런 피르비스의 물음에 어리둥절한 후.

이번에는 레피야가 겸연쩍은 듯 시선을 이리저리 흔들 차례였다.

"어, 그게…… 아이즈 씨한테 그런 짓은 못 한달까, 그 뭐냐…… 피, 피르비스 씨에게만?"

"왜 나한테만?!"

마침내 하늘을 우러러 절규하는 피르비스.

레피야는 민망해져 고개를 돌렸지만, 그래도 손은 여전히 쥐고 있었다.

"망할."

자신도 모르게 그렇게 중얼거린 피르비스는…… 가느다란 목소리를 발밑에 떨구었다.

"너를 만난 후로…… 나는, 점점 이상해진다."

완전히 얼굴을 붉게 물들인 채, 미아처럼 중얼거리는 피르비스에게.

레피야는 우뚝 몸을 멈추고, 자신도 얼굴을 붉히면서 활짝 웃고 말았다.

미추의 소녀가 자신의 존재를 허락해줄 날은 어쩌면 오지 않을지도 모른다.

아무것도 모르는 자신의 손으로는 그녀의 죄의식을 걷어내줄 수 없을지도 모른다.

하지만 그런 그녀가, 분명히 변해간다는 사실이 참을 수 없이 기쁘고 자랑스러웠다.

"……왜 웃고 있어."

"에헤헤."

피르비스가 비난하듯 째릿 노려보았지만 웃음을 거둘 수는 없었다.

웃음에 기쁨을 내비치는 레피야에게 피르비스는 눈을 감으면서 고개를 돌렸다. 긴 귀를 살짝 붉히며.

손을 맞잡은 소녀들 사이에 조용한 빛살이 내리쪼였다.

그 후.

피르비스와 어울리는 데에 완전히 열중해버린 레피야는.

리빌라에 가는 것도 잊고, 정신을 차리고 보니 아이즈 일행은 야영지로 돌아온 후였다.

　　"아앗──!!"

　　"저기저기, 다 같이 물놀이 하러 가자!"

　　시작은 티오나의 그러한 말이었다.

　　"또오? 넌 몇 번을 가야 직성이 풀려?"

　　"뭐 어때~. 심심하잖아~. 게다가 여기 물은 엄청 시원하고~."

　　'낮'을 맞이한 야영지.

　　리빌라로 관광을 나갔던 아이즈와 벨 일행이 돌아온 직후였다.

　　여성진이 모였을 때 티오나가 웃으며 말을 꺼낸 것이다.

　　제18계층을 좋아한다고 공언했듯, 아마조네스 소녀는 이곳 '언더 리조트'의 물놀이를 선호했다. 미궁 탐색 때만이 아니라 홈에 있을 때도 생각이 났다는 양 벌떡 일어나선 "잠깐 물놀이 하고 올래!" 하고 공공욕탕이라도 가듯 가볍게 '중층'까지 내려갈 정도였다. 제3급 이하의 모험자가 들으면 요란한 두통에 시달릴 이야기였다.

　　"게다가 넌 신 헤스티아의 가슴이라도 봤다간 발광하지 않을까?"

"아, 안 하거든?! 누가 그런다고?!"

눈을 흘기는 티오네와 당황하는 티오나가 말다툼을 벌이는 가운데, 【로키 파밀리아】의 멤버들만이 아니라 자신들에게도 돌아온 제안에 헤스티아 일행은 얼굴을 마주 보았다.

"어떻게 할래요, 헤스티아 님?"

"으음…… 역시 몸을 씻고 싶다는 충동은 있구나. 타케네 아이들은 어떻게 하겠느냐? 물놀이, 함께 가볼까?"

"가능하다면 저도…… 치구사 공은?"

"저, 저도…… 네."

파룸 소녀의 말에 여신은 순순히 고개를 끄덕이고 다른 사람들에게도 의견을 물었다.

구조대로 동행했던 극동 출신 모험자—— 【타케미카즈치 파밀리아】의 두 소녀는 약간 소극적으로, 그러나 확실하게 고개를 끄덕였다.

"……헤르메스 님."

순백색 망토를 펄럭이며 아스피가 돌아보자, 그녀의 주신 헤르메스의 께느른한 목소리가 돌아왔다.

"어~ 괜찮아. 호위는 잠깐 쉬고 하고 싶은 대로 해."

"그러면 저도."

호위 임무에서 잠깐 해방된 그녀까지 물놀이 일행에 가담하게 되었다.

"아이즈도 가자!"

"응......."

"리네랑 다른 애들도 불러다가, 보초는 교대로 서고."

티오나와 티오네의 제안에 참가 인원의 규모는 점점 늘어났다.

등을 끌어안긴 아이즈를 비롯해 휴식 중인 여성단원에게 차례차례 말을 건다.

"레피야도 갈래?"

"......."

"레피야?"

"............."

아이즈가 말을 걸었지만 레피야는 반응이 없었다. 그 자리에 나무처럼 꼿꼿이 선 채 넋을 놓고 있었다.

피르비스와의 재회에 신이 난 나머지 리빌라 관광에 참가하지 못했던 그녀는 망연자실했다. 원래의 목적을 망각의 저편으로 날려버리다니, 생각지도 못한 불찰이었다.

참고로 신이 난 레피야가 지나치게 몰아붙인 나머지 피르비스는 속이 상해 이미 돌아가버렸다. 귀 끝까지 새빨갛게 물들인 채.

살아 있는 조각상으로 변한 엘프 소녀에게 아이즈는 난감해했다.

"왜 넋을 놓고 있어, 레피야! 같이 가자!"

"헤윽?!"

옆에서 티오나가 와락 끌어안는 바람에 레피야의 의식

이 돌아왔다. 아이즈의 눈앞에서 무슨 일이 일어났는지 고개를 좌우로 돌린다.

"어, 물놀이, 라고요? 아, 갈래요 갈래요. 따라갈래요. 이번에야말로 같이 가게 해주세요! 그 휴먼에게는 지지 않겠어요!"

"으, 응……?"

아직까지 제정신을 차리지 못한 레피야는 티오나에게 안긴 채 요령부득 이상한 말을 늘어놓았다.

"그럼 가자!"

티오나의 호령에 일행은 출발했다.

모인 멤버는 헤스티아 일행을 포함해 스무 명 정도. 하위 단원의 모습이 눈에 뜨였으며, 오늘도 츠바키는 여기저기 싸돌아다니느라 보이지 않았다. 의기양양하게 걸어가는 티오나를 선두로, 미궁에 들어온 이후 줄곧 목욕을 하지 못한 헤스티아 일행 또한 어딘가 기대에 찬 눈빛이었다.

집단이 되어 걷기를 한동안.

시야가 탁 트이고 커다란 폭포에 도착했다.

"짜안~ 여기!"

『와아~.』

득의만만한 티오나가 팔을 벌리고, 헤스티아 일행에게서 감탄사가 흘러나왔다.

10M 정도 높이에서 떨어지는 맑은 물. 가느다란 물보라

가 수면에서 솟아나 보기만 해도 시원했다. 주위는 담담하게 빛나는 수정과 나무에 에워싸였으며 가지를 드리운 숲의 돔이 머리 위를 에워싼다.

이틀 전에 아이즈 일행이 사용했던 폭포 밑의 샘이었다.

"이 숲에는 샘이 몇 곳 있지만…… 또 좋은 곳을 발견했군요."

"티오나가 찾아낸 거예요……."

야영지에서 조금 멀기는 했지만 틈만 나면 이 샘에서 물놀이를 하는 것은 【로키 파밀리아】에게는 늘 있는 일이었다.

제18계층에 몇 번이나 왔던 아스피도 넓고 아름다운 경치에 감탄하는 가운데 티오나가 산책했던 덕이라고 아이즈가 살짝 미소를 지었다.

"그럼 순서는…… 헤스티아 님 일행은 먼저 들어간다고 치고……."

"티오네 씨랑 선배님들부터 하세요! 저희는 나중에 해도 되니까!"

"보초는 저희가 맡을게요!"

"그래? 그럼 먼저 할게."

여신 일행이 흥분하는 한편, 티오네가 자기 파벌의 단원들을 둘러보자 하급 단원 소녀들이 파벌 간부들에게 자리를 양보했다. 경호는 맡겨달라고 하는 데미휴먼 후배들에게 티오네는 웃음을 지으며 고개를 끄덕여 대답했다.

세이프티 포인트라고는 하지만 이 숲에는 먹이를 구하기 위해 다른 계층에서 온 몬스터가 서식한다. 제18계층에 한한 이야기는 아니지만 무방비 상태가 되는 물놀이를 보초 없이 즐길 수는 없다.

게다가 이 숲에는 남성단원들도 많은 것이다.

"그럼 먼저 할게, 레피야."

"그러세요, 아이즈 씨!"

레피야도 보초를 섰다.

아이즈와 티오나, 티오네, 그리고 헤스티아와 아스피를 포함한 구조대의 소녀들까지 합계 여덟 명이 먼저 물놀이를 하게 되었다.

짧은 기간 사이에 이들도 파벌과는 상관없이 서로 가리지 않고 이야기를 나눌 수 있게 되었다. 대화로 꽃을 피우면서 각자 자신의 옷을 벗기 시작했다.

의연한 극동 소녀──모험자들 사이에서도 소문이 자자한 루키로 유명해진 【타케미카즈치 파밀리아】의 야마토 미코토──를 필두로 【로키 파밀리아】 멤버들에게 뒤지지 않는 미소녀들이 나긋나긋한 팔다리와 가슴의 융기를 드러냈다.

"──흐으응! 나의 압승이로군!"

호쾌하게 옷을 벗어젖힌 헤스티아가 아이즈에게 어째서인지 으스대기도 했지만.

출렁 흘러나온 압도적인 거봉에 영문도 모르고 당황하

는 아이즈.

"어으윽!"

"거봐, 내 뭐랬어."

다만 이미 전라가 되었던 티오나는 자신의 얄팍한 가슴을 부여잡으며 정신대미지를 입고 있었다. 그런 그녀에게 티오네가 무심하게 말했다.

어쨌거나 옷을 벗은 일행은 물놀이를 시작했다.

"히얏호—!"

"그러니까 느닷없이 뛰어들지 말라고, 바보 티오나!!"

"으하아~ 이거 끝내주는구나~!"

"물이 맑군요……. 저희가 살던 극동의 강도 이렇게까지 맑지는 않았는데."

"응, 기분이 좋아……."

"이렇게 보고 있으니 아스피 님은 참 기품이 있으시네요. 평소에는 별로 신경도 안 썼는데."

"그건 늘 제가 피로에 찌들어 있다는 뜻인가요, 릴리루카 아데……?"

"어, 그게…… 아스피, 씨는…… 늘, 애쓰니까."

수면에 뛰어드는 사람, 물을 뒤집어써 고함을 지르는 사람 등등 각양각색의 밝은 목소리가 샘 곳곳에서 들렸다.

흥분한 헤스티아 일행의 분위기에 이끌려, 이미 물놀이에 익숙해진 【로키 파밀리아】 단원들의 얼굴에도 웃음이 피어났다. 물을 튀기는 티오나를 필두로 소녀들 사이에서 물싸움이 시작되었다. 숲 속의 샘에서 장난을 치는 물의 정령들처럼 높은 환성이 끊이질 않는다.

목덜미에 달라붙은 머리카락과 맨살을 타고 흘러내리는 물방울은 요염함과는 거리가 멀었으며, 그저 싱그러울 뿐이었다.

'아이즈 씨는 그렇다 쳐도…… 다들 정말 예쁘네요.'

보초도 설 겸 샘 밖에서 아이즈 일행을 흘끔 쳐다본 레피야는 자신도 모르게 한숨을 쉬었다. 그녀들이 드러낸 알몸이 매우 눈부셨다. 주위의 하급 단원들도 비슷한 반응이었다.

여기에 로키가 없어서 참 다행이지.

레피야는 절절히 생각했다.

여자를 밝히는 그녀가 봤다면 이 광경은 침을 질질 흘릴 만한 것이었으리라.

그만큼 소녀들은 같은 여자인 레피야가 봐도 매력적이었다.

'뭐, 남자분들이 봐도 그렇겠지만요…….'

레피야가 넋을 잃을 지경이니, 남자들은 말해 무엇하리오.

지금은 어디까지나 몬스터로부터 사람들을 경호하는 것이지만…… 만약 엿보러 오는 괘씸한 자가 있다면 천벌을 내려야만 한다. 지금도 장비하고 있는 레피야의 지팡이가 불을 뿜을 것이다.

그렇다고는 해도 【로키 파밀리아】의 남성진들에게는 야

영지에 남은 아키와 다른 사람들이 눈을 빛내고 있다. 그녀의 안광을 뒤집어쓰면 간담이 오그라들어 삿된 마음을 품을 생각은 들지 않을 것이다. 하물며 샘을 빈틈없이 포위한 하급단원들의 진형에는 구멍이 없다. 만약 수상한 그림자가 다가온다면 금방 알아차릴 수 있다.

금발을 귀 뒤로 넘기며 웃음을 짓는 나신의 아이즈에게 황홀하게 뺨을 붉히며 레피야는 사방의 초계에 온 힘을 쏟고 있었다.

그렇다. 아무리 그래도 이런 엄중한 경계망을 뚫고 백주에 당당하게 엿보러 오는 자가 있을 리——

"————으아아아아아아아아아아아아아아아아아아?!"

——있었다.

절규하며 갑자기 위에서 낙하하는 수수께끼의 물체.

아이즈 일행이 물놀이를 즐기는 샘 한복판에 떨어졌다.

"——어?"

텀버엉!! 솟구치는 요란한 물줄기.

으아아?! 경악하는 일행의 비명.

잇따른 소동에 다른 보초와 마찬가지로 굳어버렸던 레피야의 입에서 갈라진 목소리가 새어 나왔다.

생각지도 못한 머리 위, 나뭇잎이 무성하게 우거진 숲의 돔 안에 몸을 숨겼던 괘씸한 자.

엿보는 정도로는 남자답지 못하다는 양—— 처녀들의 물놀이를 급습했다!!

시간이 얼어붙은 것도 한순간, 레피야는 흠칫 몸을 내밀었다.

낯빛을 바꾼 그녀의 시야에 들어온 것은 구르듯 여울을 향해 엉금엉금 기어가는—— 백발 소년이었다.

"……아르고노트 군? 뭐야 뭐? 너도 목욕하러 왔어?"

"얼굴은 얌전한 게…… 제법인데, 너."

전혀 부끄러워하지도, 몸을 가리지도 않고 소년 앞에 선 티오나와 티오네의 태평한 목소리.

"뭐, 뭐뭐뭐뭐뭐뭐……?!"

"에, 에에에에에엑……?!"

얼굴을 새빨갛게 물들이며 비명과 함께 힘차게 물속으로 들어가는 극동 소녀들.

"설마…… 헤르메스 님?!"

무시무시한 안광으로 머리 위를 노려보는 아스피, 뜨끔하는 기색으로 흔들리는 머리 위의 나뭇가지.

"벨, 너 이 녀석……!"

"뭐, 뭐 하시는 거예요, 벨 니임?!"

수면에 가슴 위쪽을 띄운 여신과 찢어지는 비명을 지르는 파룸 소녀.

그리고——

"……아."

© Kiyotaka Haimura

샘 안쪽, 떨어져내리는 폭포를 등지고 소년과 눈이 마주친 아이즈.

뺨을 새빨갛게 물들이며, 부끄러워하듯 두 팔로 몸을 끌어안아 가슴을 가린다.

물에 젖은 아름다운 금발과 옥 같은 피부, 그리고 늘씬한 목덜미에서 잘록한 허리까지 또르르 굴러내리는 한 줄기 물방울.

백발 소년—— 벨의 얼굴은 불타버리는 것은 아닐까 싶을 정도로 시뻘겋게 달아올랐다.

레피야의 얼굴도 온통 붉은색으로 물들었다.

아이즈의 알몸을.

금발금안 소녀의 나신을.

자신이 동경하고 숭배하는, 신에게도 뒤떨어지지 않는 아름다운 검사의 실 한 오라기 걸치지 않은 모습을, 똑똑히 확실히 선명하게 목격했다.

——이건 말도 안 돼.

벨과 레피야.

전자는 수치로, 후자는 격분으로.

두 사람은 동시에 소리를 지르며 머리를 폭발시켰다.

"다——당시이이이이이이이이이이이이이이이이이이이이이이이이이이이이이이이이이이이이인!!"

"죄——죄송합니다아아아아아아아아아아아아아아아아아아아아아아아아아아아아!!"

고함을 지른 것 또한 동시였다.

땅을 박차고 빠르게 달려드는 레피야.

샘에서 봇물 터진 기세로 뛰어나가는 벨.

흠칫 놀란 하급 단원 소녀들도 레피야의 바로 뒤를 따라 전방위에서 달려들었다.

그러나 소년이 더 빨랐다.

허공을 가로지르며 손을 뻗은 레피야의 손끝에서 근소한 차이로 벨의 등이 멀어지고, 밀려드는 소녀들의 포위망을 벗어나 폭포 밑의 샘에서 쏜살같이 도망쳤다.

"~~~~~~~~~~~~~~~~~~~~~~~~~~~~~~~~?!"

아이즈 일행이 아연실색 멍하니 선 가운데, 목소리를 이루지 못하는 절규를 지르며 격노하는 레피야는 뒤를 따라갔다.

새빨개진 얼굴로 도주하는 벨을 새빨개진 얼굴로 추격한다.

하지만 따라잡을 수 없었다. 너무 빠르다. 머리가 이상해진 토끼와도 같이 무시무시한 속도는 레벨의 차이를 뒤집을 정도였다.

한계를 돌파한 수치심이 일으킨 리미트 브레이크──말도 안 돼.

곁눈질도 하지 않고 격주하는 벨에게 레피야는 계속 뒤처지기만 했다.

"──【해방될한줄기빛성스러운나무로지은활대그대는

명궁일진저저격하라요정의사수뚫어라필중의화살]!!"

"안돼, 레피야 아무리 그래도 그건 안 돼──!!"

"죽어, 그러다 죽어!!"

"쟤 증발해버린다구!!"

질주하면서 생애 최고속의 '병행영창'을 시전하는 레피야. 그런 그녀를 간신히 따라잡은 다른 단원들이 잇따라 달려들었다.

분노에 불타는 상급마도사의 추정 위력 Lv.5 수준 포격. 그것도 유도 속성. 무조건 죽을 것이다. Lv.2의 토끼 따위 소멸해버릴 것이다. 데미휴먼 소녀들은 당황해 레피야를 뜯어말렸다. 허리와 어깨, 등을 붙들린 레피야의 시선 너머에서 소년이 숲 속으로 완전히 자취를 감추었다.

"으아으아으아아~~~~~~~~~~~~~~~~~~~~ ~~~~~~~~~~~~!!"

레피야가 내지른 분노의 대포효가 숲 전체를 뒤흔들었다.

🔥

"백발 자식이 아이즈 씨의 목욕을 훔쳐봤다고오오오오 오오오오오오오오?!

"망. 할. 놈. 의. 꼬맹이가아아아아아아아아아아아!!"

벨 크라넬이 여성들의 물놀이를 엿봤다는 사건은 눈 깜

짝할 사이에 야영지에 널리 퍼졌다.

소식을 들은 【로키 파밀리아】 단원들은 남녀 불문하고 무기를 든 채 두 눈에서 선혈 같은 시뻘건 안광을 뿜어 냈다. 그야말로 몬스터보다도 몬스터 같았다. '독' 때문에 드러누웠던 단원들마저 분노의 감정에 이끌려 살아 있는 시체처럼 일어나려 하는 판국이었다.

곳곳에서 모험자들의 함성이 터졌다.

"뭔가 이건⋯⋯. 무슨 일이 일어나는 겐가."

"내가 묻고 싶을 지경이다⋯⋯."

사냥을 나갔다 돌아온 츠바키조차 눈앞의 광경에 당황하고, 눈을 감은 리베리아도 두통을 느끼는 것처럼 이마에 손을 짚었다.

계층의 시간대는 이제 막 '밤'으로 바뀐 무렵.

수정의 빛이 사라져 어둠의 장막이 드리워진 가운데, 야영지는 여전히 살기를 풍겼다. 흔들리는 마석등의 빛을 받는 단원들의 처절한 낯빛에 헤스티아를 비롯한 손님들은 완전히 겁을 먹었다. 나중에 사정을 들은 스미스 청년과 극동 출신 거한 모험자는 "벨 녀석이 일을 저질렀어⋯⋯" "사나이로고⋯⋯" 하고 작은 목소리로 이야기를 나누었다.

"헤르메스, 무슨 짓을 한 거냐! 우리 벨을 꼬드기다니!!"

"지, 진정해, 헤스티아. 나는 신으로서 벨 군을 올바른 길로 이끌고자⋯⋯."

한편 야영지 한구석에서는 꽁꽁 묶인 남신 헤르메스가

있었다.

 벨과 함께 숲의 나뭇가지 위에서 잠복했던 그를 아스피가 간파하고 도망칠 틈도 없이 붙잡아 왔던 것이다. 그리고 악귀로 변한 【만능자 페르세우스】가 취조한 결과 이번의 엿보기 소동이 불건전한 신의 계획이었음이 판명되었다. 소년은 이를 저지하려다 잘못 말려들어 샘에 추락한 것이었다.

 "벨 군도 좋았을걸?"

 주눅 드는 기색도 없이 웃음을 짓는 남신에게 여신의 트윈테일이 출렁거리더니 철썩 머리를 후려쳤다.

 "나 원, 뭔가 이상하다고 생각했지……!"

 의지박약한 권속의 대담한 범행이 어딘가 찜찜했던 헤스티아는 버럭버럭 화를 냈다.

 "마지막으로…… 뭔가 남길 말은 있어, 헤르메스?"

 "——엿보기는 남자의 로망이야, 헤스티아!"

 "그만 됐으니 죽어버리십시오."

 "끄아아아아아아아아아아아아아아아아아아아아아아아아아아아아아악!!"

 【파밀리아】의 수치라는 양 아스피가 헤르메스에게 심판을 내렸다. 얼굴을 분노와 수치로 새빨갛게 물들이며 그녀가 집행한 온갖 체벌에 헤스티아는 물론 【로키 파밀리아】 단원들까지도 벌벌 떨었다.

 "결국 평범한 신들의 소동이었네."

"에이, 뭐야~ 아르고노트 군이 놀러 왔던 게 아니었구나~."

"하지만…… 어디로 간 걸까."

티오네, 티오나와 함께 그 광경을 바라보던 아이즈는 야영지 주변을 살폈다.

자폭범 아니, 벨 크라넬은 지금도 숲 속을 도주하는 중, 이라기보다는 행방불명이었다.

이 야영지에 아직까지 돌아오지 않았다.

계층에서 지하의 푸른 하늘이 사라져 아이즈가 걱정하고 있으려니…… 제17계층 연결로 방향에서 모습을 나타내는 그림자가 있었다.

"거 시끄럽네……. 무슨 소란이야?"

"어라, 베이트?!"

정신없이 뛰어다니는 단원들의 소동, 그리고 헤르메스의 처참한 비명에 얼굴을 찡그리며 나타난 것은 웨어울프 청년 베이트였다. 그가 오른쪽 어깨에 짊어진 것은 수많은 시험관이 든 백팩이었다.

전용 해독제를 온 도시에서 긁어모아 제18계층까지 돌아온 것이다.

"너무 늦었잖아~?! 다들 얼마나 기다렸다고!"

"그럼 네가 갔다 오든가. 바보 아마조네스."

"단장님! 베이트가 돌아왔어요!"

"어서 와……."

야영지의 소란은 이제 치료를 위한 황급한 움직임으로 바뀌었다.

특수한 용기에 든 특효약을 단원들이 받아 천막 안에 드러누운 사람들에게 가져갔다. 빈말로라도 냄새가 좋다고는 할 수 없는 남보라색 용액을 먹으며 괴로워 신음하던 부상자들의 호흡이 금세 편안해졌다. 얼마 안 되는 힐러들 사이에서 환성이 솟고, 쾌조를 보이는 동료들의 모습에 다른 단원들도 손을 맞잡았다.

"잘됐다, 다들~. ……뭐, 베이트도 가끔은 괜찮은 짓을 하네."

"후후. 일단은 이제 안심이야."

회복되어 드러누운 채 웃음을 짓는 여성단원들의 모습에 티오나와 티오네도 미소를 나누었다. 야영지에 머물던 헤스티아 일행도 이때만큼은 치료를 거들었다.

"수고 많았다, 베이트. 덕분에 살았다."

"옷이 상당히 지저분하지 않나. 제대로 쉬지도 않고 온 겐가?"

"시끄러 할망구, 영감. 야, 핀. 난 잘 거다."

"그래, 푹 쉬도록 해. ……고마워, 베이트."

웃음을 짓는 리베리아와 가레스에게 콧방귀를 뀌며 베이트는 거친 발걸음으로 천막을 향했다. 팔을 베고 벌렁 드러눕는 웨어울프 청년에게 핀이 노고를 치하하는 말과 함께 감사를 전했다.

극독에 괴로워하던 【로키 파밀리아】의 캠프에서 겨우 음울한 공기가 사라졌다.

"······어, 레피야?"

"······."

갑자기 소란스러워진 야영지에서 레피야는 혼자 천막 안에서 묵묵히 치료를 하고 있었다.

특효약을 옮기며 지나가던 아이즈가 그녀의 등에 말을 걸었지만 반응이 없었다. 말없이 특효약을 마시는 흄 바니 소녀들이 어째서인지 벌벌 떨고 있었다.

저런 모습을 어디선가 본 기억이······.

그렇게 생각하며 소녀의 뒷모습에서 독기의 환영 같은 것을 본 아이즈는 식은땀을 흘렸다.

마치 폭풍전야의 고요함처럼 슬며시 겁이 났다.

'······아직도, 돌아오지 않았어.'

모든 사람에게 해독약이 돌아가 야영지의 분위기가 차분해져가는 가운데.

아이즈는 나뭇가지에 뒤덮인 머리 위쪽, 이제는 완전히 어두워진 천장을 올려다보았다.

숲에는 중층 영역 몬스터가 돌아다닌다. 어두워지면 시야는 좁아지고 위협은 당연히 늘어난다. 막 Lv.2가 된 모험자가 혼자 돌아다니면 위험할 것이다. 어쩌면 이미 길을 잃어 당황하고 있을지도 모른다.

이 넓은 대삼림을 무턱대고 찾아다녀봤자 헛수고로 끝

난다는 것은 알지만…… 저녁식사 직전이 되었으니 찾으러 가는 편이 좋지 않을까 아이즈는 고민하기 시작했다.

"고맙습니다, 류 씨."

"아닙니다. 그러면 저는 이만."

──그리고 마침 그때.

폭포가 있는 샘 쪽 방향으로 아이즈가 몸을 돌렸을 때, 숲 안쪽에서 벨과 한 모험자가 나타났다.

분명…… 구조대에 있던 복면 모험자다.

어제 연호 때 제17계층에서 찾아온 헤스티아 일행과 함께 벨과 대화를 나누는 모습을 본 기억이 있다. 어째서인지 그 후로는 모습을 감춘 것 같았지만.

후드가 달린 긴 케이프를 뒤집어써 지금도 얼굴을 가렸다. 얇은 배틀클로스에 쇼트 팬츠, 그리고 롱 부츠를 신은 몸이 가녀린 것을 보면 아마도 여성이리라.

보아하니 그녀가 길을 잃었던 벨을 바래다준 모양이었다.

소년과 두세 마디를 나눈 후 복면 모험자는 다시 숲으로 돌아갔다.

어쨌거나 아이즈는 안심했다.

하아 한숨을 쉬며 어깨를 축 늘어뜨린 벨이 이쪽으로 다가오고, 고개를 든 순간…… 당연히 눈이 마주쳤다.

"아."

"아."

목소리가 겹쳐진 두 사람.

순식간에 거울을 마주한 것처럼 양쪽 모두 얼굴을 붉혔다.

피차 뇌리에 공유한 것은 몇 시간 전의 광경이었다. 아이즈는 태어났을 때 그대로의 모습을 드러내고 말았던 데에 뺨에 홍조를 띠고, 벨은 그 아름다운 나신을 보고 말았던 데에 귀까지 얼굴을 붉혔다.

"……어, 저기……."

우물쭈물 손을 맞잡으며 발치로 시선을 떨구었다.

어울리지도 않게 당황해버린 아이즈는 소년의 얼굴을 좀처럼 볼 수 없었다. 뺨만이 아니라 몸 구석구석까지 달아오르는 이런 기분은 처음이었다.

그리고 그것은 벨도 마찬가지였다.

아이즈보다도 더 당황해, 삐질삐질 폭포 같은 땀을 흘리는가 싶더니—— 다음에는 힘차게 땅에 엎드렸다.

"죄, 죄송합니다아아아아아아아아아아아아아아아아아아아아아아아아아!!"

절규와 함께 넙죽 무릎을 꿇고 이마를 조아린다.

부끄러움도 체면도 깡그리 버린 채 온 힘을 다해 사과한다.

그 수수께끼의 오체투지에 아이즈는 어리둥절했다. 일단 혼신의 사과만은 전해졌으므로 당황해 말리려 했다. 땅에 들이받은 소년의 이마에서는 피가 났다.

아이즈의 손에 비틀비틀 일어난 후에도 "잘못했어요 잘못했어요 잘못했어요……!" 하고 되풀이할 뿐. 하얀 앞머리로 눈을 가린 그 옆얼굴은 여전히 새빨갛다.

아이즈도 덩달아 다시 얼굴을 붉혔다.

"저, 저기…… 이젠 괜찮으니까…… 응?"

"네, 네에……."

아이즈가 누나처럼 말을 걸어주자 벨은 처량한 표정으로 가느다란 목소리를 쥐어짜냈다.

야영지 한구석에 흐르는 어색한 공기.

마주 선 두 사람은 얼굴을 붉힌 채 결국 서로 얼굴을 볼 수가 없었다.

그 후로는 바빠졌다.

벨은 물놀이를 나갔던 여성진에게 사과를 하고 다녔다. 한 사람 한 사람, 정중하게, 온 힘을 다해.

지면에 파묻혀버리는 것 아닐까 싶을 정도의 극동식 사죄를 연발하는 소년에게 여성진도 진심으로 화를 내지는 않았다. 신에게 말려들었던 사정도 있고 해서 정상 참작의 여지가 있다고 판단했으므로 엄중히 주의를 주는 데에서 그쳤다.

티오나와 티오네는 전혀 개의치 않는 투로 웃어넘겼고, 아스피는 오히려 사과했고, 헤스티아는 설교하면서 정신이 나가버리는 재주 좋은 모습을 보여주었다. 너덜너덜해져 목숨만 간신히 붙었던 헤르메스의 모습에는 벨도 겁을 집어먹었다.

그 후 한 차례, 남녀 혼합 검희친위대가 폭동을 일으킬 뻔했지만 아이즈의 필사적인 대처에 무탈히 넘어갔다. 한참 폐를 끼친 데 대해 핀에게도 사죄를 하러 간 벨에게 정작 수뇌진은 쓴웃음을 지으며 넘어가주었다.

"하아⋯⋯."

각 방면에 겨우 사죄를 마치고 몇 번째인지 모를 한숨을 쉬는 벨.

그의 얼굴에는 수치와 죄책감, 그리고 피로가 배어나왔다. 저녁도 먹지 못한 채 휴대용 마석등을 손에 들고 야영지를 뛰어다녔던 것이다. 호신용 무기를 제외하고는 장비는 모두 벗어놓았는데도 몸이 무거웠다.

사라질 줄 모르는 죄책감과 씨름하며 겨우 한숨을 돌리고 있으려니 —— 갑자기.

"──────."

처절할 정도로 흉악한 기운이 소년의 등 뒤에 출현했다.

"흐익⋯⋯!"

심장을 붙드는 듯한 중압감에 목구멍은 망가진 피리 같은 소리를 냈다. 순식간에 온몸에서 땀이 치솟았다.

벨이 녹슨 것 같은 동작으로 돌아보니, 그곳에는 전투용 지팡이를 두 손으로 든 숲의 요정이.

암흑의 독기를 두 어깨에 짊어진 채 말없이 고개를 숙이고 있었다.

소년은 얼어붙었다.

눈앞에 있는 아름다운 요정에게서 뿜어져 나오는 공포의 절대량이, 한번은 '죽음'을 각오했던 미노타우로스, 나아가서는 제17계층에서 맞닥뜨렸던 계층 터주 골라이아스와 같거나 그 이상이었던 것이다.

루벨라이트색 눈동자가 요정의 등 뒤에서 가공할 마룡의 환영을 보았다.

이윽고 요정 소녀는 천천히 고개를 들었다.

"용서 못 해. 용서 못 해. 용서 못 해."

분명 군청색이었던 눈에서 뿜어져 나오는 기분 나쁜 안광.

망가진 인형처럼 '용서 못 해'를 살기와 함께 되풀이하는 모습은 그야말로 사신과도 같았다.

동경하던 소녀의 순결한 나신이 더럽혀져, 그야말로 분노의 불꽃으로 온몸을 태웠다.

두 손에 쥔 마도사의 지팡이에서 쩌적, 갈라지는 소리가 들렸다.

극한까지 늘어난 소년의 체감시간.

소녀의 모습이 스윽 낮아진 것과 동시에, 음속으로 전방을 돌아보며 전심전력으로 땅을 박찬다.

"거기 서요——————————!!"

"흐아아아아아아아아아아아아아아아아아아아아아아아아아아아아아아아아아악?!"

도주극의 막이 열렸다.

울부짖는 흰토끼와 격분한 요정이 맹렬한 술래잡기를 펼쳤다.

한쪽은 보름 전보다도 빨라진 Lv.2의 속력, 한쪽은 분노의 힘이 실린 마도사의 주력.

지난번의 도주와 추적을 능가하는 가속력으로 두 사람은 야영지를 순식간에 뛰쳐나가 숲 속으로 모습을 감추었다.

"어머나, 레피야는?"

"아무 데도 없는데~?"

"……?"

야영지 중심에서 저녁식사가 시작되었는데도 후배 엘프가 보이지 않아 티오네, 티오나와 함께 아이즈는 주위를 둘러보았다.

그러고 보니 그 아이도 없네……?

레피야와 함께 소년의 모습을 찾는 아이즈는 고개를 갸웃했다.

제18계층에 존재하는 대삼림은 광대하다.

계층 남쪽에서 동쪽에 걸쳐 큰 나무들이 자생하며, 그 면적은 '언더 리조트'의 5분의 1을 차지한다. 중앙지대에 펼쳐진 대초원과 인접하여 계층 가장자리의 벽 근처까지 이른다. 온갖 과일나무와 식물이 군생하는 것만이 아니라 거인의 단검으로 착각할 만한 크기에서 조약돌만 한 것까지 크고 작은 청수정이 대지를 가르고 돋아난 것도 특징이다.

그리고 한번 '밤'이 찾아오면 대삼림은 마의 숲과도 같은 양상을 띠었다.

낮에는 환상적인 빛이 깃든 청수정이 유현한 빛을 띠어, 창연하던 숲 속은 으스스하다는 한마디로밖에 표현이 되지 않았다. 밤눈이 밝은 몬스터의 위협은 물론 지면은 의외로 기복이 심해, 자칫하면 호되게 다칠 수도 있다. 또한 이곳에 들어갔다가 돌아오지 못한 상급 모험자도 제법 많아, 주검이나 유품조차 발견되지 않는 이상성 때문에 숲 속에는 무언가 강력한 몬스터가 도사린 것이 아니냐는 소문이 '리빌라 마을'에서는 제법 신빙성 있게 돌았다.

어쨌든 한밤의 숲은 위험하다는 뜻이다. 대삼림에 익숙한 사람도 금세 길을 잃을 정도로.

그러니까 무슨 말을 하려는 것인가 하면.

"또 길을 잃었어……."

"제, 제 탓이라는 거예요?!"

벨과 레피야는 조난당했다.

요란한 술래잡기 끝에, 정신이 들고 보니 두 사람은 어디인지도 모를 어두운 숲 속에 있었던 것이다.

오늘 두 번째로 흘러들어 온 숲에 어깨를 축 늘어뜨리는 벨.

그런 소년에게 얼굴을 붉히며 노성을 터뜨리는 레피야.

우뚝 솟은 거목 밑에서 땀을 닦은 미숙한 모험자들은 헉헉 하아하아 턱까지 타오른 숨소리를 내고 있었다.

도주하는 벨을 레피야가 간신히 포획한 것이 몇 분 전. 겁을 먹은 흰토끼를 두 손에 쥔 지팡이로 단죄하려던 것도 찰나, 달리는 데 열중했던 두 사람은 눈에 익지 않은 광경이 주위에 펼쳐졌음을 겨우 깨달았다.

야영지의 소리도 들리지 않는 숲 깊은 곳. 온 길도 알 수 없었다. 두 사람은 식은땀을 흘리며 주위를 말없이, 또한 필사적으로 살폈지만 으스스한 숲은 소년소녀에게 냉혹한 현실을 들이댈 뿐이었다.

마구잡이로 뛰어다녀봤자 아무것도 알 수 없었으므로, 이렇게 현재에 이르렀다.

"따, 따지고 보면 당신이 도망친 게 잘못이잖아요! 하필이면 이런 숲 속까지!"

"네에에에에?! 하, 하지만, 도망치지 않으면, 주, 죽을 것 같았는데……!!"

"그럴 리가 있나요! 제가 뭐라도 되는 줄 알아요?! 좀 끔찍한 꼴을 보여주려고 했을 뿐이에요!"

"역시 끔찍한 짓을 할 생각이었잖아요?!"

피차 체면도 내팽개치고 꽥꽥 꼴사나운 말다툼을 시작했다.

벨이 여전히 손에 쥐고 있었던 휴대용 마석등이 말다툼에 맞춰 흔들흔들 움직였다.

"애초에 당신은 너무 뻔뻔해요!! 어떻게 아이즈 씨한테 특훈을 받을 수 있어요?! 다른 【파밀리아】잖아요. 파벌끼리 친하지도 않은데 이상하다고 생각하지 않아요?!"

"윽……?!"

"아이즈 씨는 제1급 모험자, 그 유명한 【검희】라고요!! 아주아주 강하고 예쁘고 가련하다고요!! 누구인지도 모르는 하급 모험자가 수련을 청할 수는 없는 분이에요! 너무 비상식적이에요!!"

벨과 얼굴을 마주한 레피야는 어느 사이엔가 쌓이고 쌓였던 불만을 터뜨리고 있었다.

얼굴을 새빨갛게 물들이며 대드는 그녀에게 벨은 전혀 반론하지 못한 채 겁을 먹었다.

"그런데도 당신은 아침만이 아니라 아이즈 씨를 하루 종일 독점하고, 심지어 이 계층에 온 후로는 간호까지 받고……! 이 무슨 부러운, 이 아니라, 뻔뻔한 짓인가요!!"

"으윽……?!"

이제까지 축적된, 마녀의 솥에서 푹 졸여낸 것처럼 연신 끓어넘치는 분노가 멈추질 않았다. 불만이란 불만은 모조리 입으로 튀어나왔다. '원정' 전의 시벽 특훈에서 오늘에 이르기까지 소년의 잘못을 지적하고, 때로는 사사로운 원념도 내비쳐 책망해댔다.

벨은 몸을 젖히고만 있을 수밖에 없었다.

"심지어는 아이즈 씨의 아, 아, 알몸까지 엿보고……!"

"죄죄죄죄죄죄송합니다아아!!"

"봤나요?!"

"네?!"

"봤냐고요?!"

"뭐, 뭘요?!"

"그걸 저더러 말하라고요?!"

"잘못했어요오오오오오오오오오!!"

아이즈의 알몸을 눈에 새겨버렸음을 자백하는 소년에게 레피야의 눈꼬리에는 눈물이 고였다.

"인간으로서 부끄럽지도 않나요?! 저질이에요! 당신은 저질 휴먼이에요!!"

"커흑?!"

눈을 질끈 감으며 레피야는 온 힘을 다해 외쳤다.

엘프 미소녀의 통렬한 결정타에 소년은 몸을 풀썩 꺾었다.

몇 걸음 뒤로 비틀거리더니…… 찍소리도 내지 못하고 요란하게 고개를 숙여버렸다.

비난의 폭풍이 잠시 끊어졌다.

허억, 허억…….

어스름한 정적에 휩싸인 숲 속에서 어깨를 씨근덕거리는 레피야의 숨소리만이 울려 퍼졌다.

소년은 결국 한 마디도, 반론도 변명도 하지 못했다. 마치 의기소침한 토끼의 귀처럼 백발이 축 늘어졌다.

그의 오른손에 들린 마석등의 불빛을 받으며 레피야는 그 모습에서 시선을 돌리고 말았다.

생각해보면 이렇게 제대로 말을 나눈 것은 처음 만났을 때를 제외하면 이번이 처음이었다.

하고 싶은 말을 다 토해내고 냉정해진 레피야는, 아무리 그래도 말이 좀 심했나 싶어 민망해졌다.

자신만 일방적으로 쏟아부었다는 찜찜함을 느끼고 있으려니…… 꼬르륵.

벨의 배에서 소리가 났다.

"……."

"……."

고개를 숙였던 벨의 귀가 붉게 물들었다.

쭈뼛쭈뼛 고개를 들고, 어리둥절하는 레피야와 시선이 마주치자 황급히 고개를 다시 숙였다.

"지, 지금 그건, 딱히, 뭐랄까……?!"

"……배, 고파요?"

"어 그게, 아뇨, 그러니까…… 네, 네에."

자신의 물음에 벨은 꺼져 들어가는 목소리로 간신히 대답했다.

추적을 시작했던 것이 마침 저녁 먹기 전. 보아하니 점심도 못 먹은 것 아닐까.

'낮'부터 이 대삼림을 한참 뛰어다녔을 소년에게 레피야는 한숨을 쉬었다.

일단은 휴전하자.

주위를 슬쩍 둘러보고 식량을 찾아봤지만 그리 운 좋게 과일나무가 있지는 않았다. 뭔가 없을까…… 싶어 배틀클로스를 뒤져보니 가슴 안주머니에서 어떤 것이 나왔다.

이틀 전에 아이즈에게 받았던 크리스탈 드롭이었다.

'으으으윽……'

손바닥에 놓인 눈물 모양 과일에 눈살을 찡그렸다.

동경하던 소녀를 구해준 훈장이기도 한 청백색 광채를 계속 내려다보다가…… 다시 한숨을 쉬었다.

레피야는 두 알 중 하나를 벨에게 내밀었다.

"줄게요."

"네……?"

"배고프잖아요. 별로 요기는 안 될지도 모르지만…… 먹어요."

고개를 홱 돌리는 레피야의 말에 벨은 당황하는 기색이었다.

허둥대는 듯, 미안해하는 듯…… 레피야와 그녀가 내민 크리스탈 드롭을 번갈아 바라본다.

"하, 하지만 이건……"

"됐으니까 먹어요!"

"네, 네엣!!"

멋쩍음이 치민다는 것을 스스로도 알 수 있었다.

레피야는 뺨에 모여든 열기를 얼버무리듯 고함을 질렀다.

"미리 말해두지만 이 크리스탈 드롭은 엄청나게 귀하니까 천천히 맛보면서 먹어야 해요!! 지상에서는 3만 발리스나 하는 거예요!!"

"이, 이게 한 알에 3만 발리스……?! 내 장비보다도 비싸……?!"

전율하는 벨.

아, 한 병 가격이라는 말을 깜빡했다.

삐질삐질 땀을 흘리는 레피야.

매우 두려워하며 먹으려는 소년의 모습에 민망한 표정을 지으면서, 자신도 청백색 과일을 입에 머금었다.

그리고 두 사람은 누가 먼저랄 것도 없이 잠시 몸을 쉬고자 나무 밑에 앉았다.

숲은 여전히 어두웠다.

몇 그루나 되는 거목이 켜켜이 겹쳐져 계층의 천장도 제대로 보이지 않았다. '밤'이라서 그렇기도 하겠지만 숲 속은 쌀쌀했다. 나무줄기 밑에 함께 돋아난 청수정이 담담히 빛나는 가운데 레피야와 벨 사이에 놓인 마석등이 두 사람의 옆얼굴을 비추었다.

거목에 등을 기댄 채 앞을 본 두 사람은 한 마디도 나누지 않았다.

데굴데굴, 입속에서 알사탕 같은 열매만을 굴리는, 무어라 형언하기 힘든 분위기가 흘렀다.

미묘하게 벌어진 거리감이 두 사람의 관계성을 여실히 드러내주었다.

『——오오오오오오오오.』

""히익!""

갑자기 어디선가 포효가 울려 퍼졌다.

레피야와 벨은 동시에 어깨를 움찔했다.

어디선가 들려온 몬스터의 울음소리에 고개를 들었던 두 사람은 서로 얼굴을 마주 보았다.

'이렇게 깊은 숲 속에 둘만 있는 건 위험해……!'

태평하게 쉬고 있을 때가 아니었다고 레피야는 새삼스레 생각했다.

한밤의 숲은 위험하다. 적어도 이 둘이서만, 아무런 우려도 없이 밤을 보낼 만큼 안전한 장소는 아니다.

크리스탈 드롭을 다 먹은 레피야는 그 자리에서 일어났다.

"어, 어떻게든 캠프로 돌아가야겠어요. 여기 머물면 위험해요."

"네, 네에."

뒤를 따라 황급히 일어난 벨은 순순히 고개를 끄덕였다.

마석등을 든 그를 곁눈질하며 레피야는 새삼 주위를 살폈다.

사방팔방, 머리 위에 이르기까지 나무로 가득하다. '밤'이라도 리빌라나 【로키 파밀리아】의 야영지── 마석등이 비추는 빛의 방향을 판별할 수는 없을 것 같았다.

'내 '마법'을 쓰면 분명 아이즈 씨나 다른 분들이 알아차리겠지만······.'

빠앙, 하고 머리 위로 요란하게 포격이란 이름의 폭죽을 쏘면, 이곳에 가만히 있어도 그 든든한 제1급 모험자들이 알아서 달려와줄 것이다.

하지만 아무리 그래도 그건······ 지나치게 민망했다.

제멋대로 길을 잃어 파벌 동료들을 부르다니, 너무 창피했다. 무엇보다 레피야에게도 작으나마 긍지가 있다.

인정하고 싶지는 않지만 역시 현재 상황의 발단은 자신에게 있었다.

자신들의 힘만으로 귀환할 방법을 모색해 야영지로 돌아가야 한다.

'맞아요. 내가 야무지게 굴어야지······.'

마석등을 들면서 주위를 둘러보는 소년을 흘끔 엿보았다.

한쪽은 Lv.2의 제3급 모험자.

또 한쪽은 선배인 Lv.3, 상위마도사이자 제2급 모험자.

스테이터스도 경험도 자신이 훨씬 위인 것이다.

"일단 묻겠지만······ 당신, 나이는 몇 살인가요?"

"네? 어······ 열넷이에요."

역시 연하였다. 자신이 한 살 더 많다.

이러면 더더욱, 정말로 자신이 어떻게든 해야겠다고 레피야는 마음을 다잡았다.

"여기서 갈팡질팡할 때가 아니에요! 알았나요? 이제부터는 내 지시에 따르세요!"

"아, 알겠습니다!"

제2급 모험자로서, 아니꼽지 않을 정도로 선배 행세를 했다. 지팡이를 한 손에 들며 검지를 척 내민 레피야에게 벨은 끄덕끄덕 몇 번이고 고개를 끄덕였다.

그렇다. 뭐니 뭐니 해도 레피야는 그 유명한 【로키 파밀리아】의 일원인 것이다.

다른 파벌 사람에게 못난 꼴을 보일 수는 없었다.

아이즈와 선배들 앞에서는 언제나 자신감 없던 자신을 지금은 걷어차버리고, 도시 최대 파벌의 단원으로서 체면을 장비했다.

어디까지나 내심의 긴장은 감추고, 의연한 태도로 벨을 거느린 채 그 자리에서 걸어 나갔다.

'침착하게, 상황을 정리하고, 주위의 경계에 신경을 쓰면서……'

마석등을 받아들고 선두에 서서 어두운 숲 속을 나아갔다. 벨에게는 후방을 주의하도록 지시했다.

계속 선배들에게 보호를 받으며 도움만 받았다. 자신도 이 정도는 해내야 한다…… 그런 사명감을 가슴에 품고.

그저 도금일 뿐이었지만, 이때 레피야는 제2급 모험자로서 완벽하게 행동했다. 아이즈 같은 선배들의 뒤에서 움츠러들던 예전의 그녀보다도 분명히 성장한 모습이었다.

그것은 위대한 선배들이 모인 【로키 파밀리아】 내에서, 적어도 아직까지는 경험할 수 없는 역할이었다. 불안한 듯 몇 번이고 주위를 둘러보는 후배 모험자를 책임지고 혼자 이끌어가야 한다.

맞춤한 청수정을 부숴 뒤쪽에 조각을 떨어뜨리고, 크게 길을 우회할 때는 나무줄기에 ×자를 새겼다. 금세 복원되는 일이 없도록 깊이 새겨야만 한다.

때로는 몬스터의 기척을 재빠르게 감지하고 마석등을 껐으며, 벨과 함께 덤불에 몸을 숨기기도 했다. 쓸데없는 전투를 피하기 위해 몇 번씩 적을 흘려보냈다.

"저기…… 비리디스 씨?"

"……레피야."

"네?"

등 뒤에서 쭈뼛쭈뼛 들려온 목소리에 레피야는 앞을 본 채 무뚝뚝하게 대답했다.

"레피야라고 부르세요. 동포도 아닌 분에게 위셰 일족의 이름을 불리고 싶지는 않으니까. 그래서, 왜요?"

걸음을 멈추지 않는 그녀에게, 벨은 잠시 망설이다 물었다.

"【로키 파밀리아】분들은, 역시 다들 뭐든지 잘하나요?"

"……? 그게 무슨 뜻인가요?"

"그러니까, 레피야 씨는 마도사잖아요? 그런데도 뭐랄까, 행동력이 있어서요. 이런 식으로 탐색자처럼 행동할 수 있다니…… 대단하다 싶어서."

"뭐, 뭐뭐뭐……?!"

역시 도시 최대 파벌은 대단하다고 감탄하는 벨에게 레피야의 뺨이 반사적으로 붉게 달아올랐다.

"아, 아부해봤자 나오는 거 없거든요?! 그리고 쓸데없는 수다는 삼가세요!"

"죄, 죄송합니다."

돌아보며 화를 내는 엘프 소녀에게 벨이 몸을 움츠렸다.

어떤 의미에서는 기습을 당한 레피야는 눈썹을 곤두세웠다.

미안해하는 소년에게 등을 돌린 채 냉큼 걸음을 옮겼다.

"……레피야 씨."

"아직도 할 말이 남았어요?"

다시 입을 여는 상대에게 조금 가시 돋친 목소리로 대꾸하자,

소년은 조용히 물었다.

"역시 뭐든 할 수 있게 되지 않고선 핀 씨 같은 분들이나…… 아이즈 씨에게 힘이 될 순, 없는 건가요?"

그 물음에.

레피야의 발이 우뚝 멈추었다.

잠시 간격을 두고 다시 걸어가면서, 천천히 말했다.

"될 수 없어요. 설령 뭐든 다 할 수 있게 되더라도, 그래도, 전혀…… 그 사람들에게는, 미치지 못해요."

그리고 두 사람 사이에는 침묵이 찾아왔다.

말없이 걸으며, 잔디가 바스락거리는 어렴풋한 소리만이 울려 퍼졌다.

이때만큼은 두 사람의 마음이 서로 통했다. 레피야와 벨은 자각하지 못한 채 같은 높은 경지를 마음속으로 그리고 있었다.

그리고 계속 전진하기를 한동안.

두 사람 앞에, 올려다보면 고개가 아파질 정도로 거대한 나무가 나타났다.

발을 멈춘 레피야는 주위에 아무 기척도 없음을 확인한 후 나무를 슬쩍 살폈다.

숲 속의 나무들 중에서도 한층 줄기가 굵고, 우듬지는 까마득하게 높다.

'이 정도라면…….'

레피야는 아무 목적도 없이 숲 속을 나아갔던 것은 아니었다.

이렇게 거대한 나무를 찾아내, 기어 올라가 현재의 위치를 확인하려 했던 것이다.

다음 계층의 연결통로이기도 한 중앙수―― 계층 중심에 난 거대한 나무만 발견할 수 있다면 숲의 위치는 대체로 쉽게 판별할 수 있다.

"난 위로 올라가서 주위를 살피겠어요. 당신은 여기 있어요."

"아, 네. 알았어요."

고개를 끄덕인 레피야는 거목을 오르……기 직전, 다시 한 번 벨을 보았다.

자신의 배틀클로스——마도사의 의상인 스커트를 누르고 얼굴을 붉히며 그를 노려보았다.

"절대로 위를 보면 안 돼요!!"

"네? 그건 왜…….'

"봤다간 저어어어얼대 용서하지 않을 거예요!!"

"네, 네헥!!"

엄청난 압력으로 부르짖는 소녀에게 벨은 두말 않고 고개를 끄덕였다.

얼굴에 붉은 기운이 채 빠져나가지도 않은 채 레피야는 타악 몸을 날렸다.

보초로 소년을 남겨놓고 혼자 나무 위로.

가지에 발을 걸치고 몇 번씩 도약했다.

마석등과 함께 그 자리에 남겨진 벨이 시간을 두고 조심스레 얼굴을 들자, 이미 레피야의 모습은 보이지 않았다.

"역시 대단하구나……."

손을 쓰지도 않고 연속도약만으로 올라가버린 제2급 모험자에게 마음에서 우러난 경탄의 한숨을 내쉬었다.

한편, 그런 것도 모른 채 레피야는 우듬지 부근의 굵은 나뭇가지로 뛰어올랐다.

나무들이 자아내는 녹색 돔을 쉽게 빠져나간 거목의 꼭대기에서는 레피야의 생각대로 계층의 경치를 한눈에 내려다볼 수 있었다.

시선을 왼쪽으로 돌리자 중앙수가 보였다. 그 바로 앞에는 푸른 빛을 뿜어내며 우뚝 솟은 거대한 수정기둥. 보아하니 현재 위치는 계층 정동쪽, 그것도 동쪽 끝에 가까운 모양이었다.

지형을 단단히 기억하기 위해 근처를 빠짐없이 바라보려 하던—— 그때였다.

"어——?"

눈 아래의 숲을 내려다보던 그녀의 시야에 어떤 광경이 스치고 지나갔다.

레피야는 재빨리 줄기 뒤로 몸을 숨겼다.

몸을 숨긴 채【스테이터스】로 강화된 시각을 동원해 군청색 눈에 힘을 주자—— 나뭇가지 틈새로 뚜렷이 포착할 수 있었다. 긴 로브를 입은 수상쩍은 사내들의 모습을.

상반신을 덮은 대형 로브, 입가까지 가리는 두건, 이마받이. 어둠 속에 녹아드는 것 같은 짙은 색깔을 띤 의상은 얼굴과 정체를 감추고 있었다.

복장과 색깔은 달랐지만 제24계층의 팬트리에서 교전했던 로브 차림의 무리—— 이블스의 잔당과 같은 모습이었다.

설마.

레피야는 흠칫 숨을 멈추었다.

숫자는 둘. 어딘가로 이동 중이며, 장소는 여기서 그리 멀지 않았다.

사내들이 나아가는 방향을 기억한 레피야는 즉시 나뭇가지에서 뛰어내렸다.

나뭇잎들을 수없이 뚫고 타악, 대기 중인 소년의 눈앞에 착지했다.

느닷없이 낙하한 레피야에게 벨은 놀랐다.

"불을 꺼요!"

눈을 깜빡이는 벨에게 즉시 지시했다.

"어? 어?"

"어서!"

"네, 네엣!"

벨은 황급히 마석등을 껐다.

유일한 광원이 사라지고 주위 일대를 완벽한 어둠이 에워쌌다. 적어도 이제 상대가 자신들의 위치를 알아차릴 걱정은 사라졌다.

뭐가 뭔지 영문을 모르는 벨을 방치한 채 레피야는 생각을 굴렸다.

'틀림없어. 이블스의 잔당이야⋯⋯. 이 계층에서 뭘 하는 거지?'

거대 꽃을 기생시켜 팬트리를 변모시키고 플랜트로 바꾸었던 것처럼, 이곳 제18계층에서도 무언가 암약하려는 걸까.

어떡할까.

즉시 야영지로 돌아가 핀에게 보고할까?

하지만 행방을 놓쳐버릴지도 모른다. 이 대삼림에서 상대의 모습을 발견한 것 자체가 거의 기적이었다.

미행하면 몬스터 필리아에서 이어진 일련의 사건에 관한 모종의 단서를 잡을 수 있을지도⋯⋯.

'어떡하면 좋지⋯⋯?'

선택의 기로에 선 레피야.

진지한 표정으로 입을 다문 그녀를 벨이 당황하며 지켜보았다.

눈살을 찡그리며 번민하던 엘프 소녀는 시시각각 흘러가는 시간에 등을 떠밀리듯 결단했다.

'갈 수밖에 없어⋯⋯.'

천재일우의 기회였다.

적이 무언가를 꾸미고 있다면 그거야말로 사태가 절박해지기 전에 음모를 간파해야만 한다.

게다가 어디까지나 정찰만 하면 그만이다. 이블스의 잔당이 무엇을 노리는지, 혹은 어디로 가는지만 알면 레피야의 승리다. 결코 어려운 임무는 아닐 것이다.

동료들에게 유력한 정보를 가지고 돌아가자.

오로지 그 마음에서 레피아는 독단으로 로브 사내들을 추적하기로 결심했다.

'문제는…….'

레피야는 고개를 들었다.

눈앞에는 여전히 곤혹스러워하는 벨이 있다.

그를 혼자 돌려보낼 수도 없다.

나무 위에서 관측한 야영지의 방향을 가르쳐줘서, 그가 용케 올바른 경로를 따라간다 해도 이 대삼림은 이제 막 Lv.2가 된 모험자에게는 충분히 위협적이다. 하물며 지금 그의 장비는 호신용인 칠흑색 나이프 한 자루. 이너웨어 타입 살라만더 울을 입기는 했지만 방어구는 하나도 없었다.

자신이 돌아올 때까지 얌전히 기다리라고 이 자리에 남겨놓는 것은 애초에 말도 안 된다.

빤히 바라보는 바람에 당황하는 소년을 앞에 두고, 레피야는 어쩔 수 없다고 판단했다.

"미안하지만…… 저를 좀 따라와주세요."

벨을 이끌고 레피야는 즉시 이동을 개시했다.

나무 위에서 본 부감도를 근거로 잔당들을 향해 서둘러 갔다. 될 수 있는 대로 발소리를 죽이고, 빨라지려는 심장과 호흡을 자제하며 나무들 사이를 달려 나간다. 대충 설명하기는 했지만 아직 상황을 파악하지는 못했을 텐데도 벨은 열심히 따라왔다.

　난립한 나무며 덤불 때문에 시야가 좋지 못한 가운데 레피야가 열심히 찾고 있으려니, 겨우 아득한 전방에서 목표를 발견했다.

　재빨리 발을 멈추고 벨에게도 손짓으로 제지를 가해 나무 뒤로 몸을 숨겼다.

　'찾았다……!'

　숨을 죽이면서 한 손에 든 지팡이를 꼭 쥐었다.

　거리는 어림잡아 50M. 나무 위에서 본 대로 인원은 둘.

　전방의 남자들 이외에도 주위에 동료가 있지는 않은지 세심한 주의를 기울이며, 레피야는 이블스의 잔당을 추적했다.

　강제로 미행에 말려든 벨은 표정을 굳히며 물었다.

　"누, 누구예요, 저 사람들은?"

　"……간단히 말하자면, 우리와 적대하는 조직이에요."

　"로, 【로키 파밀리아】하고요?!"

　밀집한 관목 덤불 뒤에 몸을 낮추고 숨어 작은 목소리로 이야기를 나눈다.

　시선 너머에 있는 로브 차림 사내들이 도시 최대 파벌의 적대세력이란 말에 벨은 명백히 당황했다.

　"너무 캐묻지 말아요!"

　"죄, 죄송합니다."

　레피야가 목소리를 죽여 노성을 지르는 재주 좋은 짓을

하지 벨은 소리 낮춰 사과했다.

혼란에 빠진 소년과 그런 대화를 나누면서도 레피야는 신중히 뒤를 밟았다.

남자들은 불도 켜지 않은 채 주위를 경계하며 걸어 나갔다. 그들에게 들키지 않도록 일정한 거리를 유지하며 따라가자, 이내 깊은 숲 한곳에 도달했다.

깎아지른 암벽이 가까웠다.

나무들 틈새에서 엿보이는 거대한 바위벽은 계층의 끝, 현재 위치가 세이프티 포인트의 동쪽 끄트머리 부근임을 의미했다.

이미 길은 탁 트였다. 이제까지 이용했던 나무나 덤불 같은 장애물이 사라지고 외길이 되었다. 나무들이 이루던 돔도 얇아졌으므로 위로 몸을 숨기는 것도 불가능할 것 같았다.

탁 트인 풀밭에는 적어도 2M은 넘어 보이는 청수정 기둥만이 곳곳에 서 있을 뿐이었다. 마치 '고대'의 유적——스톤 서클을 방불케 했다. 수정의 숲이라고나 할까.

레피야가 바라보고 있으려니 사내들은 수정의 숲을 가로질러 계속해 암벽 방향으로 나아갔다.

'여기서 돌아갈 수는……'

적의 목적지가 가깝다. 레피야는 확신했다.

피부가 조여드는 긴장감을 느끼면서, 곁에 있던 벨에게 눈짓으로 추적을 속행하겠다고 전달했다. 갈팡질팡하면서도 그는 고개를 끄덕였다.

덤불 뒤에서 튀어나가 수정의 숲으로 뛰어들었다.

소리 하나 내지 않고 수정 뒤에 몸을 숨기고, 이를 몇 번씩 되풀이하며 레피야와 벨은 전방에 있는 사내들의 뒤를 따랐다.

그리고 마치 유인당하듯 수정기둥 사이를 누비며 이동하던 가운데.

쩌억.

아무런 전조도 없이 지면이 **갈라졌다**.

"_____."

수정기둥의 대열이 끊어진 원형의 풀밭.

그곳에 발을 들인 직후, 소리를 내며 땅이 세로로 입을 벌렸다.

마치 **함정처럼**.

"앗——?!"

몸을 엄습하는 부유감. 발 디딜 곳이 사라졌다. 레피야의 호흡이 정지했다.

바로 뒤에서 전해지는 소년의 전율.

금세 몸이 떨어졌다.

""—— 으아아아아아아아아아아아아아아아아아아아아아아아아아아?!""

함께 절규하며 레피야와 벨은 구멍 밑바닥으로.

함께 떨어지는 풀과 흙과 낙엽. 급격히 추락하며 창졸간에 머리 위를 올려다본 레피야의 시야 저쪽에서, 입을 벌렸던 **뚜껑**이 다시 소리를 내며 힘차게 닫혔다.

숲의 광경과 지하의 밤하늘이 완벽하게 차단된 다음 순간, 구멍의 종점에 도착했다.

"——크윽?!"

레피야와 벨이 간신히 두 다리로 착지하는 데 성공하자 첨버엉!! 커다란 소리가 나고 요란하게 액체가 솟아올랐다.

구멍 밑바닥은 살짝 보라색을 띠는 액체에 잠겨 있었다.

정강이까지 오는 액체의 구덩이는—— 금세 치익 소리와 함께 연기를 피웠다.

""앗, 뜨거……?!""

다시 레피야와 벨의 목소리가 겹쳐졌다.

마치 고열의 기름에 침식당한 것 같은 감촉에 휩싸이며, 배틀클로스 너머로 다리의 피부가 타들어갔다.

아니, 녹아들어갔다.

거품과 연기를 내는 액체를 내려다보며 두 사람은 낯빛을 창백하게 물들였다.

"이건……?!"

"용해액?!"

벨의 경악, 레피야의 비명이 구멍 안에 메아리쳤다.

살도 뼈도 순식간에 녹아 없어지는 것은 아니지만 슬금슬금 침식하듯 피부를 녹여나가는 감각은 두 사람의 공포를 한층 부추겼다. 벨의 손에서 떨어진 마석등도 액체의 수면에 뜬 채 빛을 뿜어내며 조금씩 녹아내렸다.

얼굴을 뻣뻣하게 굳힌 두 사람은 주위를 휙 둘러보았다.

장대한 수직굴이었다.

깊이는 10M 이상, 직경은 7M은 될 것 같았다.

구멍 전체는 끔찍한 연분홍색 살점으로 덮였으며 발이나 손을 걸 만한 요철은 전혀 없었다. 형태를 보면 생물의 체내, 혹은 추악한 괴물의 위장을 연상케 했다. 생물적인 외견은 차치하고서라도 원기둥 형태의 구조는 그야말로 '함정'이었다.

살점의 벽이 희미하게 띤 광택—— 연분홍색 인광이 비추는 붉은 세계.

수직굴 전체에 가득 찬 미지근한 열기와 악취에 두 사람은 비지땀을 흘렸다.

"윽…… 이, 이건 뼈?!"

당황하며 주위를 둘러보던 벨의 고함에 레피야도 그쪽을 쳐다보고, 시야에 들어온 광경에 입을 가렸다.

구멍 밑바닥을 가득 채운 용해액 속에는 무수한 해골이 널려 있었다.

생각할 것도 없이 이 용해액에 녹아버린 자들의 말로일 것이다.

이미 가죽과 살, 내장을 잃고 뼈만 남았을 뿐. 곁에 굴러다니는 것은 가슴받이를 비롯한 방어구. 자세히 보니 주위에는 검과 지팡이 같은 온갖 무기들이 꽂혀 있거나 용해액 밑바닥에 잠겨 있었다.

"모험자들의 유해……?! 대체 여긴……!"

헤아릴 수도 없는 백골, 몇 명의 것인지 모를 주검. 이것이 모두 모험자란 말인가.

일부의 뼈나 두개골에는 마치 무언가에 얻어맞아 파괴된 것 같은 손상의 흔적도 보였다. 그 외에도 몬스터의 것으로 보이는 발톱이나 이빨 같은 드롭 아이템도 있었다.

이곳은 미확인 던전 기믹? 세이프티 포인트에? 몬스터까지 말려드는?

살이 녹는 악취에 현기증을 느끼며 레피야가 혼란에 빠져 있으려니…… 곁에 있던 벨이 떨리는 목소리로 말했다.

"레피야 씨…… 위."

"네?"

창백해진 그의 말에 덩달아 위를 올려다보니, 그곳에는.

달라붙어 있던 살점의 벽에서 천천히 떨어져 몸을 일으키는…… 거대한 그림자가 있었다.

『───.』

지금은 닫혀버린 뚜껑 바로 아래.

인간형의 상반신을 가진 괴물이, 위아래가 뒤집힌 자세로, 아연실색한 레피야와 벨을 내려다본다.

이 붉은 세계에서 유일하게 황록색을 띤 존재. 가슴과 배를 장식한 것은 독살스러운 극채색이었다.

두 팔을 이루는 것은 길고 굵은 두 가닥의 촉수—— 촉완(觸腕)이었으며 축 늘어진 채 출렁거렸다. 허리 아래쪽의 긴 하반신은 살점의 벽과 하나가 되어 지금은 뱀처럼 꿈틀거렸다.

머리에는 커다란 눈알과 속이 빈 왕관 같은 기관. 하나밖에 없는 눈알은 목과 직접 이어졌고 그 주위를 사자의 갈기처럼 왕관이 에워싼 형태였다.

수많은 몬스터 중에서도 이채를 발하는, 끔찍한 존재가 그곳에 있었다.

"시, 신종……?"

소년의 떨리는 목소리는 미지의 괴물에 대한 동요와 공포로 직결된 것이었다.

"극채색, 몬스터……!!"

그리고 그 곁에서 레피야는 모든 것을 깨달았다.

이 함정의 정체는 그 식인꽃과 근원이 같은 '극채색 몬스터'.

'더럽혀진 정령'이 만들어낸 권속. **수직굴 그 자체가** 몬스터인 것이다.

아마도 이블스의 잔당이 설치했으리라.

그 수정의 숲에서 더 나아간 곳에 있는 무언가 중대한 비밀을—— 요지를 지키기 위해.

정보누설을 막고 모든 목격자를 말살하기 위한 땅속의 문지기. 말하자면 트랩 몬스터.

레피야와 벨처럼 이블스의 잔당을 발견하고 흥미 본위로 미행한 사람, 혹은 이곳까지 우연히 온 사람 등 모든 모험자를 비밀리에 처리하는, 그야말로 '숲 속의 파수꾼'이었다.

구멍 밑바닥에 잠긴 무수한 해골은—— 아무것도 모르는 모험자들은 이 몬스터에게 잡아먹히고 만 것이다.

『—— .』

뒤룩뒤룩 꿈틀대는 거대한 외눈이 뻣뻣하게 선 레피야와 벨을 포착했다.

다음 순간, 트랩 몬스터는 두 사람을 향해 촉완을 내질렀다.

""윽?!""

레피야와 벨은 동시에 땅을 박찼다.

튀어나온 거대한 채찍이 용해액과 함께 구멍 밑바닥 한복판에서 작렬했다.

무시무시한 충격과 함께 바닥에 고였던 용해액이 주위로 튀었다.

"레피야 씨?!"

"저는 괜찮으니까 자기 걱정이나 해요!"

팔을 내밀어, 사방으로 튀는 용해액으로부터 눈을 보호하며 레피야는 벨에게 외쳤다.

용해액의 물보라를 뒤집어써 선황색 장발과 백발, 배틀 클로스가 연기를 뿜는 가운데 어떻게든 공격을 회피한 레피야와 벨에게 두 번째 채찍이 날아들었다.

"으윽?!"

다시 일어나는 진동. 이번에는 모험자들의 해골이 산산이 부서져 허공으로 날아올랐다.

자신을 향해 날아든 공격을 간신히 회피한 레피야는 풍압과 충격을 받아 간담이 서늘해졌다.

심층영역의 대형급 몬스터에 필적하지 않을까 싶을 정도로 심대한 위력이었다. 방어를 선택해 받아냈다간 레피야도 벨도 온몸이 산산이 부서졌을 것이다. 게다가 두 개의 촉완은 마음대로 늘어났다 줄었다 했으므로 이 적의 몸속에 있는 한 사정거리에서 벗어날 수는 없을 것 같았다.

동시에 이쪽의 머리 위에서 공격이 날아들었으므로 대처하기도 매우 힘들었다.

'이런 몬스터가 있다는 것은……!'

상반신만으로도 자신의 두 배는 될 것 같은 트랩 몬스터를 레피야는 날카롭게 노려보았다.

이런 특이한 몬스터가 설치되어 있었다는 것은 다시 말해 이블스의 잔당이 향한 곳에, 문지기를 두어서까지 지키고 은폐해야만 하는 무언가가 있다는 뜻이다.

반드시 귀환해 이 사실을 수뇌진에게 전달해야 한다.

'어떻게든 살아서 여기서 탈출을—— 아니, 저 몬스터를

쓰러뜨려야 해!'

　상황이 상황이다. 저 본체로 보이는 머리 위의 몬스터와 싸우지 않고 탈출하겠다는 낙관적인 생각은 버려야 한다. 애초에 그런 방법 따위 떠오르지도 않았다.

　가장 빠른 방법은 저 징그러운 적의 본체와 함께 닫혀버린 출입구를 부수는 것이다.

　레피야는 오른손에 든 마장 《숲의 티어드롭》을 꼭 쥐었다.

　『───────────!!』

　트랩 몬스터는 가차 없이 공세를 펼쳤다.

　머리 부분의 외눈을 바삐 움직이며, 이리저리 피하는 사냥감을 시시각각 포착해 두 개의 촉완을 휘둘러댄다.

　이제까지 그러했듯 모험자들을 처형하고자 맹위를 떨쳤다.

　"크, 으으윽?!"

　처음 만난 몬스터의 공격을 필사적으로 피하는 벨은 완전히 제정신이 아니었다.

　길드도 확인하지 못한 신종 몬스터. 자신의 지식에 없는 상대에게 당황해 제대로 된 대처법을 실행하지도 못했다. 토끼처럼 이리저리 뛰며 적의 채찍을 간신히 회피했다.

　현저한 성장을 이뤘다고는 하지만, 벨 크라넬은 결코 역전의 모험자가 아니다.

　오히려 급성장의 폐해── 경험부족 탓에 정신적으로

약한 모습을 드러내고 말았다.

그러므로 굵은 땀을 뻘뻘 흘리는 그런 소년의 모습을 보고 레피야는.

반대로 평정심을 유지할 수 있었다.

——처음 보는 상대야말로 냉정하게.

리베리아와 아이즈,【로키 파밀리아】선배들의 가르침을 떠올렸다.

처음으로 접촉한 몬스터에 관한 정보수집 및 대처법. 제1급 모험자들에 비교하면 미숙하지만, 그래도 극한상태 속에서 최대한 통찰력을 날카롭게 집중시켰다.

공격을 피하고, 격렬한 심장 고동 소리를 필사적으로 억누르며 원래 '숲의 사수'라 칭송받는 엘프의 눈으로 적의 전체를 관찰했다.

그리고 뒤룩뒤룩 움직이는 거대한 외눈을 바라보다, 흠칫 깨달았다.

"눈의 움직임을 따라가세요!"

"네?!"

"저 몬스터의 눈알요!! 반드시 시선 방향으로 공격하니까!!"

레피야의 지적에 벨은 눈을 크게 뜨고 재빨리 고개를 들었다.

이쪽을 바라보는 몬스터의 추악한 거대 안구. 고스란히 드러난 눈알을 응시하던 소년은 다음에는 그 채찍이 날아들기 전에 도약했다.

한 치의 오차도 없이 원래 있던 곳에 채찍이 꽂혔다.

"해, 해냈다……!"

"적의 무기는 저 채찍뿐이에요! 눈을 떼지 말아요!"

"네, 넷!"

미래예측과도 같이 공격을 회피한 벨이 환호했다. 그런 그에게 잇따라 지시를 내리면서 레피야도 같은 방법으로 채찍을 피했다.

트랩 몬스터의 촉완은 위력과 속도 모두 무시무시했다. 그러나 공격 자체는 매우 단조롭다. 레피야가 간파한 대로 적의 시선을 포착하고 미리 읽으면 피할 수 있었다.

궁지에 몰리기만 했던 두 모험자는 끈덕지게 타개의 길을 열기 시작했다.

'다음에는 우리가 어떻게 공격할지인데── 아이즈 씨였다면 벽을 박차고 직접 베었을 것 같아.'

쉽게 상상할 수 있다.

벽을 연속으로 박차고 역행하는 번개처럼 솟구쳐 적의 본체를 푸화악. 끝.

한순간 떠올라버린 망상을 레피야는 얼른 떨쳐냈다.

자신들이 같은 짓을 하려 해봤자 접근하기 전에 저 채찍에 격추당할 뿐이다. 바보 같은 생각 말고 의식을 바꿔야 한다고 자신을 질타했다.

"내가 틈을 봐서 '마법'을 쏘겠어요! 당신은 벽을 공격해

보세요!"

"알았어요!"

레피야의 지시와 동시에 두 사람은 서로 다른 방향으로 움직였다. 장비로 보건대 소년에게는 장거리 공격수단이 없을 것을 고려한 지시였다.

날아드는 채찍을 피하면서 벨은 칠흑의 나이프를 뽑아 연분홍색 살점의 벽을 힘차게 베어보았다. 장렬한 진남색 검광이 적의 몸속에 상처를 입혔다.

——발은 정말 빠르구나.

적의 공격을 피하면서 레피야는 마음 한구석으로 혀를 내둘렀다.

이제까지 몇 번이나 쫓아다니면서 진저리가 날 정도로 알고는 있었지만, 벨의 '민첩'은 정말로 탁월했다. 지금도 살점의 벽을 베고는 밀려드는 채찍을 순식간에 회피하며 고속의 히트 앤 어웨이를 보였다.

이제 막 Lv.2가 되었다고 했는데, 조언을 듣고 움직임을 읽기 전에도 적의 채찍을 계속 피했던 것도 그렇고, 대체 발이 얼마나 빠르단 말인가.

생각해보면 원정 전의 훈련 때, 아이즈마저 위기회피능력이 뛰어나다고 벨을 평가하지 않았던가.

소년을 이런 전장에 말려들게 해버렸다고 죄책감을 품으면서, 레피야는 그를 믿고 전투에 집중하기로 했다.

'상대는 아마 식인꽃 몬스터와 마찬가지일 거야…….'

트랩 몬스터의 외견은 어딘가 '보옥 태아'가 몬스터에 기생한 여체형과도 흡사했다. 그러나 아마 식인꽃과 마찬가지로 첨병 종류일 것이다.

제50계층이나 제18계층에서 교전했던 여체형은 계층 터주 수준의 거구를 자랑했으며, 힘도 Lv.5 이상의 수준이었다. 이 트랩 몬스터는 여기에는 한참 미치지 못한다.

초대형급에 속하는 몸의 규격까지 포함해도 퍼텐셜은 Lv.4 정도가 아닐까.

『!!』

잡히지 않는 사냥감에 촉완이 점점 날카로워졌다.

내리치고, 수평으로 휘두르고, 찌른다. 거대한 채찍의 폭풍을 레피야도 벨도 아슬아슬하게 피하는 가운데, 주인의 억울함을 호소하는 것처럼 바닥에 꽂혀 있던 장검과 거대 전투도끼, 방패가 이리저리 솟구쳤다. 녹아버린 무장이 많기는 했지만 백금이나 미스릴 같은 고급 무장은 아직까지 원형을 유지했다.

날아드는 온갖 무구들까지도 피하면서 레피야는 용해액에 잠긴 다리——지금도 연기를 내며 신발과 함께 녹고 있는 두 다리에 얼굴을 찡그렸다. 그 고통도 고통이지만 몸의 일부가 천천히 사라져간다는 감각은 필설로 형용하기 어려웠다.

불행 중 다행인 것은 용해액이 사냥감을 천천히 녹인다는 점이었다.

거대 애벌레 몬스터의 부식액과 비교하면 위력은 훨씬 낮다. 이 특이한 거구 때문에 오는 구조상의 문제인지 어떤지는 확실하지 않지만, 포식과 공격, 수직굴과 적 본체의 역할분담은 명백했다.

어쩌면 이 몬스터도 아직 성장 도중인 것은 아닐까──그런 불길한 상상이 괴인과 데미 스피리트, '강화종'과 몇 번이나 교전했던 레피야의 뇌리를 스쳤다.

"큭……!"

한편 벨은 지시대로 몇 번씩 참격을 피했지만 살점의 벽은 꼼짝도 하지 않았다.

소년이 애용하는 무기──칠흑의 나이프는 용해액을 분비하는 벽을 아무리 베어도 녹지 않았으며 검신은 여전히 빛을 발했다. 잇따라 깊은 참격의 흔적을 새겨나갔다.

그러나 두껍다.

벽면을 찢지도 못하거니와, 적에게는 변화의 조짐도 없었다. 적의 체내를 상처 입히는데도 트랩 몬스터는 고통스러워하는 기색을 보이지 않았다.

'효과가 없어……!'

그 광경을 흘끔 보며 레피야는 입술을 깨물었다.

돌파구라고까진 할 수 없지만, 적의 움직임이 조금이라도 둔해지면── '영창'을 할 틈을 발견할 수는 있지 않을까 기대했지만 그렇게 잘되진 않는 모양이다.

역시 이 수직굴은 모험자를 빠뜨리기 위한 '함정'이자 가

두기 위한 '감옥'이다.

노려야 할 곳은 몬스터의 핵인 '마석'을 가슴에 담고 있을 적의 본체뿐.

'문제는……!'

'마법'이 완성될 때까지 공격을 피할 수 있느냐 없느냐였다.

'병행영창'을 쓴다 해도 주문에 의식을 할애하는 만큼 레피야의 초동과 반응 속도는 적잖이 떨어진다. 아무리 공격을 미리 읽을 수 있다 한들 저 빠르고 무거운 거대 채찍을 모조리 피할 수 있을까?

도망칠 곳이 한정된 폐쇄공간이라는 점도 치명적이다.

무엇보다—— '극채색 몬스터'인 이상 적은 십중팔구 '마력'에 반응할 것이다.

영창을 개시한 순간, 지금은 소년에게도 분산된 공격이 모두 자신에게 집중될 것이다.

벨과 연계하는 것이 바람직하겠지만 즉석이나 다를 바 없는 2인 1조이니 별로 기대할 수는 없다.

애초에 이런 몬스터를 상대로, Lv.2인 제3급 모험자에게 전열수비수 역할을 맡기는 것도 지나치게 잔혹한 짓이다.

자신이 할 수밖에.

레피야는 결심하고 '병행영창'을 실행하려 했다.

『————.』

그때였다.

이리저리 날아들던 적의 촉완이 우뚝, 움직임을 멈추었다.

레피야와 벨은 함께 의아한 표정을 지었다. 멈춰 서서 트랩 몬스터를 올려다본다.

뒤룩거리며 레피야와 벨을 번갈아 바라보는 거대 외눈.

위아래가 뒤집힌 자세를 유지한 채, 재빠른 사냥감을 내려다보던 적의 본체는 다음 순간.

왕관처럼 생긴 기관을 푸르게 빛냈다.

"어——?"

뿜어져 나오는 빛에 벨이 중얼거리고, 레피야도 움직임을 멈춰버렸다.

모종의 '공격'이 시작되려는 조짐. 그렇게 직감했을 때는 이미 늦었다.

외눈을 에워싼 푸른 관에서 살인적인 **고주파**가 뿜어져 나왔다.

『아아아아————————————!!』

문자 그대로 귀를 찢는 듯한 소리의 유린에 레피야와 벨은 눈을 한껏 크게 뜨고 절규했다.

""~~~~~~~~~~~~~~~~~~~~~~~~~~~?!""

배드 배트나 세이렌이 터뜨리는 것과 마찬가지로, 모험자의 움직임을 속박하는 '괴음파'. 하지만 출력은 보통 몬스터와는 선을 달리할 정도로 어마어마했다.

상급 모험자를 혼수상태에 빠뜨릴 것 같은 파괴력에 한

순간 움직임을 빼앗겼다.

이 세상의 것이라고는 여겨지지 않는 '괴음파'에 레피야와 벨은 평형감각을 잃을 뻔해 휘청 무릎을 꺾었다.

『!!』

그리고 적은 그 허점을 놓치지 않았다.

대기해놓았던 촉완을, 타이밍 좋게, 사냥감을 향해 휘두른다.

"—————."

표적은 벨이었다.

갈라진 시야 속에서 레피야는 숨을 멈추고, 소년 자신은 밀려드는 거대 채찍에 얼어붙었다.

추정 Lv.4에 필적하는 몬스터. 반면 벨은 Lv.2.

직격은 죽음을 의미한다.

일격필살.

레피야는 온 힘을 다해 외쳤다.

"도망쳐요!!"

긴급회피를 시도하는 소년의 몸. 그러나 이미 늦었다.

공간을 찢어발기며 밀려드는 두 개의 촉완을 앞에 두고 땅을 박찬 벨은—— 구멍 밑바닥에 박힌 무구 중 하나에 달려들었다.

——방패!

잡아먹힌 모험자들의 유품. 레피야가 눈을 크게 뜨는 가운데 벨은 백금 거대방패를 홱 낚아채선, 허공을 관통하고 날아드는 채찍을 향해 내밀었다.

그 직후.

화약이 폭발한 것 같은 굉음을 내며 벨의 몸은 탄환처럼 뒤로 날아갔다.

"끄악?!"

휩쓸려 튕겨난 것이다.

방패 너머로 터무니없는 충격을 받아 그대로 살점의 벽에 격돌한다.

그 반동에 상처가 벌어졌는지 이마에서 솟구치는 선혈. 격돌한 벽에서 이내 몸이 떨어지고, 철벅 소리를 내며 용해액 속에 처박힌다.

피부가 녹아 흰 연기를 뿜지만 그는 움직이지 않았다.

『…….』

트랩 몬스터가 빛의 관에서 뿜어지던 '괴음파'를 해제했다.

다음 순간에는 촉완 한 가닥을 장창처럼 세워, 벨을 향해 마지막 일격을 날렸다.

그러나.

"——【해방될 한 줄기 빛, 성스러운 나무로 지은 활대】!!"

영창했다.

공격을 벨에게서 자신에게 돌리기 위해 레피야는 영창을 단행했다.

자신의 존재를 과시하듯 전개되는 매직 서클. 수면 아래에 펼쳐진 선황색 광채가 일렁일렁 솟아났다.

날아가던 장창의 궤도가 순식간에 바뀌었다.

트랩 몬스터는 휘릭 몸을 돌려 벨에게서 레피야에게로 표적을 바꾸었다.

"【그대는 명궁일진저】!"

『!!』

밀려드는 두 가닥의 채찍, 미친 듯이 날뛰는 적의 공격에 레피야는 노래하며 질주했다.

한정된 폐쇄공간 속에서 목숨을 건 '병행영창'—— '마력'의 고삐를 제어하며 노래와 함께 춤을 춘다.

"【저격하라, 요정의 사수——】."

허공을 가르는 촉완의 풍압에 몇 번이나 얻어맞는 몸, 찢겨나가는 배틀클로스. 필사적으로 이리저리 도망치며, 그래도 적의 외눈에서는 눈을 돌리지 않았다. 몸에 새겨진 피르비스의 가르침에 따라 공격과 방어는 버리고, 적의 한 수 앞을 읽으며 회피와 영창에만 온 힘을 집중했다.

레피야의 온몸이 몸속에서 폭주하는 것처럼 과열되며 땀이 튀었다.

『!』

손에 든 지팡이와 함께 주문을 자아내며 종이 한 장 차이의 회피를 연발하는 엘프 소녀에게 트랩 몬스터의 머리 부분이 움직였다.

왕관 형태의 기관에서 푸른 섬광이 뿜어져 나왔다.

『아아아————————————!!』

"크윽——【뚫어라, 필중의 화사알】!!"

다시 되풀이된 적의 '괴음파'에 맞서듯 주문을 큰 음성으로 이었다.

얼굴을 찡그리며 포효하고 영창을 완성시킨 레피야, 그러나—— 회피했어야 할 채찍이 뱀처럼 곡선을 그리며 왼손 손목에 감겼다.

'아차——?!'

즉시 왼팔과 함께 허공으로 낚여 올라가고, 그와 함께 벽에 내동댕이쳐졌다.

"아윽?!"

강타당한 등, 폐에서 터져 나오는 호흡.

영창이 끊어지고 발밑의 매직 서클도 사라졌다.

살점의 벽에 내동댕이쳐진 채 허공에 매달린 꼴이 된 레피야에게, 트랩 몬스터는 하나 남은 촉완을 구불텅거리더니 가차 없이 내리쳤다.

'아——.'

시야를 가득 메우며 날아드는 거대한 채찍에 레피야는 머릿속이 새하얗게 물들었다.

주마등과도 같이 머릿속을 휩쓰는 것은 식인꽃에게서 자신을 지켜준 금색과 은색 빛—— 금발금안의 검사였다.

다음 순간.

"——이게에에에에에에에에에에에에에에에에에에에에에에에에에!!"

흰 그림자가 질주했다.

"흡?!"

레피야를 후려치려 하던 촉완을 향해 일직선으로 달려들었다.

채찍의 궤도에 수평으로 짓쳐든 흰 그림자—— 벨은 두 손에 장비한 **대형 전투도끼**를 혼신의 힘으로 내리쳤다.

격돌.

『?!』

측면에서 튕겨나간 것처럼 각도가 엇나가 거대 채찍은 레피야의 바로 옆에 꽂혔다.

지근거리에서 전해지는 충격과 진동, 그리고 목숨을 건졌다는 사실에 숨을 멈추고 있으려니, 착지한 벨은 잇따라 도약해 다시 도끼를 휘둘렀다.

레피야의 손목을 속박한 촉완에 커다란 날이 박혔다. 피가 솟았다. 그대로 끄트머리를 억지로 뜯어낸다.

"……다, 당신?!"

속박에서 풀려나 구멍 밑바닥에 떨어진 레피야는 눈앞의 소년을 올려다보았다.

적에게서 감싸주듯 이쪽을 향한 등.

녹아버린 온몸의 피부에서 희미하게 흰 연기를 뿜으며, 미스릴제 거대 전투도끼—— 이름 모를 드워프의 유품을 장비하고 있었다.

뚝뚝 떨어지는 피로 그 뒷모습을 붉게 더럽히며, 벨은 머리 위의 적을 노려보았다.

『!!』

오른쪽 촉완 끝을 잘려 몸을 뒤틀던 트랩 몬스터는 외눈에 핏발을 세우며 아래쪽을 노려본다.

이번에야말로 숨통을 끊어주겠노라고 머리 위의 관을 빛냈다.

위험해!

레피야가 마음속으로 외치는 가운데 '괴음파'가 날아들려 했다.

그러나 그렇게는 안 된다고 벨은 오른팔을 쳐들었다.

"【파이어볼트】!!"

그리고 **포성.**

쩌렁쩌렁 울려 퍼지는 붉은 번개, 아니, 벼락 형태의 불꽃.

눈앞의 광경에 레피야가 얼어붙은 가운데, 무엇보다도 빠른 염뢰가 눈 깜짝할 사이에 머리 위를 가르고 나아가—— '괴음파'의 발동을 허용하지 않고 빛나는 왕관에 작렬했다.

『~~~~~~~~~~~~~~~~~~~~~아아?!』

잇따라 쏟아져 나간 염뢰의 수는 아홉.

연사된 '마법'이 모조리 명중해 트랩 몬스터의 왕관이 타올랐다.

머리에 달린 기관은 곳곳이 불타 떨어져 고음파를 뿜어낼 방법을 잃었다.

'무──무영창?!'

이제까지 한 번도 본 적이 없는, 지식에도 존재하지 않았던 그 '마법'에 레피야는 경악했다.

영창을 무시하는 '속공마법'.

염뢰의 속사포── 생각도 못했던 '마법'의 **연사**.

──말도 안 돼!!

마도사인 레피야는 때와 장소도 잊고 고함을 지르고 싶어졌다.

"레피야 씨, 주문을!!"

어깨로 숨을 헐떡이며 소년이 외쳤다.

아연실색했던 레피야도 흠칫 고개를 들자, 그곳에는 수많은 불똥을 털어내는 극채색 몬스터가 있었다.

아직까지 왕관을 태우는 불꽃에 괴로워하면서 분노의 눈빛을 레피야와 벨에게 쏟아보낸다.

살의를 부풀리는 트랩 몬스터에게 벨은 긴장하고 있었다.

자신의 마법 화력으로는 아무리 연발해도 적을 격파할 수 없다고 행간으로 호소하며, 마도사인 당신을 지키고 어떻게든 시간을 벌겠다고, 등으로 의지를 전한다.

방패를 썼던 손가락의 **뼈**는 무참히 부러지고, 온몸은 너덜너덜해졌으면서도 전투도끼를 부르쥔 채.

"……난, 당신이, 싫어요."

레피야는 툭 내뱉었다.

자신보다 레벨도 낮은 주제에 멋을 부리고.

치사한 '마법'까지 가졌고.

분수도 모른 채 아이즈를 독점하고, 간호까지 받고.

하지만.

"그래도 믿을게요."

그는 모험자다.

그리고 자신은── 마도사다.

어깨 너머로 향한 그 루벨라이트색 눈을, 레피야는 믿었다.

"──시작할게요."

마장《숲의 티어드롭》을 들고 극대의 매직 서클을 전개한다.

『─────────────────────────!!』

레피야의 방대한 『마력』에 이끌려 트랩 몬스터가 움직였다.

처음이자 마지막 공방.

소년은 거대 전투도끼를 들고, 소녀는 노래를 읊었다.

"【해방될 한 줄기 빛, 성스러운 나무로 지은 활대】."

땅을 박차며 '병행영창'을 개시하는 레피야의 움직임에 맞춰 두 가닥의 촉완이 따라왔다.

그 가녀린 몸을 파괴하려는 거대한 채찍을 벨이 미리 읽고 질주해 다가가 측면에서 후려쳐 떨어뜨린다.

이를 악물며, 온몸에 채찍질을 하며 모조리 쳐낸다.

"【그대는 명궁일진저】."

트랩 몬스터는 한 가지 실수를 범했다.

아니, 자신이 가진 특성에서 오는 결점을 드러내고 말았다.

어떤 상황에서도 '마력'에 반응한다는 성질.

공격의 방향을 영창하는 레피야가 아니라 만신창이가된 벨에게 제일 먼저 돌렸다면 그는 어이없이 최후를 맞았을 것이다. 모험자라는 방패를 잃어버리면 마도사인 소녀도 짓이겨버릴 수 있다.

그러나 전열 수비수에게 보호를 받아야 할 레피야가 '병행영창'을 사용해 미끼 역할까지 겸비하면서 벨이 '기술'을 충분히 발휘할 기회를 주었다.

다시 말해 【검희】에게 호된 훈련으로 주입받은, 적의 공격을 측면에서 튕겨내는 방어법.

원래는 퍼텐셜의 차이 때문에 정면에서 방어할 수는 없지만, 레피야라는 미끼에게 촉완이 끌려가준 덕에 측면을 스치면서 격추시키는 것이 가능해졌다. 벨은 준족을 살려 전투도끼로 몇 차례나 공격의 궤도를 틀어버렸다.

그것도 회피행동을 겸하는 레피야의 '병행영창'이 있기에 가능했다.

레피야와 벨, 같은 한 명의 소녀에게 사사한 두 사람의 노력과 성과가 맞물려 궁지 속에서 결실을 맺은 것이었다.

"【저격하라, 요정의 사수──】."

짧은 공방 사이를 뚫고 나가는 단문영창.

종장을 맞아 단숨에 밀도가 높아진 '마력'의 규모에 트랩 몬스터가 두려워하듯 혼신의 일격을 날렸다.

교차해 날아드는 두 가닥의 촉완을 향해, 벨은 그대로 놔두지는 않겠노라 거대 전투도끼와 함께 돌격했다.

"크윽?!"

측면을 후려쳤음에도 충격에 밀려나 벨의 몸은 뒤로 날아가고, 미스릴 도끼는 포물선을 그리며 솟아올랐다.

그러나 막아냈다.

소녀의 선황색 장발을 스치고, 궤도가 엇나간 일격이 위쪽의 벽에 격돌했다.

구멍 전체를 뒤흔드는 진동이 발생하는 가운데, 레피야는 힘찬 노랫소리를 울렸다.

"【──뚫어라, 필중의 화살】!"

영창이 완성되었다.

다음 순간, 수직굴 중앙, 트랩 몬스터의 바로 아래로 뛰어나간 레피야는 두 손에 든 지팡이를 머리 위로 내질렀다.

붉은 세계를 선명하게 물들이는 선황색 광채.

커다란 매직 서클을 전역으로 퍼뜨리며 마법명을 외

친다.

"【아르크스 레이】!!"

뿜어져 나가는 빛의 포격.

거대한 빛의 섬광이 머리 위로 약진한다.

솟구치는 빛줄기에 몬스터는 재빨리 촉완을 되돌려 진로를 가로막고 이를 쳐내려 했지만, 소용없었다. 튕겨져 날아갔다.

막대한 마인드가 장전된 포격은 한 쌍의 채찍을 관통하고 적의 본체, 트랩 몬스터에게 직격했다.

『~~~~~~~~~~~~~~~~~~~~~~~~~~~~~~~~~~~~~?!』

수직굴과 동화된 뱀처럼 하반신을 출렁이며 거대한 섬광과 함께 무시무시한 기세로 적의 본체가 치솟았다.

귀를 찢을 듯한 폭음이 울려 퍼지고, 굳게 닫혔던 뚜껑에 충돌했다.

그러나── '숲의 파수꾼'은 빛의 기둥을 밖으로 내보내려 하지 않았다.

"막아냈어?!"

촉수를 잃은 두 팔을 벌려 아르크스 레이를 막은 적의 상반신, 빛의 위력에 밀려 시시각각 갈라지면서도 찢어지지는 않는 붉은 천장. 거대 섬광은 가로막힌 채 돌파하지 못했다.

시선 너머의 광경에 레피야는 경악했다.

특이한 몬스터, 포식과 영격의 역할분담.

모험자를 가두는 '감옥'.

몸속이 찢겨나가지 않기 위한 스펙.

특화된 **마법내성**──.

트랩 몬스터라는 적의 속성에 대한 온갖 억측이 난무했다.

그러나 알 게 뭐냐고, 레피야는 눈꼬리를 틀어올렸다.

포격과 괴물이 맞버티고, 빛의 물거품이 솟아났다.

'마법'을 막아내는 적 본체의 황록색 피부가 타오르고, 솟구치는 몬스터의 절규도 섬광의 포효에 휩쓸렸다. 허공으로 내민 《숲의 티어드롭》 끄트머리에서 마보석이 청백색 빛을 뿜고, 여기로 흘러들어가는 엘프의 마인드와 공명했다.

레피야가 포격의 출력을 올리려는 가운데── 섬광의 여파에 불타 짓무른 거대한 외눈이 원념을 담은 것처럼 노려보았다.

그 직후, 수직굴 전체가 진동했다.

"앗⋯⋯?!"

살점의 벽이 융기했다.

마치 잇따라 종기가 발생하듯, 사방의 벽이 불컥불컥 끔찍한 소리를 내며 부풀어서는 중앙에 있는 레피야에게 밀려들었다. 구멍 밑바닥에 가득 찬 용해액이 파도가 되어 발치까지 밀려들었다.

　──짓이겨 죽일 생각?!

　더 이상은 버티지 못하리란 사실을 깨닫고, 체내조직을 폭주시켜 두 사람을 길동무로 삼으려는 것이다.

　수직굴과 함께 자폭해 압살할 작정이다.

　상대의 의도를 깨달은 레피야의 온몸이 초조함에 사로잡혔다. '마법'으로 적을 꿰뚫고자 온몸의 힘을 긁어모았지만 몬스터는 파멸과 붕괴의 노성을 지르며 대섬광을 밀어냈다.

　밀려드는 살점의 벽. 휩쓸리는 모험자의 유골.

　레피야의 얼굴이 균열을 일으키듯 일그러졌다.

　그때.

　지릉, 지릉.

　"──어?"

　레피야의 귓전에, 분위기에 어울리지 않는 차임 소리가 들렸다.

　이끌린 것처럼 돌아보니, 상처 입은 소년이 일어나려 하고 있었다.

　오른손에 순백색 빛의 입자를 모으면서.

　"……크윽!!"

　몬스터에게 공격당해 날아갔던 몸을 질질 끌면서, 무릎까지 수위가 올라온 용해액을 헤치고, 아연실색한 레피야

© Kiyotaka Haimura

에게 다가온다.

지금도 포격을 계속하는 소녀의 곁에 서서, 빛의 입자를 두른 오른손을 하늘로 내민다.

"쏘겠, 어요……!"

이를 악물며 오른손 손목을 왼손으로 붙든다.

포신을 고정한 벨에게 레피야는 눈을 크게 뜨고, 이내 고개를 쳐들었다.

소년과 함께 적을 노려보며 ── 질쏘냐고 ── 온몸의 '마력'을 폭발시켰다.

광채가 더해지는 소녀의 대섬광.

그리고 모여드는 소년의 흰 광채.

20초 분량의 사운드 벨.

다음 순간, 소년은 방아쇠를 당겼다.

"【파이어볼트】."

순백색 포효가 터졌다.

『────────────────────────── .』

흰 빛의 입자에 에워싸인 거대한 염뢰.

소녀와 어깨를 나란히 하고 해방된 두 번째 포격에, 트랩 몬스터의 온몸이 희게 물들었다.

섬광과 한데 겹친 불꽃의 벼락이 몸에 작렬한 순간, 굳게 닫혔던 수직굴의 뚜껑과 함께 분쇄되었다.

몬스터를 형체도 없이 날려버렸다.

"크윽!"

괴물의 단말마마저도 지워버리는 포격의 포효, 하늘로 치솟는 빛과 벼락의 기둥.

지면을 폭발시키고 숲의 지붕마저도 뚫으며, 수정의 밤하늘이 레피야의 시선에 들어왔다. 출구가 열렸다.

그와 동시에, 대지에 기생했던 몬스터를 잃은 암반이 단숨에 무너졌다.

마침내 힘을 다 쓴 소년의 몸을 끌어안고, 무릎을 한껏 구부린 레피야는 도약했다.

Lv.3의 각력으로 하늘 높이 뛰어올라, 무너져내리는 바위를 한번 박차고 '언더 리조트'로 탈출했다.

"잠깐만, 뭐야 저거──?!"

"포격마법?!"

느닷없이 나타난 빛의 분류(奔流)는 제18계층에 있던 모든 이들을 소란스럽게 만들었다.

상공으로 치솟은 눈부신 빛의 기둥. 중앙수가 우뚝 솟은 대초원에서도, 호반의 섬에 세워진 리빌라 마을에서도, 그리고 【로키 파밀리아】의 야영지에서도 그 광경은 확인할 수 있었다.

저녁식사를 마친【로키 파밀리아】의 단원들은 벌떡 일어나고, 티오나와 티오네를 선두로 나무 위에 뛰어올라 목소리를 높였다.

한데 얽힌 섬광과 백광이 수직 상공에 있던 천장과 수정의 일부에 작렬해 폭음을 내고, 이내 꽤액꽤액 몬스터의 비명이 메아리쳤다.

"숲 속…… 계층 동쪽? 왜 저런 곳에서."

"아, 혹시…… 저거 레피야 아냐?"

티오네의 목소리에 티오나는 나무 위에서 아래쪽을 내려다보았다.

천막을 나와 빛의 기둥에 눈을 가늘게 뜬 핀을 비롯한 파벌 간부들, 술렁거리는 하급 단원들, 아연실색한 헤스티아 일행. 그러한 야영지의 모든 광경 속에 레피야만이 없었다.

무시무시한 포격의 출력도 그녀의 '마법'을 연상케 했다.

조금 전부터 백발 소년과 함께 사라진 엘프 후배를 티오나 일행은 제일 먼저 떠올렸다.

"!"

그런 가운데 아이즈는 혼자 야영지를 뛰쳐나갔다.

"어, 아이즈—?!"

티오나가 부르는 목소리를 순식간에 멀리 남겨놓았다.

빛의 기둥은 이미 사라졌다. 그 대신 수정 파편이 푸른 빛을 뿌리며 떨어졌다.

크리스탈의 파편이 살얼음처럼 쏟아지는 지점, 계층 동쪽 끝을 향해 아이즈는 검을 들고 질주했다.

⊡

방대한 흙먼지가 피어났다.

대삼림 한쪽에 지뢰가 폭발한 듯한 광경이 펼쳐졌다.

스톤 서클처럼 풀밭에 솟아났던 수정기둥이 균열을 일으키거나 쓰러지거나 부서져 충격이 어느 정도였는지를 보여주었다. 그 바로 위에서는 나뭇가지에 덮였던 숲의 천장이 거대하고도 깔끔한 동심원형으로 뚫렸으며 그곳에서 천장 수정의 무수한 파편이 후두둑후두둑 쏟아졌다.

"허억, 허억······! 이봐요, 괜찮아요?!"

"······네, 네에······."

찬연히 빛나는 싸락눈처럼 쏟아지는 수정 파편을 맞으면서 레피야는 어깨와 어깨를 밀착시킨 소년을 계속 불러댔다.

소멸한 몬스터의 체내에서 아슬아슬하게 탈출한 두 사람은 붕괴된 수직굴 부근의 풀밭에서 무릎을 꿇고 있었다. 숨을 헐떡이면서도 그나마 여유가 있는 레피야에 비해 벨은 피폐해진 모습이었다.

마치 최후의 포격에 대가로 지불한 것처럼 몸에서는 힘이 모조리 빠져나간 상태였다. 원래 머리의 출혈이나 용해액에 타버린 피부 때문에 온몸이 부상투성이였다. 이너웨어 타입의 살라만더 울만이 크게 녹은 흔적도 없이 건재했다.

야영지에 놓아두었던 포션 파우치를 아쉬워하며 레피야는 벨의 어깨를 잡고 이 자리를 떠나려 했다.

"뭐야, 이게?!"

그때 고함소리가 들렸다.

놀라 레피야가 돌아보니, 숲 안쪽의 계층 동쪽 끝 절벽 방향에서 남자들이 달려오는 것이 보였다. 대형 로브에 이마받이, 입가까지 덮은 두건을 착용한 두 사내. 레피야와 벨이 추적하던 이블스의 잔당들이었다.

박살이 난 수정의 숲에서 상처 입은 레피야와 벨을 발견하고 두 잔당은 경악을 감추지 못했다.

"【사우전드 엘프】……【로키 파밀리아】?!"

"'베넨테스'를 쓰러뜨린 건가?!"

레피야의 얼굴을 보고 정체를 알아차린 것과 동시에 이블스의 잔당은 두 사람이 자신들을 추적했으며 함정에 빠졌고, 또한 트랩 몬스터를 격파했음을 즉시 이해한 모양이었다.

복면 너머로도 알아볼 수 있을 정도로 낯을 일그러뜨리며 가증스럽다는 듯 이를 간다.

"저것들이 감히……!! 이봐, 비올라스를 보내!"

두 사람 중 체격이 좋은 사내가 외치고, 이내 나머지 한 사람이 옆에 있던 수풀로 달려갔다.

레피야는 식은땀을 흘리며 큰일이라고 당황했다. 상황을 알아차리고 이를 악무는 벨과 함께 이 자리에서 이탈하려 했지만 그런 그녀들을 조롱하듯, 금세.

남자가 사라졌던 수풀 너머에서 황록색의 길다란 몸통이 잇따라, 슬금슬금 기어 나왔다.

"윽……!!"

케이지가 열리는 금속성이 잇따라 들리며 식인꽃 몬스터가 속속 나타났다. 눈 깜짝할 사이에 포위된 레피야는 벨과 함께 낯을 창백하게 물들였다.

수가 많았다. 열 마리는 되지 않을까.

뱀처럼 구물거리며 나타난 몬스터들은 그 길다란 몸으로 도주로를 차단하면서 고개를 쳐들었다.

"여기서 죽어라, 모험자 놈들!"

공연히 말려들지 않도록 이블스의 잔당이 거리를 벌리는 가운데, 몬스터의 무리는 다물었던 꽃봉오리를 일제히 벌렸다. 독살스러운 극채색 꽃잎, 그리고 추악한 주둥이가 드러났다.

이빨에서 뚝뚝 떨어지는 점액이 풀밭에 굴러다니던 수정 위로 뚝뚝 떨어졌다.

"크윽……!!"

트랩 몬스터와의 전투에서 레피야도 적잖이 힘을 소모했다. 무엇보다 이쪽에는 제대로 움직이지도 못하는 벨이 있다.

상황은 최악이었다. 적어도 절체절명이라는 문자가 머릿속을 스칠 정도로는.

하다못해 자신 때문에 말려든 벨만이라도 도주시켜야 한다고, 레피야는 자폭을 각오하고 식인꽃의 무리를 상대하려 했다.

당장이라도 뛰어들려 하는 식인꽃의 무리, 좁아지는 포위망을 앞에 두고 벨을 부축하며 애용하는 지팡이를 쥐었다.

『──오오오오오오오오오오오오오오오오오오오!!』

그리고 깨진 종을 두드리는 것 같은 절규가 울려 퍼진 직후.

한 줄기 바람이 무시무시한 기세로 전장에 난입했다.

『키익?!』

"──어?"

레피야와 벨에게 달려들려던 꽃머리 하나가 옆으로 날아가고 다른 식인꽃에게 부딪히면서 지면에 나뒹굴었다.

거듭 들려오는 충격과 굉음. 긴장했던 레피야와 벨이 눈앞의 광경에 아연실색하고 있으려니 강렬한 일격을 선보였던 난입자가 풀밭에 착지했다.

──아이즈 씨?

한순간 동경하는 소녀를 떠올렸던 레피야의 눈에 비친 것은── 바람에 흔들리는 롱 케이프였다.

"불온한 소란을 듣고 와봤더니…… 신종 몬스터로군요."

오른손에 든 것은 긴 목도, 몸에 걸친 것은 얇은 배틀클로스.

그리고 깊이 뒤집어쓴 후드에 가려진 얼굴.

이쪽을 지켜주고자 등을 돌린 한 모험자를 보고 레피야의 두 눈이 놀라움으로 물들었다.

분명 어젯밤의 구조대 속에 있었던──

"──복면, 모험자님?"

눈을 크게 뜨는 레피야의 옆에서 벨 또한 갈라진 목소리로 말했다.

"류, 씨……."

쏜살같이 달려온 단 한 명의 원군이 식인꽃의 무리 앞을 가로막았다.

상대의 거대한 몸을 한꺼번에 날려버렸던 목검에 섬멸의 의지를 담아 바람 가르는 소리를 낸다.

"엘프. 크라넬 씨와 함께 그곳에 계십시오."

"네, 네엣!!"

뒷모습으로부터 들려오는 늠름한 목소리에 레피야가 고개를 끄덕인 순간, 바람이 일어났다.

타앙. 풀밭을 박차는 날카로운 소리가 들린 후 모습이 사라지고── 정면에 있던 식인꽃이 날아갔다.

조금 전의 광경을 고스란히 재현해, 거구를 자랑하는 식인꽃을 목검 한 자루로 날려버린 것이다. 고막에 흘러드는 상쾌한 소리에 레피야가 눈을 깜빡일 틈도 없이 복면 모험자는 그대로 커다란 원을 그리면서 주위를 에워싼 몬스터를 휩쓸었다.

소년과 소녀에게 몰려들려 하는 적을 단숨에 멀리 밀어내버렸다.

'빠, 빠르다⋯⋯!!'

그야말로 질풍과도 같은 움직임에 경직된 레피야.

Lv.3의 동체시력으로도 따라갈 수가 없었다. 괴로움에 허덕이는 식인꽃의 무리가 무수한 촉수를 날렸지만 복면 모험자는 재빨리 이를 피해 다시 강렬한 일격을 꽂았다. 아직 남아 있던 수정기둥에 몬스터의 몸이 날아가 부딪혔다.

너무나 빠르고 날카로운 연격에 벨과 함께 전율해버렸다.

"아니⋯⋯?!"

그것은 이블스의 잔당도 마찬가지였다.

멀리 떨어진 장소에서 학살의 광경을 지켜보려던 그들은 너무나도 일방적인 전투에 경악해 중얼거렸다.

"⋯⋯이건."

한편 압도적인 공세를 펼치던 복면 모험자는, 아무리 날려버려도 분노의 노성을 지르며 일어나 달려드는 식인꽃을 보고 중얼거렸다.

목검에서 전해지는 표피의 감촉을 통해 상대가 성가시

리만치 단단하다는 사실을 알아차린 모양이었다. 아무리 힘을 발휘해도 파쇄할 수 없는 질긴 껍질에 경탄하는 기색을 보였다.

흠칫 놀란 레피야는 창졸간에 외쳤다.

"그, 그 몬스터에게 타격은 통하지 않아요! 참격이 유용해요!"

한순간 후드에서 엿보인 엘프의 귀, 그리고 아이즈와도 닮은 격렬한 고속전투에 눈길을 빼앗기면서 자신이 아는 정보를 전했다.

"그리고 '마력'에 반응하고요!"

직후.

왼손에 소태도를 장비해 촉수를 베어버린 모험자는 하늘색 눈을 가늘게 뜨고── 영창을 개시했다.

"【──지금은 머나먼 숲의 하늘. 무궁한 밤하늘에 흩뿌려진 무한한 별빛】."

'병행영창'.

레피야의 눈이 한껏 크게 뜨였다.

높아져가는 '마력'에 일제히 이끌린 열 마리나 되는 식인꽃, 날아드는 포효와 촉수. 그런 것들을 모두 흘려내고 가르고 튕겨내고 질주를 이어나가며, 복면 모험자는 드높은 노래를 전장에 퍼뜨렸다.

"【어리석은 나의 목소리에 호응하여 이 자리에 한 차례 유성의 가호를. 그대를 버린 자에게 빛의 자비를】."

공격, 이동, 회피, 영창. 방어를 포함하면 다섯 가지 행동을 고속으로 동시에 전개하는 것이다. 무엇보다 무시무시한 점은 영창을 하는데도 그 압도적인 전투속도가 조금도 떨어지지 않는다는 것이었다.

레피야는 헤아릴 수도 없는 충격을 받았다.

머릿속에 떠오른 것은 '마법검사'인 피르비스의 모습. 그러나 초단문영창형 '마법'을 사용하는 그녀와는 달리 지금 복면 모험자가 자아내는 것은 장문영창. 역시 매직 서클까진 전개되지 않았지만 저 영창에서 뿜어져 나올 마법은 틀림없는 고화력을 가진 '포격'이었다.

'병행영창'의 사용자와 '마법검사'.

이 두 가지를 명확하게 구분하는 것은 '마법'의 위력이라고 한다. 더욱 일반적으로 말한다면 매직 서클의 유무였다.

전자가 주로 '마법'을 무기 중 하나로 삼는 전열 및 중견 직업이라고 하면, 후자는 【마도】 어빌리티를 체득하는 등 '마법'에 특화되어 단독으로 전선에서 싸울 수 있는 사람을 가리킨다.

레피야와 리베리아를 분류한다면 '병행영창'을 체득한 후열 마도사, 다시 말해 이동포대인 것이다——.

따라서 엄밀하게 말하자면 저 복면 모험자는 '마법검사'가 아니다.

레피야와 같은 후열 출신 사람과는 애초에 근본이 다른

존재── 엘프 전사였다.

'피르비스 씨보다도, 리, 리베리아 님보다도……?!'

복면 모험자의 '병행영창'이 보여주는 정밀도는 순수한 후열 마도사인 리베리아의 것보다도 훨씬 날카롭고, 빠르고, 격렬했다.

아니, 그게 아니다. 도시 최강 마도사인 그녀보다도 노래에 익숙한 것이다.

단순히 '병행영창'을 사용했던 횟수.

격전의 최전선에서, 누구에게도 보호받지 못한 채 몇 번이나 '병행영창'을 자아냈던 것처럼, 이제까지 수없이 승리의 노래를 가져다주었던 것처럼, 그녀는 칼날을 휘두르며 처절한 노래를 입술에 실었다.

"【──오라, 방랑하는 바람, 유랑하는 나그네】."

【검희】를 방불케 하는 모습을 보이면서도, 그녀와의 사이에 존재하는 결정적인 차이가 있었다.

백병전만이 아니라 적의 대군을 순식간에 섬멸할 수 있는 마법화력.

전열 클래스에 어울리지 않는 이 '마력'의 규모와 영창량은 상위마도사의 포격에 필적했다.

그야말로 자신과 아이즈가 합쳐진 것 같은, 더욱 속도에 특화된 고속이동포대였다.

"【허공을 건너 황야를 달려, 무엇보다도 빠르게 달려라──】."

© Kiyotaka Haimura

모든 적을 자신에게 끌어모으면서도 공격을 개의치 않는 엘프 전사, 제1급 모험자조차 눈을 크게 뜰 만한 '병행영창'의 사용자에게 레피야는 할 말을 잃어버렸다.

한 줄기 바람처럼 춤을 추며 노래하는 그녀의 모습에 벨도 넋을 놓았다.

"【별빛을 담아 적을 쳐라】!"

곧 영창이 완성되었다.

동시에 후방으로 도약해 크게 간격을 벌리는 복면 모험자.

오른손에 든 목검을 식인꽃의 대군에게 향하며, 자신의 주위에 무수한 빛의 구체를 소환했다.

"【루미노스 윈드】!!"

녹색 바람을 두른 별빛의 마법이 발동되었다.

레피야가 가진 카드 중 하나와 같은 종류. 탄환의 숫자로 승부하는 【퓨절레이드 팔라리카】와는 달리 포탄 한 발 한 발의 규모가 압도적인 광역공격마법.

복면 모험자를 따라가려 하던 식인꽃의 무리는 거대한 빛의 구체가 만들어내는 일제포화에 휩싸였다.

『────────────────아아아!!』

엄청난 작열의 굉음이 솟아났다.

식인꽃의 무리는 명중당한 순간 빛에 휩쓸리며 몸이 뒤틀리고, 꽃잎과 촉수가 흔적도 없이 날아가버렸다. 너무나 강한 위력에 '극채색 마석'은 예외 없이 터져나가고, 몬스터들의 몸은 모조리 재로 변했다.

포격에 의한 메아리, 높이 쌓인 괴물들의 잔해, 그리고 흩날리는 재의 안개…… 시선 너머에서 이루어진 광경에 레피야와 벨은 얼굴을 실룩거렸다.

"……조금 지나쳤군요."

그런 소리를 중얼거리며 복면 모험자는 어떤 방향을 노려보았다.

하늘색 눈을 숲 안쪽으로 돌리자, 숨어 있던 이블스의 잔당은 황급히 도망친 후였다.

이제는 무슨 짓을 벌이려는 기색도 없었다. 전투종료였다.

몰아치는 바람에 케이프를 흩날리며 그녀는 소태도와 목검을 검대에 꽂았다.

이윽고, 아름다운 각선미를 절반 정도 가린 롱 케이프 자락을 펄럭이며 레피야와 벨에게 똑바로 다가왔다.

"아…… 구, 구해주셔서, 고맙습니다……. 그런데, 다, 당신은……?"

"문답은 나중에. 먼저 치료를 마치겠습니다."

눈앞까지 다가온 동족 모험자에게 레피야가 당황하며 입을 열자 상대는 이쪽의 몸을 보고 언급을 차단했다. 벨은 물론 레피야도 부상이 심했다.

말 그대로 복면 모험자는 이내 치료에 착수했다.

우선 벨을 그 자리에 앉힌다. 소년은 시키는 대로 따르면서, 일부러 정체를 감춘 상대의 이름을 레피야까지 있는 이 자리에서 불러도 좋은지 어떤지 어물거리는 것 같았다.

"저, 저기……."

"움직이지 마십시오, 크라넬 씨."

복면 모험자는 한쪽 무릎을 꿇고 오른손을 붙이듯 벨의 이마에 가져다 댔다.

"【지금은 머나먼 숲의 노래. 그리운 생명의 선율】."

그리고 조금 전과는 다른 주문을 읊기 시작했다.

"【그대를 바라는 이에게 부디 치유의 자비를】."

레피야도 벨도 설마하는 표정을 지었다.

"【노아 힐】."

두 사람의 예상대로 '회복마법'이 발동되었다.

나뭇가지 사이로 스며드는 햇살과도 같은 따뜻한 빛이 벨의 이마에 생긴 열상을, 얼굴의 찰과상을 천천히 치유해 주었다.

복면 모험자는 빛이 모여든 손바닥을 용해액에 불타고 짓무른 피부와 타박상을 입은 곳 등등 소년의 몸 곳곳에 가져다 대었다.

"회, 회복마법도 쓰셨어요……?"

"예. 포션처럼 즉효성은 없으므로 사용할 수 있는 상황은 한정됩니다만."

소비되는 마인드도 조금 전의 공격마법에 비해 효율이 좋지 못해 힐러와 비교할 정도는 못 된다고, 복면 모험자는 벨에게 대답했다.

모험자로서도, 마법종족인 엘프로서도 그러한 만능적인 모습을 보는 바람에 포격 바보, 가 아니라, 화력특화형인 레피야는 온갖 자신감이 꺾여나갈 것 같았지만 소년의 차례가 끝나자 동시에 치료를 받았다.

두 사람의 몸에서 외상이 사라지고, 녹았던 피부도 완전히 원래대로 돌아왔다.

매직 포션까지 나눠받은 벨은 비틀거리면서도 스스로 일어났다.

새삼 복면 모험자와 마주한 레피야는 이번에야말로 이것저것 물어보려 했지만.

"그러면 크라넬 씨…… 사정은 모르겠으나 아무리 저라해도 실망을 금할 수 없군요."

"으윽……."

엘프인 상대는 비난하는 눈빛을 보냈다. 후드 안에서 가늘게 뜬 하늘색 눈에 벨은 당황했다.

"저의 기억이 옳다면, 숲에서 미아가 된 당신을 야영지까지 바래다드린 것이 바로 조금 전이었습니다만."

"죄, 죄송합니다……!"

"한밤의 숲은 위험하다고도 말씀드렸습니다."

설교하듯, 숲을 헤맨 끝에 완전히 죽을 뻔했던 사실까지 나무라는 복면 모험자. 어깨를 움츠리며 고개를 조아리는 벨의 모습과도 맞물려 완전히 이웃집 누나에게 야단을 맞는 소년 같은 구도가 되었다.

한눈에도 알아볼 수 있는 상하관계였다.

"자, 잠시만요!"

그때.

레피야는 황급히 앞으로 나섰다.

"저 때문이었어요. 전부 저 때문에…… 이 사람이, 말려든 거였어요."

"……"

"이 사람은 잘못이 없어요…… 그러니까, 오해하지 마세요, 동포여."

레피야는 벨을 감싸주었다.

놀라는 소년을 내버려둔 채 입을 다문 동족 여성과 시선을 부딪쳤다.

이윽고 한참 망설이고는, 쥐어짜내듯 또박또박 말했다.

"……저를, 구해줬어요."

이블스와의 싸움에 끌어들이고 말았던 것은 말할 것도 없고, 트랩 몬스터와의 전투에서는 벨이 없었다면 위험했을 것이다.

소년을 인정하고 싶지 않다는 감정은 분명히 있지만…… 지켜주었다는 것만은 감사했다.

끙끙 신음소리를 내고픈 충동을 억누르며, 레피야는 자신의 잘못을 인정하고 소년을 나무라는 것은 잘못이라고 호소했다.

그 말을 조용히 듣던 복면 모험자는,

홋.

복면 안에서 분명히 미소를 지었다.

"당신 같은 동포를 만나 기쁩니다."

자신의 긍지를 억누르고 잘못을 인정할 수 있는, 엘프답지 않은 엘프의 존재에 그 목소리는 기쁨을 내비쳤다.

아마도 진심으로 기뻐하는 것이리라. 그 말에 레피야는 자기도 모르게 뺨을 붉혔다.

동족 여성은 벨을 다시 돌아보고 슬쩍 고개를 숙였다.

"죄송합니다, 크라넬 씨. 제가 섣부른 짓을 했습니다."

"아, 아뇨…… 저도, 잘못했는걸요."

사죄하는 복면 모험자와, 한 손을 머리에 얹는 벨.

오해가 풀렸다는 데 안도하면서도,

──이 목소리와 행동거지를 어디선가 듣고 본 적이 있는 것 같은데…… 구체적으로는 어떤 주점에서…….

그렇게 레피야는 복면 모험자에게 목에 가시가 걸린 것 같은 의문을 부풀렸다.

머리를 쥐어싸면서 혼자 끙끙거리고 있으려니── 나무를 박차는 소리가 들리고, 금발금안의 소녀가 위에서 뛰어내렸다.

"레피야!"

"아이즈 씨?!"

자신들에게서 조금 떨어진 곳에 착지한 아이즈를 돌아보는 레피야.

놀라는 그녀와 벨의 무사한 모습에 아이즈는 안도한 표정을 짓더니, 이내 복면 모험자의 존재도 알아차렸다.

"【검희】……."

복면 모험자도 아이즈의 별명을 중얼거리고 후드로 자신의 얼굴을 감추었다.

그녀의 뒤를 이어 이쪽으로 향하는 기척을 알아차렸는지,

""아.""

레피야와 벨이 그렇게 중얼거릴 틈도 없이 풀밭을 박차고 뒤로 물러났다.

"그녀가 있으면 이제는 괜찮겠지요. 마음에 걸리는 것도 있었으니 저는 이만."

두 사람에게 실례한다는 말을 남기고 복면 모험자는 아이즈가 왔던 곳과는 반대 방향으로 떠나갔다.

숲으로 사라지는 그녀를 레피야도 벨도, 아이즈도 말없이 지켜보았다.

이윽고, 이쪽으로 발을 돌린 아이즈가 두 사람의 모습을 보고 근심스레 물었다.

"두 사람 다 괜찮아? 무슨 일…… 있었지?"

맞아, 여기서 보고 들은 걸 말씀드려야 해.

레피야가 설명하려 했을 때——

"리베리아, 찾았어!"

"아르고노트 군도 있다~!"

티오네, 티오나가 그 자리에 도착했다.

아이즈와 마찬가지로 나무 위를 뛰어 달려온 그녀들과 합류해, 레피야는 사태의 경위와 자신의 추측을 세 사람에게 설명했다. 물론 외부인인 벨에게는 들리지 않도록 멀찌감치 떨어뜨려놓고.

리베리아가 한발 늦게 도착했을 무렵, 이야기를 다 들은 아이즈와 아마조네스 자매는 심각한 표정을 짓고 있었다.

"……사정은 알겠어. 여기는 우리하고 리베리아가 조사할 테니까 레피야, 너희는 일단 캠프로 돌아가. 아이즈는 두 사람을 바래다주고."

"어…… 자, 잠깐만요, 티오네 씨?!"

여기서 있었던 일을 직접 보고 들은 자신도 조사에 가담하겠다고 지원하려는 레피야. 그러나 티오네는 발언을 제지했다.

"얌전히 말 들어. 캠프에 남아 계신 단장님께 자세한 정보를 설명하는 건 너만이 할 수 있는 일이야. 그렇지, 리베리아?"

"그래. 정보에 따라서는 핀이 다른 단원들을 움직일 게다. 빨리 알려서 나쁠 건 없지."

은백색 지팡이를 들며 다가온 리베리아에게도 그런 말을 들으면 레피야는 찍소리도 할 수 없었다.

결정타를 날리려는 양, 우르가를 끌어안은 티오나가 생글생글 말했다.

"게다가 레피야도 아르고노트 군도 엉망이잖아. 무리하지 말고 얼른 쉬는 게 좋겠어. 아르고노트 군이 가엾잖아?"

그 말에 흠칫 돌아보았다.

멀찌감치 떨어져 오도카니 선 벨은 상처가 아물었다고 는 하지만 피로를 감추지 못하는 기색이었다. 치유마법이 나 포션으로는 아물지 않는 전투의——아마도 마지막 포 격의——반동을 꾹 참는 기색이 슬쩍슬쩍 엿보였다.

소년을 끌어들일 대로 끌어들여놓고는, 일이 남았으니 그만 가보세요—— 라고 할 수는 없었다. 합리성의 문제 가 아니라, 한 명의 엘프로서.

"네에……."

찜찜한 마음이 든 레피야는 고분고분 고개를 끄덕였다.

"아이즈, 부탁한다."

"알았어."

리베리아에게 휴대용 마석등을 받아들고 아이즈는 두 사람을 호위했다.

손을 흔드는 티오나와 잠시 작별해, 세 사람은 야영지를 향해 걷기 시작했다.

"……괜찮아?"

셋이 한밤의 숲을 걸어가는 도중, 아이즈는 역시 걱정되 는 듯 물었다.

"아하하…… 괜찮아요. 일단 치료도 받았고."

벨은 억지로 웃으면서 짐짓 허세를 부렸지만, 이내 발밑을 내려다보았다.

"하지만 신발이 너덜너덜해졌네요…….."

아이즈가 든 마석등에 비친 것은 이미 원형을 알아볼 수
도 없는 부츠였다.

레피야와 벨의 배틀클로스에는 몇 곳이나 녹아내린 자
국이 있었다.

그중에서도 용해액에 계속 잠겼던 발은 가장 심했다. 피
부도 조금 전까지는 그랬지만 신발이나 부츠는 벌레 먹은
것처럼 구멍투성이였다.

"야영지에는 벗어놓고 온 그리브가 있지만요…….."

그렇게 말꼬리를 흐리는 벨을 흘끔흘끔 곁눈질하던 레
피야는 될 수 있는 대로 무뚝뚝하게 말했다.

"캠프에 돌아가면 새 부츠를 주겠어요. 없으면 리빌라에
가서 사 올 테니까."

"네……? 그, 그래도 괜찮을까요?"

"괜찮아요!"

돌아보는 벨에게 다시 쌀쌀맞게 대답했다.

"착각은, 하지 마세요. ……끌어들인 건 내 잘못이었으
니까. 그냥 그것뿐이에요!"

소년을 돌아보며 대들듯이 말한다.

눈을 연신 깜빡이던 벨은, 잠시 후 어딘가 간지러운 듯
한 쓴웃음을 지었다.

멋쩍음을 얼버무리려고 레피야는 홱 고개를 돌려 앞을

보았다.

"……."

그런 두 사람을 빤히 바라보던 아이즈가 말했다.

"둘이…… 친해졌네?"

"네?!"

괴상한 목소리를 낸 레피야는 아이즈를 홱 돌아보았다.

"아, 아니에요, 아이즈 씨?! 오해예요! 절대 그렇지 않아요! 그런 일은 영원토록 찾아오지 않을 거고……!"

"아하하……."

"이봐요, 당신도 아이즈 씨의 오해를 풀란 말예요!! 왜 이상하게 웃고 있어요?!"

"역시 친해졌어……."

"아, 아니라니까요, 아이즈 씨이~~~~~~~~~~~~~?!"

동경하는 소녀의 엉뚱한 지적, 무어라 형언할 수 없는 얼굴로 헛웃음을 짓는 벨, 끄덕끄덕 혼자서 수긍하는 아이즈, 그리고 울부짖는 레피야.

수정의 밤하늘이 지켜보는 가운데, 소년과 소녀들은 나란히 귀가했다.

막간

무대의 이면

Гэта казка іншага сям'і.

За кулісамі

지면에서 돋아난 청수정이 희미하게, 혹은 요사스럽게 빛났다.

계층 동쪽 끝에서 멀리 떨어진 깊은 숲 속 한곳.

거대한 크리스탈이 주위를 에워싼 그 장소에선 고통에 신음하는 목소리가 울려 퍼졌다.

거친 숨소리는 2인분. 그 목소리의 주인들에게, 어둠 속에서 롱 케이프를 출렁거리는 인물은 손에 든 한 자루의 소태도를 휙 휘둘렀다. 칼날에 묻은 피가 은색 검신에서 튕겨져 날아갔다.

"그러면 묻겠다."

후드를 깊이 눌러쓴 복면 모험자는 나직한 목소리로 발밑에 쓰러진 사내들을 내려다보았다.

지면에 쓰러진 것은 두 명의 사내.

레피야와 벨에게 식인꽃의 무리를 붙였던, 바로 그 이블스의 잔당들이었다.

이마받이와 두건이 벗겨져나간 몸집 큰 휴먼과 엘프 청년은 자신들을 내려다보는 냉혹한 하늘색 눈에 공포를 드러냈다.

"그 신종 몬스터를 풀어놓은 것은 당신들이었나? 만약 그렇다면 이곳에서 무엇을 하려는 거지?"

동포 소녀와 백발 소년을 '마법'으로 치유해준 사람과 동일인물이라고는 여겨지지 않을 만큼 복면 모험자의 목소리는 냉랭했다.

주위의 수풀과 수정에는 사내들에게서 튄 혈흔이 새겨졌다. 사내들의 팔다리 힘줄은 무참히 잘려나가 꼼짝도 할 수 없는 상태였다.

복면 모험자는 레피야, 벨과 헤어진 후 두 사람을 습격한 이자들을 쫓아왔다. 어디까지나 신종 몬스터의 존재를 위험시했기 때문이었다. 그리고 일말의 의구심도 있었다.

사실 이 대삼림은 엘프인 그녀의 앞마당이나 마찬가지였다.

이곳에는 친구의 유품을 묻어놓은 묘가 있으며, 그곳에 바칠 흰 꽃이 피는 나무가 어디 있는지, 나아가서는 과일이 열리는 장소가 어디인지도 잘 안다. 그녀가 추적에 나선 시점에서 사내들이 도망칠 길은 남지 않았던 것이다.

"크윽……!!"

드러누운 채 쓰러진 사내들의 로브는 걷힌 상태였다. 벌어진 천 아래에는 온몸에 감긴 새빨간 홍옥, 자결용 '화염석'이 무수히 있었다.

그들은 치아에 독을 숨겨놓거나 하지는 않는다. 자신의 목숨을 끊는다 해도, 몸을 불태우는 자폭이 아니고선 등에 새겨진 【히에로글리프】의 각인── 자신의 진명과 주신의 이름이 새겨진 '팔나'가 '스테이터스 시프'로 폭로되기 때문이다.

그 사실을 알기에 복면 모험자도 사내들의 입을 막으려하지는 않았다.

그들의 생살여탈권을 쥔 엘프 여성은 냉혹할 정도로 말을 거듭했다.

"게다가 그 자결용 장비…… 나는 그것을 본 적이 있다."

한 친구의 목숨을 앗아갔던 장비라고, 한층 나직한 음성을 내뱉으며 두 눈을 부릅뜬다.

"그 파벌의 생존자—— 이블스의 잔당이로군."

심대한 살기가 풀려나왔다.

증오를 넘어선, 너무나도 순수하고도 강렬한 살의에 이블스의 잔당들은 부르르 떨었다.

몸을 움츠리고 비지땀을 흘렸으며, 몸집 커다란 휴먼은 실금까지 해버렸을 정도였다.

"아무 말도 하지 않겠다면 등을 욕보여 너희의 정체를 파헤치겠다. 파헤쳐서 사신과 손을 잡은 자들을 멸할 것이다."

"그, 그만!! 안 돼!!"

견디지 못하고 휴먼 남자가 비명을 질렀다.

자신을 내려다보는 요정의 가죽을 쓴 악귀에게서 필사적으로 거리를 벌리려 했지만 그럴 수는 없었다.

사내가 몇 번이나 몸을 흔들며 발버둥을 치는 가운데…… 엘프 청년은 얼굴을 실룩거리며 웃었다.

"하, 하하하……."

"뭐가 우습지?"

"나, 나는 안다, 그 눈……. 복수를 맹세하고, 이룬 자의 눈이야.”

　자신과 같다며, 엘프 청년은 비웃음을 흘렸다.

　연민과 조소. 그런 것들을 머금고 올려다보는 상대의 눈빛에 복면 모험자는 뱃속까지 싸늘해질 정도로 눈을 가늘게 떴다.

　“이름도 모를 동포여. 사랑하는 이와…… 죽어 작별한 이와, 다시 만나고 싶지는 않나?”

　“죽은 자는 되살아나지 않아.”

　“그렇지만 재회할 수는 있지.”

　“무슨 소릴.”

　흑, 흑, 몇 번이나 허덕이고 과호흡에 빠지면서도 청년은 미모를 일그러뜨리며 연신 웃었다. 동료 휴먼이 믿지 못할 것을 보는 양, 전율하는 눈빛으로 그의 옆얼굴을 쳐다보았다.

　자신과 같은 과거를 가진 자, 문자 그대로 동포에게 정을 베풀어주듯── 금기를 저버리듯, 엘프 청년은 떨리는 목소리로 속삭였다.

　“우리의 주인에게 충성을 맹세해라. 그러면 너에게도──”

　그때였다.

　머리 위에서 날카로운 은빛 광채가 내달렸다.

　자신에게 날아든 칼날을 복면 모험자가 무시무시한 반응속도로 회피한 것과 동시에, 휴먼과 엘프 청년의 목에 투검이 꽂혔다.

"커, 억……?"

"앗?!"

울컥 피가 솟구치는 이블스의 잔당을 보고 복면 모험자는 경악했다.

연속으로 투척된 암기. 첫 투검으로 사내들에게서 자신을 멀찌감치 떨어뜨려 보호하지 못하도록 만들고는 진짜 목적인 두 번째 투검을 날린 것이다.

목에 뚫린 구멍으로 울컥울컥 선혈을 쏟아 사내들이 아무 말도 하지 못하는 가운데, 복면 모험자는 칼날이 날아온 방향을 휙 돌아보았다.

나뭇가지 위에서 일렁이는 진남색 후디드 로브.

으스스한 무늬의 가면을 쓴 수수께끼의 인물이었다.

『이블스의. 찌꺼기. 놈들……. 발목이나. 잡는. 무능력자들. 같으니.』

온갖 육성이 겹쳐진 기분 나쁜 음성에 복면 모험자가 누구냐고 물으려던 찰나.

오른팔에 낀 메탈글러브가 품에서 붉은색 '마검'을 꺼냈다.

"——!"

단검 형태의 그 마검을 본 복면 모험자는 얼어붙어버렸다.

그리고 그녀의 쓸데없는 행동을 용납하지 않은 채, 가면을 쓴 인물은 지체 없이 '마검'을 휘둘렀다.

그곳에서 튀어나온 불덩어리가 간신히 숨만 붙어 있던 이블스의 잔당들을 휩쓸었다.

"큭——?!"

케이프를 펄럭이며 긴급이탈한 직후, 요란한 폭발이 일어났다. '화염석'에 불을 붙이는 강제폭파가 감행된 것이다.

폭풍에 얻어맞으면서도 간신히 화를 모면한 복면 모험자는 고개를 들고, 눈앞에 펼쳐진 참상에 눈을 가늘게 떴다. 파헤쳐진 지면, 타오르는 초목, 그리고 시커멓게 타 산산조각이 난—— 한때 인간이었던 존재.

살이 타는 끔찍한 악취가 주위에 자욱했다.

복면 모험자가 고개를 들자 이미 가면의 인물은 자취를 감춘 후였다.

"……."

처절한 입막음. 이미 얻을 수 있는 정보는 아무것도 없다. 후드 안에서 얼굴을 일그러뜨린 엘프 여성은 한 방 먹었다고 탄식했다.

한숨을 쉬며 주위를 둘러보니, 다행히 불길은 주위를 에워싼 거대한 크리스탈에 가로막혀 이 이상은 퍼질 걱정이 없을 것 같았다. 연기와 불똥이 흩날리는 가운데 복면 모험자는 말없이 폭심지로 다가갔다.

사내들의 소지품을 조사하는 것은 역시 불가능했다. 그들이 모아놓은 '화염석'이 기폭되면서 모조리 날려버린 것이다. 불에 타고 박살이 나 주위로 흩어진 살조각은 더 이상 어느 부위인지 알아볼 수도 없었다.

복면 모험자는 마지막으로 애도하듯 눈을 감고 그 자리를 떠나려 했다.

"......?"

문득, 시야를 스친 광채에 복면 모험자는 발을 멈추었다.

덤불 뒤에 숨겨진 광원으로 다가가 이를 주워들었다.

"이건......"

이블스의 잔당이 가지고 있던 것일까? 그렇다면 상당한 강도라고 할 수 있다. 폭풍에 여기까지 날아온 걸까.

불꽃의 열기에 다소 녹은 흔적은 있지만 원래 형태인 구형을 거의 유지했다.

손바닥에 들어갈 정도의 크기에, 재질은 인간의 손으로 만들어진 정제금속.

내부에는 붉은 구체── 안구 같은 물체가 담겼다.

표면에는 코이네 공통어와도, 【히에로글리프】와도 다른 'D' 형태의 기호가 새겨져 있었다.

"......매직 아이템?"

의아함이 담긴 목소리가 조그만 입술에서 흘러나왔다.

이윽고 복면 모험자는 입수한 구체를 품에 넣은 후 재빨리 그 자리를 떠났다.

"역시 아무것도 찾지 못한 모양이야, 레피야."

수정의 흰 빛살이 내리쪼이는 제18계층의 이른 아침.

【로키 파밀리아】의 많은 단원들이 분담해 숲을 수색하는 가운데 핀의 말에 레피야는 아연실색했다.

"그럴 수가……."

어제의 전투로부터 하룻밤이 지나.

레피야가 가져온 정보를 토대로 핀은 이곳 대삼림의 동쪽 끝 부근을 단원들에게 조사하도록 명령했다. '숲의 파수꾼'인 트랩 몬스터를 설치하면서까지 이블스의 잔당이 무언가를 지키려 했다, 혹은 무언가를 감추려 했다는 레피야의 설명을 믿고.

그러나 결과는 지금 핀이 말한 대로였다.

어젯밤부터 현재에 걸쳐 범위를 넓히며 조사했지만 수상쩍은 물품이나 흔적은 전혀 발견할 수 없었다.

계층의 '아침'을 맞아, 전투의 피로를 풀고 재빨리 돌아온 레피야는 주위의 숲과 지친 단원들을 둘러보며 당황할 수밖에 없었다.

"하, 하지만…… 단장님, 분명 저희는 극채색 몬스터와 싸웠는걸요!"

"너를 의심하는 건 아니고, 네가 들려준 추측도 옳다고 생각해. 게다가 저런 구멍을 보면 믿지 않을 수도 없고."

파룸 두령이 쳐다본 곳, 땅바닥에는 레피야와 벨이 날린 포격의 흔적이 있었다. 암반은 마치 지진이 일어나 무너진 것처럼 엉망진창이었다.

주위에도 쓰러진 수정기둥의 덩어리가 널브러져 있다. 다만 스톤 서클과도 같은 수정의 숲은 이미 지면에서 새로 돋아나 복원되고 있었다. 보아하니 이 일대는 던전의 수복 속도가 빠른 모양이었다.

뒤랑달 속성을 가진 장창을 들며 핀은 호면과도 같은 푸른 눈을 가늘게 떴다.

"여기에 뭔가가 있었거나…… 혹은 아직 남아 있을지도."

"……."

"만약 후자라고 한다면, **지금의 우리로서는** 발견하지 못하는 물건인 모양이지."

엄지를 핥으며 핀은 확신하듯 중얼거렸다.

"이대로 탐색을 계속해봤자 소용없을 거야. 감이지만."

"그, 그러면……."

"그래. 철수하겠어. 캠프에 있는 일행도 지금쯤 짐을 다 꾸렸을 테고."

야영지에서는 아이즈와 티오나 자매, 리베리아, 가레스가 귀환 준비를 진행하는 중이다.

사고가 잇따라 벌어진 이번 '원정'에서는 단원들의 피로도 정점에 달하려 했다. 출발 시기를 미룰 수는 없었다.

로키와 만나, 한시라도 빨리 서로 정보를 공유할 필요도 있었다.

핀의 판단에 레피야가 끼어들 수는 없었다.

"어찌 됐든 이 에어리어가 수상하다는 점에는 변함이 없어. 장비를 갖춰서 다시 조사해야지."

"……알겠, 어요."

"그럼 돌아갈까. ──라울, 철수하자. 모두 집합시켜!"

"넵!"

핀의 호령에 주위에 흩어졌던 단원들이 모였다.

레피야는 지팡이를 꼭 쥔 채 트랩 몬스터와 전투했던 흔적을 바라보았다.

복면 모험자가 이블스의 잔당과 접촉했다는 사실을 알지 못한 채, 【로키 파밀리아】는 계층 동쪽에서 철수했다.

에필로그
돌아갈 곳으로

"토끼 자식이 있다니 어떻게 된 거야?! 난 그런 말 못 들었어!!"

"이렇게 시끄러워지니까 베이트한테는 설명을 안 한 거지~. 자자, 저리 가 저리 가~."

"야, 인마! 바보 아마조네스!!"

【로키 파밀리아】 원정대 귀환 당일.

계층의 '아침'이 시작된 가운데 야영지는 소란스러웠다.

모두들 출발 준비에 바빴다. 아이즈의 주위에서는 수많은 단원들이 천막을 접고, 한데 모은 물자를 운반용 카고에 채워넣었다. 그런 가운데 벨이 이 야영지에 체류했다는 말을 들은 웨어울프 베이트는 거친 목소리로 티오나와 티오네에게 힐문하고 있었다.

해독약을 가져오기 위해 지상과 미궁을 왕복했던 베이트에게는 아닌 밤중에 홍두깨였을 것이다. 자지도 쉬지도 않고 달려왔던 그는 어젯밤에 귀환한 직후 벨 일행의 모습을 목격하지 못한 채 잠자리에 들어버렸기 때문이다.

티오나와 티오네 또한 마침 잘됐다고 의도적으로 전하지 않았던 면도 없잖아 있을지 모른다.

"야, 아이즈! 토끼 자식 얘기가 사실이야?!"

"응…… 사실."

티오나와 티오네가 매정하게 대하는 바람에 이마에 핏대를 세운 베이트는 아이즈를 붙잡고 물어보았다.

순순히 고개를 끄덕이자, 그는 이게 어떻게 된 노릇이냐며 혀를 차더니…… 갑자기 입을 꾹 다물었다. 그리고는 갈팡질팡하기 시작한다.

아이즈가 고개를 갸웃하니 그는 얼굴을 들이대고, 나직한 목소리로 물었다.

"어, 야, 아이즈…… 그럼 그 얘기도, 진짜야?"

"그 얘기……?"

"그거 말야, 그거! 거시기 그…… 아~ 늬들이 목욕하는 거 훔쳐봤다느니 뭐니 하는 얘기!"

검희친위대……가 아니라 단원들이 밀고라도 했는지 베이트는 물놀이 때의 해프닝에 관해 언급했다. 그 순간 감정이 희박한 아이즈가 눈을 크게 뜨더니 뺨을 중심으로 얼굴을 분홍색으로 물들였다.

어젯밤에 그랬듯 우물쭈물 두 손을 맞잡으며 발밑으로 시선을 떨군 아이즈는 말없이 고개를 끄덕였다. 부끄러움을 감추려고도 하지 않고.

소녀의 긍정을 직접 본 베이트는 충격을 받았다.

"그, 그 자식…… 나도 못 하는 짓을, 서슴없이?"

부들부들 떠는 베이트는 분명 전율하는 것 같았다. 아마도 무언가를 오해하면서.

헤르메스가 일으킨 소동이었다고 아이즈가 황급히 덧붙이려 했지만,

"……아이즈."

베이트는 갑자기 그때까지의 분위기가 거짓말이었던 것

처럼 진지한 표정을 지었다.

날카로운 호박색 눈동자에 거친 빛을 띠면서 묻는다.

"토끼 자식이 여기에, 중층 영역까지 왔다는 건……Lv.2가 된 거야?"

청년의 눈빛에 아이즈는 다시 끄덕 수긍했다.

"그 자식……."

베이트는 쳇 혀 차는 소리를 냈다.

"아이즈, 토끼 자식은 지금 어디 있어?"

"……."

그리고 벨의 위치를 묻는다.

반면 아이즈는 심각한 표정으로——다른 이들이 보기에는 여느 때처럼 무표정하게——입을 다물었다.

어디 있는지 물으면, 아마 빌려준 천막 안에 있을 것이다. 조금 전 헤스티아와 함께 텐트 안으로 들어가는 것을 보았다.

하지만 아이즈는 가르쳐주고 싶지 않았다. 정확하게는 베이트와 벨을 만나게 하고 싶지 않았다.

거슬러 올라가기를 약 2주 전, '원정' 첫째 날이었다. 제7계층을 이동하던 중 아이즈는 소년의 동경…… 아니아니, 목표가 베이트일지도 모른다고 생각하고 원인 모를 요란한 충격을 받아버렸던 것이다. 솔직히 지금도 그 의구심은 버리지 못했다. 오늘까지 몇 번이나 기회는 있었지만 무서워서 소년에게 물어보지 못했다.

© Kiyotaka Haimura

만약 예상이 적중한다면 어떻게 될까.

——베이트 씨, 베이트 씨에게 인정받고 싶어서 노력했어요!

——아앙? 그 정도 가지고 뻐기기는!

그런 대화가 아이즈의 머릿속에서 펼쳐졌다. 머릿속의 소년은 두 눈을 반짝반짝 빛내고 있었다.

…………싫다.

무지무지 싫다.

구체적으로 말하자면, 마음속의 어린 아이즈가 두 무릎을 끌어안고 틀어박힐 만큼.

굉장히 보고 싶지 않았다. 그리고 마음이 갑갑해졌다.

따라서 아이즈는 시치미를 떼었다.

"………………저쪽."

매우 뻔뻔하게, 눈을 스스스 옆으로 피하면서 전혀 뜬금없는 방향을 가리키는 아이즈.

"저쪽이란 말이지."

그렇게 말하고 야영지 구석으로 저벅저벅 걸어가는 베이트.

거짓말을 한 아이즈는 상당히 뒤가 켕겼지만 어떻게도 할 수 없었다. 그러고 보니 베이트도 베이트대로 호칭이 '토마토 자식'에서 '토끼 자식'으로 랭크 업했다. ……역시 위험한 것이다. 꼴깍.

"……이봐, 동료의 무기를 정비하고 싶은데 연마석하고 다른 도구 좀 빌려줘."

"흐음? 그게 남에게 무언가를 부탁하시는 태도인가, 벨 식이?"

"…………부디 도구를 빌려줘. 부탁이야."

"으응~? 안 들리네마안~?"

"너 인마……!!"

그러저러하는 동안 출발 준비도 가경에 달했다. 하위 단원들이 바쁘게 오가는 가운데 야영지 중심에서는 츠바키가 능글능글 웃으며 예의 스미스 청년을 놀리고 있었다. 그녀를 비롯한 【헤파이스토스 파밀리아】와 벨 일행은 양분된 부대 중 후발대를 따라가게 되었다.

아이즈가 편성된 선봉대는 야영지 바깥——남쪽 연결로 방면에 모였다. 계층 동쪽 끝을 조사하고 돌아온 핀과 레피야, 티오나와 티오네 같은 사람들과 함께 제17계층의 골라이아스——해독약 운반을 우선시했던 베이트가 속도를 앞세워 그냥 지나친 '몬스터렉스'——를 퇴치하기 위한 주요 전력이 갖추어졌다. 아이즈에게 속아 결국 소년을 찾지 못했던 베이트도 언짢은 표정으로 합류했다.

——가자.

가슴받이와 허리 방어구는 이미 완전무장. 애검도 허리에 찬 아이즈는 티오나와 일행에게 다가가 그대로 연결로가 있는 동굴까지 이동을 개시했다.

"어, 아이즈 씨!"

그때.

파티 제일 뒤에서 걷던 아이즈의 등에 목소리가 들려왔다.

목소리만으로 상대를 알아차린 아이즈는 눈을 살짝 크게 뜨고 천천히 돌아보았다.

자기도 모르게 이름을 불렀던 것처럼, 백발 소년은 조금 망설이듯 이쪽으로 다가왔다.

"벌써 가시는 거예요?"

"응……. 먼저 가는 파티에 편성됐으니까."

소년도 던전으로 출발하기 위해 장비를 갖춘 경장 차림이었다.

안색은 밝다. 어젯밤의 피로도 보이지 않아, 컨디션은 좋아 보였다.

아이즈는 마음을 놓았다. 그러자,

"저, 저기……."

"?"

벨은 무언가를 말하려다 말고 시선을 좌우로 돌렸다.

무언가 답답한 듯이…… 복잡한 감정에 휩쓸린 것 같은 그 모습에 아이즈가 의아한 표정을 짓고 있으려니.

벨은 고개를 들고, 망설임을 떨쳐내듯 입을 열었다.

"……조심하세요."

아이즈는 내심 엄청나게 놀랐다.

【검희】인 자신에게 그런 말을 했던 사람은, 【로키 파밀리아】의 전우들까지 포함해도 거의 없었기 때문이다.

어디까지나 지나치게 강한 그녀에 대한 신뢰의 증거겠지만, 그래도 오랫동안 듣지 못했던 그 말은 소녀의 마음에 부드러운 파문을 일으켰다.

"……너도, 조심해."

정신이 들고 보니 아이즈는 입술에 웃음을 짓고 있었다.

"또 봐."

"……."

그렇게 말하고, 아이즈는 벨에게 등을 돌렸다.

아마 지상으로 귀환한 후 다시 만날 일은 없을 것이다. 아이즈도 벨도 각자 집으로 돌아간다.

다음에 만날 날은 언제쯤일까.

그런 생각을 하면서, 아이즈는 작별을 고한 소년에게서 걸음을 옮겼다.

"아이즈~ 아르고노트 군이랑 무슨 얘기 했어~?"

"음…… 인사?"

"뭐야, 어빌리티 올 S의 비결이라도 들은 거 아니었어? 알아냈으면 좋았을 텐데. 분명 아이즈라면 그 아이도 이야기해줄걸?"

"어…… 무리, 아닐까?"

숲을 나아가며 티오나, 티오네와 대화를 했다.

농담을 하는 두 사람과 웃음을 나누는 가운데, 아이즈는 곁에서 걷던 레피야게게도 말을 걸었다.

"레피야는 작별인사, 했어?"

"……."

두 사람이 친해졌다고 착각하는 아이즈에게 엘프 후배는 부루퉁한 표정을 지으며 대답했다.

"……전할 말은, 전했어요."

"?"

어제는 미안했어요. 고마웠어요. 하지만 용서는 안 할 거예요.

전할 말은 그것뿐이었다. 그거면 충분했다.

또다시 티오나 자매의 화제에 올라온 소년에게 부루퉁해진 엘프 후배를 보며 아이즈는 고개를 갸웃했다.

"그러면 제17계층까지 가기 전에 확인해두겠는데."

숲을 빠져나간 곳, 계층 남쪽 끝의 암벽에 뚫린 동굴 앞에서 핀이 부대를 정지시켰다.

선봉의 지휘를 맡은 사람은 그였다. 후발대에는 리베리아와 가레스가 있다.

핀은 티오나와 티오네, 베이트, 레피야, 아이즈, 그리고 라울을 비롯한 다른 단원들의 얼굴을 둘러보았다.

"위쪽의 대형 룸에는 골라이아스가 나왔어. 물론 우리는 놈을 격파할 거야. 보통 때 같으면 간부 이외의 사람들에게 경험을 쌓게 하겠지만…… 이번 '원정'에선 이상사태가 속출해 피로가 심하니, 만전을 기해 간부들도 처음부터 참가시키겠어. 이의가 있는 사람은…… 없다고 생각하지만? 너희도 슬슬 지상의 빛이 그립겠지? 사실은 나도 얼른 홈에 가 침대에서 푹 쉬고 싶거든."

두령의 너스레에 단원들이 왁자하게 웃었다.

"뭣하시면 제가 곁에서 동침을!!"

분위기 파악 못하는 아마조네스 언니를 여동생이 말리는 가운데, 하급 단원들의 긴장을 풀어준 핀은 표정을 다 잡았다.

"티오나, 티오네, 베이트. 셋이 전열을 맡아줘. 잡아버려도 아무 말 안 할 테니까 우선 골라이아스의 발을 묶어놔. '마석'은 반드시 수습하고."

"응~!" "알겠습니다!" "그래."

"아이즈는 중견. 공수 양쪽을 지원해주고."

"알았어."

"라울과 나머지는 후열을 지켜줘. 수비수 역할에서 밀려난 사람은 다른 졸개 몬스터들을 맡도록."

"옙!"

"마도사들은 룸에 돌입하면 영창 개시. 준비가 갖춰지는 대로 일제포화. 골라이아스와 함께 적을 섬멸하겠어. 신호는 레피야, 네가 보내."

"네, 네엣!"

각 단원들에게 명령을 전달하는 핀.

통솔자의 분위기를 띤 그는 부담감도 없이 담담히 말

했다.

"3분 안에 끝내자. 간다── 전원 전투준비."

모든 단원이 일제히 무기를 뽑았다.

장비를 마친 그들의 얼굴은 이미 '골라이아스' 따위 몇 분 만에 격파할 수 있는 도시 최대 파벌의 정예다운 얼굴이 되었다.

일행은 어스름이 이어지는 동굴을 바라보았다.

오 오 오 오 오── 거인의 포효가 멀리서 들려오는 연결로를 향해, 모두들 돌입했다.

❦

"……."

횃불의 불꽃이 일렁거렸다.

'고대'의 신전을 방불케 하는 석조 홀. 주위는 어스름했으며 타오르는 불꽃의 소리를 제외하면 정적에 휩싸였다. 길드 본부 지하 '기도의 방'이었다.

네 개의 횃불이 놓인 중앙 제단 위, 거대한 신좌에 앉은 노신 우라노스는 푸른 두 눈을 가늘게 떴다.

"왜 그래, 우라노스?"

자신의 발밑을 바라보는 그에게 곁에 있던 흑의인물이 말을 걸었다.

자신의 측근인 마술사 펠즈에게 우라노스가 입을 열

었다.

"나의 신의가 던전에 닿지 않게 되었다."

그 발언에 펠즈는 한순간 경직하더니, 칠흑의 로브를 출렁이며 경악해 외쳤다.

"설마 '기도'가 끊어졌단 말이야?!"

"그렇다…… 던전이 **폭주**하고 있다."

펠즈의 물음에 우라노스는 불온한 발언으로 대답했다.

그는 눈 아래, 지금 있는 제단 바로 아래에 펼쳐진 지하 미궁을 준엄한 표정으로 바라보았다.

"아마도 신이 던전에 침입했겠지. 던전은 이를 알아차리고 말았다. 그러나 이것은…….."

자신의 생각을 말한 후, 부동의 노신은 말을 끊었다.

마치 속에 품은 우려를 주체하지 못하는 듯 무거운 침묵을 띠었다.

"……우라노스, 이건."

"그래…….."

펠즈의 말에 우라노스는 고개를 끄덕였다.

"제우스와 헤라가 사라진 후로 변천을 맞이하고 있는 것인가…….."

이곳이 아닌 어딘가로 시선을 보내듯, 어둠에 잠긴 머리 위를 우러러본다.

이윽고 신은 조용히 눈을 감았다.

"시대가 움직인다."

"……?"

부츠에서 전해지는 진동에 아이즈는 시선을 떨구었다.

"흔들리잖아……?"

"던전이, 떨고 있어?"

발밑을 바라보는 그녀 외에도 티오나와 티오네, 베이트, 레피야를 비롯한 선발대 멤버들은 하나같이 미궁의 바닥을 내려다보았다.

던전 '상층', 제8계층이었다.

마침내 중층 영역을 돌파해 분위기도 느슨해진 가운데, 갑자기 감지된 진동에 부대는 발을 멈추고 말았다. 경험해보지 못한 일은 모두 이상사태의 전조라 해도 과언이 아니다. 많은 상급 모험자들이 그 사실을 몸으로 알고 있다.

미로 곳곳에 있던 몬스터들까지도 겁을 먹은 듯 아이즈 일행의 시야에서 사라지는 가운데.

발생원은 이곳보다도 하부의 계층이라 여겨지는 진동에 모든 이들이 당혹감을 보였다.

"단장님……."

"……부대는 이대로 전진. 지상 귀환을 우선시한다. 크루스, 혹시 모르니까 나르비랑 같이 리베리아네 부대를 보고 와줘.”

불안해하는 라울을 내버려둔 채 핀은 냉정히 대처했다. 그의 명령에 시앙스로프 청년이 고개를 끄덕이고 휴먼 소녀와 함께 정규 루트를 따라 돌아갔다.

핀의 지시에 따라 진행을 재개하는 선행부대.

진동은 이내 멎고, 결국 아무 일도 없이 일행은 그대로 미궁의 출입구까지 도착했다.

인공 나선계단을 올라, 던전의 구멍을 나가 바벨 문을 지난다.

아이즈 일행의 피부를 바람이 쓰다듬었다.

지상이었다.

“으아~ 오랜만이다아~!”

우르가를 든 티오나가 가장 먼저 신이 나 외쳤다.

지상에 귀환한 【로키 파밀리아】의 단원들은 햇빛과 광대한 하늘, 바람 냄새에 환한 표정을 지었다.

“저녁놀······.”

“‘원정’에서 돌아온 다음에는 언제 봐도 눈부시다니깐.”

레피야가 자신도 모르게 눈물을 글썽이고, 티오네가 눈을 가늘게 떴다.

바벨의 문 앞, 센트럴파크로 나온 그녀들은 새빨간 서쪽 햇살의 빛에 휩싸였다.

시벽 너머로 가라앉으려 하는 석양.

눈에 익은 저녁놀의 풍경이 지금 그녀들에게는—— 격

전을 넘어 생환한 모험자들의 눈에는 어떤 보물과도 바꿀 수 없는, 지극히 아름다운 것으로 보였다.

아이즈 일행은 그 후 후속 파티가 오기를 기다렸다. 센트럴파크 북쪽의 한 모퉁이에 대기하며 주위의 주목과 술렁임을 모으고 있으려니, 30분 후에 가레스와 리베리아가 이끄는 부대가 대형 카고를 끌고 나타났다.

티오나 일행과 마찬가지로 웃음을 지은 단원들은 지상의 공기를 한껏 들이마셨다.

"······그 아이들이 18계층에?"

"그래. 무슨 '개인적인 용무'가 생겼다더군."

낙오자 없이 부대가 합류하는 가운데, 아이즈는 리베리아에게서 벨 일행이 제18계층에 머물게 되었다는 말을 들었다. 후속부대와 그들이 함께 귀환하지 않아 조금 걱정하면서도 동료들과 함께 홈으로 돌아가기로 했다.

"즐거웠다네, 【로키 파밀리아】. 다음 기회가 있으면 또 고락을 함께 나누세나."

"고마워, 츠바키."

센트럴파크에서 【헤파이스토스 파밀리아】와도 작별했다.

안대를 하지 않은 오른쪽 눈을 가늘게 뜨는 츠바키와 웃음을 짓는 핀이 악수를 나누었다. 두 단장에 이어 모험자와 스미스가 저마다 손을 맞잡고 어깨를 얼싸안았다.

이윽고 해머를 든 기술자들과 아이즈 일행은 서로에게

등을 돌리고 각자 돌아갈 곳을 향해 발을 옮기기 시작했다.

센트럴파크, 북쪽 메인 스트리트, 그리고 그물눈처럼 갈라진 가로(街路)로.

대형 카고를 끌며 개선하는 모험자들에게 수많은 일반 시민들이 길가에서, 혹은 건물 위의 창문에서 큰 환성과 함께 축복을 보냈다. 어른들의 환호에 아이들의 동경 어린 눈빛, 그런 것들을 받는 레피야는 자랑스러우면서도 조금 멋쩍음을 느끼며 저녁놀에 물든 길을 걸어 나갔다.

이윽고, 수많은 첨탑이 맞닿은 길쭉이 저택이 보이기 시작했다.

"드디어 돌아왔구나⋯⋯."

도시 북부, 번화가에서 벗어난 길가.

주위 일대의 건물과 비교해 훨씬 높고 장대한 저택.

티오나가 절절하게 중얼거리고, 다른 이들도 본거지 '황혼관'을 올려다보았다.

"지금 돌아왔어. 문을 열어줘."

남녀 두 명의 문지기가 활짝 웃으며 경례하고 핀의 말을 받들어 문을 열었다.

열린 정문 너머에는 남아 있던 단원들이 좁은 앞뜰에 넘쳐났다.

"──어서온나아아아아아아아아아아아아아아아아아!!"

그리고 느닷없이.

원정대가 문을 들어서는 타이밍을 가늠한 것처럼 달려오는 그림자가 있었다.

　붉은색 머리카락을 찰랑거리는 그녀는 남성진에게는 눈길도 주지 않고 아이즈를 비롯한 여성진에게 쏜살같이 돌진했다.

　도움닫기를 거쳐 단숨에 점프.

　"다들 무사했나—?! 감동의 재회데이~ 우오오오오오!"

　두 손을 내밀며 뛰어드는 여자를 밝히는 주신을 아이즈, 티오나, 티오네가 여느 때처럼 휙 휙 휙 피했다.

　그리고 제일 뒤에 있던 레피야는,

　"어, 아── 이러지 마세요오!!"

　"크허억?!"

　그녀의 팔을 붙잡고 물 흐르는 듯한 동작으로 바닥에 패대기쳤다. 그 화려한 반격에 아이즈를 비롯한 여성진이 와아 하고 박수를 친다.

　"커허억…… 니, 강해졌데이, 레피야. 몰라보겠구마……."

　데굴데굴 몸부림을 치는 주신 로키는 눈물을 글썽이면서도 칭찬했다.

　헉헉 숨을 몰아쉰 소녀는 얼굴을 붉히며 이상한 짓 하지 말라고 외쳤다.

　"로키, 이번에도 희생자는 없었어. 수확도 있었고. 쌓인 이야기는 많지만…… 그대로 들을래?"

　핀이 다가가 로키에게 웃음을 지었다.

지면에 드러누운 그녀는 헤실 웃으며 대답했다.

"으음— 글쎄다…… 그럼 우선!"

슈팟 일어나선 후다닥 저택 쪽으로 달려가더니.

마중을 나온 단원들 곁에서 몸을 돌린 주신은, 귀환한 권속들과 마주 섰다.

"쌓인 문제는 잔뜩 있지만서도 일단 지금은……."

핀, 리베리아, 가레스, 티오나, 티오네, 베이트, 레피야, 라울 외 기타 단원들, 그리고 아이즈.

모든 이들의 얼굴을 한 사람 한 사람 바라본 후, 로키는 활짝 웃었다.

"잘 돌아왔데이, 다들."

그 말에 그녀의 뒤에 있던 단원들도 쌍수를 들고 일제히 외쳤다.

자신들을 맞이해주는 집에 아이즈 일행은 웃음으로 대답했다.

"다녀왔습니다."

중앙탑에 솟은 트릭스터의 깃발이 조용한 바람에 나부껴 꼭두서니색으로 빛났다.

【로키 파밀리아】의 긴 '원정'이 오늘, 끝났다.

BETE LOGA

베이트 로가

소속	로키 파밀리아		
종족	웨어울프	직업	모험자
도달계층	59계층	무기	메탈 부츠, 쌍검
소지금	−47,800,000발리스		

Status   Lv.5

힘	B766	내구	C647
기교	B729	민첩	S965
마력	I0	수렵자	G
내성	G	권타	G
마력방어	H		

마법	하티	·부여마법. ·불 속성. ·매직 드레인(마력흡수). ·대미지 드레인(손상흡수).
스킬	울프헤딘	·달 아래 조건을 만족했을 때만 발동. ·점승화. 모든 어빌리티 능력 특대보정. ·상태이상 무효.
스킬	펜리스볼프	·주행속도 강화.
스킬	솔마니	·가속할 때 필요한 '힘'과 '민첩' 어빌리티 강화.

장비	프로스빌트

·미스릴제 메탈 부츠
·【헤파이스토스 파밀리아】제. 콜브랜드 제작. 93,000,000발리스.
·베이트 스스로 고안해 발주한 오더메이드. 매직 드레인 속성을 가진 현 시점에서 오라리오의 유일한 수퍼리오르.
·이미 제2대. 테스트 제품의 측면이 있었던 전작과 비교해 제법을 파악한 츠바키가 다시 만들어 성능이 향상되고 제1등급 무장으로 손색이 없는 작품이 되었다.

장비	듀얼 롤랑

·뒤랑달.
·마스터 스미스인 츠바키가 만든 시리즈 《롤랑》 중 하나.
·형태는 쌍검. 공격력이 낮은 뒤랑달이면서 제2등급 무장에 견주는 위력을 지녔다.
·108,000,000발리스.

© Kiyotaka Haimura

후기

본편 8권의 재탕이 되지 않도록 페이지 수를 주의하며 집필했더니 반대로 두께가 압도적으로 부족한 사태에 직면한 외전 제5권입니다. 어떻게든 무사히 마쳤습니다.

시간대로는 딱 본편과 같은 제5권(하고 4권), 또 외전 주인공들이 본편 주인공들과 딱 맞물리기도 해서 이번에는 쉬어가는 이야기가 되었습니다.

사실은 본편의 이면에서 이런 일이~ 라고 할 마음은 없었는데, 원래 하려고 생각했던 외전 플롯에 더해 본편 5권을 몇 번씩 다시 읽으면서 모순이 없도록 온 힘을 다해 주의했습니다. 하지만 만약 태클 걸 구석이 발각됐을 때는…… 다정한 미소와 함께 헤아려주시면 고맙겠습니다.

지난 권부터 의식했던 부분이지만, 메인 캐릭터 이외의 흔히 말하는 서브 캐릭터들도 비중을 두어 묘사하고 있습니다. 시리즈 본편과는 달리 숫자가 많은 조직을 메인으로 다루고 있으니 인간관계를 비롯해 깊이를 주고 싶었거든요. 숨은 공로자 같은 단역들이 활약을 하거나, 또는 별것아닌 취사 같은 일상풍경은 개인적으로 가슴이 두근거리는 부분이었습니다. 물론 메인 캐릭터들이 나올 자리를 잡아먹어버리지 않도록 조심을 했지만요.

또한 서브캐릭터 중에는 GANGAN JOKER에서 연재

중인 야기 타카시 선생님의 외전 만화판에서 역수입한 캐릭터도 있습니다(물론 허가는 받았죠!). 소설과 코믹스를 함께 놓고 찾아보시는 것도 재미있지 않을까요.

그러면 이 흐름을 타고 감사 말씀을.

우선 원작소설 이상으로 두근거리는 만화판을 그려주신 야기 타카시 선생님, 늘 재미있는 만화 고맙습니다. 역수입도 흔쾌히 승낙해주셔서 흥분했어요. 편집부의 코다키 님, 타카하시 님, 멋진 일러스트를 그려주신 하이무라 키요타카 선생님, 이번 권에서도 많은 신세를 졌습니다. 일부 묘사를 허가해주신 아와무라 아카미츠 선생님도 고맙습니다. 다음에도 둘이서 중2스러운 별명을 공부해봐요.

언제나 졸작을 읽어주시는 독자 여러분께도 깊이 감사드립니다.

최근 들어 독자 분들께 팬레터를 받는 일이 늘었습니다. 정말정말 기뻤어요. 고맙습니다. 본편 7권 후기에서 체중이 줄었다고 썼던 것을 걱정해주시는 분들이 많았는데, 지금은 쌀밥을 죽을 만큼 먹고 체중을 늘리는 중이에요. 작가는 건강합니다. 소란 끼쳐드려 죄송합니다.

다음 권은 아마조네스 자매가 주인공인 이야기를 쓰면 어떨까 생각 중입니다. 어서 전해드릴 수 있도록 노력 중이니 또 읽어주시면 기쁘겠습니다. 그러면 이만 실례합니다.

오모리 후지노

역자 후기

  안녕하세요, 역자입니다.

  도망칠 곳도 없는 공간에서 스포일러의 촉수가 철썩철썩 날아드는 역자후기이므로, 본문을 아직 읽지 않으신 분들은 1페이지로 돌아가주시기 바랍니다. 뭔가 변태 같다는 생각이 들면 지는 겁니다(……).

  그런고로 8개월만의 외전, 던전에서 잠시 휴식을 추구하는 소드 오라토리아 제5권 되겠습니다. 어쩐지 헤로인들의 입욕 장면과 함께 관련 일러스트도 덩달아 추구하는 것 같지만 역시 신경 쓰면 지는 겁니다.

  ……그냥 패배자 하고 싶습니다. 개인적으로는 【로키 파밀리아】 헤로인들은 본편보다 이쪽 그림이 더 마음에 들거든요. 하이무라 키요타카 선생님의 부드러운 선과 동글동글한 그림체가 이 파벌의 활달한 분위기와 잘 어울리는 느낌이랄까요.

  비록 입욕 장면은 안 나왔지만, 이번 편은 레피야의 턴이라고 해도 과언이 아닐 정도로 많은 장면을 차지했습니다. 지난 4권에서도 중요한 역할을 했는데 이번에는 본편 주인공인 벨과 함께 클라이맥스 배틀의 주역 자리를 차지할 정도로 대활약했지요.

  그와 함께 얀데레 속성도 한 단계 업그레이드된 느낌. 아이즈의 알몸을 본 벨에게 최고속도의 병행영창을 시전하는 장면에서는 저도 모르게 웃음이 터졌습니다. 이걸로 무언가 깨달음을 얻어 앞으로도 레피야의 병행영창 능력이 향상된다면 정진정명 얀데레 마도사가 되겠군요. 개그가 되겠지만 그건 그거대로 재미있을지도요.

헤로인 이야기를 좀 더 하자면, 아직까지 비중은 그리 크지 않아도 저는 【로키 파밀리아】에서는 티오나를 제일 좋아합니다. 딱히 모에 코드를 차별하지는 않지만 굳이 비교하자면 글래머러스한 히로인을 좋아하는 편인데도 로키 파벌 쪽에선 껌딱지…… 어흠, 티오나가 가장 사랑스럽단 말이죠. 아무래도 밝고 천진난만한 성격이라든가 언동이 외모로 분류되는 모에 코드 이상의 애교를 주는 것 같습니다. 이런 건 역시 단순 설정만이 아니라 스토리텔링까지 함께 엮여야 나오는 매력이겠죠.

그런 의미에서 외전 6권은 티오나 티오네 아마조네스 자매의 이야기라고 하니 개인적으로는 매우 기대됩니다. 얼른 읽고 싶네요. 6권 빨리 안 나오려나…… 어, 아니, 좀 천천히 나와도 됩니다. 네. 주로 스케줄적인 의미에서.

……요즘은 어째 스케줄 한탄만 하는 것 같군요(피눈물).

그럼 저는 다음 작품에서 뵙겠습니다.

2016년 3월
김완

**던전에서 만남을 추구하면 안 되는 걸까 외전
소드 오라토리아 5**

2016년 4월 15일 1판 1쇄 발행
2017년 5월 15일 1판 2쇄 발행

저　　　자 오모리 후지노
일 러 스 트 하이무라 키요타카
캐릭터 원안 야스다 스즈히토
옮 긴 이 김완
발 행 인 유재옥
담당편집자 정영길
편　　　집 권오범 김다솜 김민지 박찬솔 조찬희
라이츠담당 오유진
디 지 털 홍승범
발 행 처 ㈜소미미디어
등　　　록 제2015-000008호
주　　　소 서울시 마포구 토정로 222, 403호 (신수동, 한국출판콘텐츠센터)
판　　　매 ㈜소미미디어
마 케 팅 박지혜
전　　　화 편집부 (070)4164-3962, 3963 기획실 (02)567-3388
　　　　　　 판매 및 마케팅 (070)4165-6888, Fax (02)322-7665

ISBN 979-11-5710-274-7 04830
ISBN 979-11-5710-021-7 [세트]